Petra Morsbach

Dichterliebe

Roman

btb

MIX
Papier aus verantwortungsvollen Quellen
FSC® C083411

Verlagsgruppe Random House FSC® N001967
Das für dieses Buch verwendete FSC®-zertifizierte
Papier *Lux Cream* liefert Stora Enso, Finnland.

1. Auflage
Genehmigte Taschenbuchausgabe Februar 2015
btb Verlag in der Verlagsgruppe Random House GmbH, München

Umschlaggestaltung: semper smile, München,
Umschlagfoto: © Arcangel Images / Richard Nixon
Druck und Einband: CPI – Clausen & Bosse, Leck
MK · Herstellung: sc
Printed in Germany
ISBN 978-3-442-74829-7

www.btb-verlag.de
www.facebook.com/btbverlag
Besuchen Sie auch unseren LiteraturBlog www.transatlantik.de

I

BEGEGNUNGEN

Über die Asche gebeugt, brannte mein Herz

Peter Huchel

Eine Frau kommt über den Rasen auf mich zu und fragt: »Ist das hier das Künstlerhaus?« Ich muß in der Hitze eingenickt sein auf meinem Plastestuhl, das Hemd klebt mir am Rücken, Schweiß rinnt in die Augen. Vor dem weißen Rock die dunklen Schlieren eines Traums. Alptraum, was sonst ... Ich kam zu spät zur Lesung, suchte vergeblich den Ort, landete in der falschen Stadt, rannte durch einen Bahnhof ohne Anzeigetafeln. Eine Durchsage meldete zwanzig Minuten Verspätung, aber von welchem Zug? Bahnbedienstete standen herum und erklärten: »Das alles geht uns nichts mehr an.« Eine Schaffnerin rief: »Geschieht Ihnen recht!« Endlich fand ich die Bibliothek, Zuhörer waren auch da, aber es stellte sich heraus, ich war gar nicht eingeladen.

Der weiße Rock jetzt vor mir. Eine blaue Bluse mit silbernen Blättchen auf der Brust – die Silhouette eines Einhorns. Wieso Einhorn? Frau mit Sonnenbrille, Typ Westschnepfe: So stelle ich mir eine Zahnarztgattin auf Kulturtourismus vor. »Ja«, seufze ich, »das ist das Künstlerhaus.«

»Dann sind Sie sicher ein Künstler?«

»Ja.« Was sonst?

»Ich auch!« Sie strahlt mich an. Streckt mir die Hand entgegen: »Sidonie Fellgiebel. Ich trete heute mein Stipendium an!«

Eine Mitbewohnerin, o Gott. Ich stehe mühsam auf und

reiche ihr die Hand. »Heinrich Steiger?« Den Namen hört sie sichtlich zum ersten Mal. Natürlich hört sie ihn zum ersten Mal. Deine Zeit ist vorbei, gewöhne dich daran.

»Sonntags ist das Büro nicht besetzt«, bemerke ich lahm.

»Ich weiß. Irene Ammann vom Appartement vier soll meinen Schlüssel haben. Aber vorn macht niemand auf. Das ist doch das Haupthaus? Wohnen Sie auch dort?«

Nein, ich wohne nicht dort, ich wohne hier im Schafstall, im sogenannten. Und was geht mich Irene Ammann an? Wahrscheinlich ist sie drüben bei den Bildenden Künstlern und kocht. Warum kocht sie nicht mit mir? Seit Tagen habe ich sie nicht gesehen, immer hockt sie auf ihrer Bude, na, vielleicht ist sie krank. Bei schönem Wetter sitzt sie manchmal abends mit einem Schreibblock auf dem Mäuerchen und notiert Einfälle für ihre Extremlyrik. Aber noch ist nicht Abend.

»Was ist Extremlyrik?«

Habe ich laut gesprochen? Auch das noch. »Vielleicht erklärt Ihnen besser Irene selbst … Entschuldigen Sie mich, ich bin … Hof der Bildenden Künstler ist das nächste große Haus, die Straße entlang links …«

»Vielen Dank!« Die Schnepfe hüpft davon. Nicht mehr ganz jung, Mitte Dreißig vielleicht, etwas schwerer Hintern. Wirkt wie eine Anfängerin. Westanfängerin. Wehe, sie schenkt mir ihr Erstlingswerk.

Zwei Stunden später taucht sie wieder auf und erkundigt sich, wo sie was zu essen bekäme. Den Schlüssel hat sie inzwischen ergattert, aber gekocht habe dort niemand, sie wolle mich auch nicht schröpfen, nur meinen Rat. Eben habe ich selber Abendbrot aus der Küche geholt, auf dem Plastetisch stehen Käse, Tomaten und Rotwein, der Edeka hat zu, was soll ich tun? Ich lade sie ein, und sie macht sich über alles her. Dabei stellt sie Fragen, und während ich antworte, sehe ich die Vorräte schrumpfen.

»Halle?« fragt sie. »Ach, aus der DDR? Halle bei Bitterfeld? Und wieso *leider* jetzt Speyer?«

»Ich mußte irgendwohin. Meine Frau ... Ich hatte eine Pechsträhne. Ich hatte wohl immer schon ... aber die Wende hat mir den Rest gegeben. Das heißt, nicht die Wende an sich – die haben wir alle begrüßt ...« Immer noch benebelt. So schnell wie Sidonie ißt, trinke ich Rotwein, er macht mich ruhiger, wenn auch nicht klar.

»Meine Frau ... Ein Westonkel hat ihr etwas vererbt. Da wollte sie plötzlich ein neues Leben anfangen – als ob es das gäbe. Das Leben ist niemals neu ...«

»Wegen der Erbschaft ist die Ehe in die Brüche gegangen?« fragt Sidonie erstaunt, während sie meine letzte Tomate zerschneidet.

»Nein! Natürlich nicht nur deswegen. Es gab seit jeher Differenzen, aber unter normalen Bedingungen rauft man sich zusammen. Wir Ostler haben die Sprengkraft des Geldes unterschätzt ... Jetzt führen wir Scheidungsprozesse. Meine Tochter habe ich seit zwei Jahren nicht gesehen, sie ist gerade zehn ...«

»Schreiben Sie ihr?«

»Ach, das hätte doch keinen Zweck. Das heißt, ich habe die Nerven verloren ...« Und ich erzähle alles – ungebremst, unbremsbar, einem wildfremden Menschen, warum? Seit fünf Jahren ohne Heimat, wie hält man das aus, findet man Halt, indem man erzählend in ein anderes Leben dringt? Diese Sidonie hat inzwischen ihre Sonnenbrille abgenommen und schaut mich mit staunenden grauen Augen an ... ihr Haar ist schwarz ... fast wie eine Italienerin, eine italienische Braut im weißen Rock ... Italien, denke ich, »Italien«, sage ich, »war die erste Station meiner Flucht.« Das Stipendium in der Villa Tedesca ... halbverlassenes italienisches Bergdorf, außer mir dort nur ein alkoholkranker Maler und zehn Greisinnen in Schwarz ... Die Kälte, die Dusche im Keller ... Der launische Verwalter, der sich mit Commendatore Schmidt anreden ließ und mich, als ich um Frühstück bat, anfuhr: »Was bilden Sie sich ein! Das ist kein Hotel, das ist eine Stiftung! Seien Sie froh, daß Sie hier wohnen dürfen!« Rückkehr nach Deutschland, auf Rat meines Verlegers in die Psychiatrie, ganz vergeblich, grauenhaft ... Einmal machte ich einen Ausflug nach Speyer, das in der Nähe lag, und sah an der Glastür einer Apotheke den Aushang: Zweizimmer-Wohnung zu vermieten. Die Wohnung lag direkt in der Fußgängerzone und war warm, hell und ruhig. Erst nach meinem Einzug begriff ich, warum die Miete so günstig war: Außer mir wohnte niemand in dem Haus. Meine Vormieterin war verrückt geworden, sie verbarrikadierte die Tür mit einem Stahlriegel und schrie. Die Polizei sprengte die Tür auf und schaffte die Frau fort. Kein Wunder, daß die durchdrehte in dem leeren Haus – ich könnte dort verwesen, ohne daß es einer merkt. Zuerst dachte ich: Fußgängerzone, da ist's schön still, aber das stimmte nur zeitweise: Zweihundert Meter weiter steht der Dom, das Wummern der Glocken ging mir durch Mark und Bein ...

Ich starre Sidonie an. Schwerstes Geläut jetzt auch hier; in dem Dorf von sechstausend Einwohnern gibt es ein Dutzend tonnenschwere Glocken, die dröhnen wie fürs Ende aller Tage ... und durch dieses stählerne Wabern schwebt gelassen, als würde sie es nicht hören, Irene Ammann herbei, lächelt uns zu, hebt entschuldigend Stift und Block ... klar, muß dichten ... setzt sich auf das niedrige, breite Mäuerchen, Rücken gegen den Torpfosten, Beine hoch, und dreht ein paar Samsons. Ich will auch rauchen – Schachtel leer – kein Essen, keine Zigaretten, das unerträgliche Geläut – ich will aufspringen, kann nicht, Fuß schmerzt – langsam ... Und jetzt auf einmal steht Robert mit einem Tablett vor uns. Barfuß wie immer, ich hasse das ... mit einem Tablett! Will mit uns essen, das will er sonst nie – hat offenbar durchs Fenster die neue Frau gesehen. Auf dem Tablett Brot, Margarine, Käse, Tomaten, Chianti für 2 Mark 99, nicht lachen, Sidonie, gestrandete Ossis ernähren sich billig, du kannst uns ja zeigen, wie eine Westschnepfe es besser macht.

Robert begrüßt Sidonie, ohne sie anzusehen, und reibt sich die picklige Stirn. Irene hinten auf dem Mäuerchen steckt sich mit zarten gelben Fingern die erste Samson an. Fünfzehn Schritte zu ihr, riskiere ich das? Soll ich Robert bitten? Sinnlos bei dem Lärm, also Schweigen, Robert mampft, Sidonie nippt Wein, und ich kämpfe gegen das Jüngste Gericht in mir.

Allmählich verebbt das Geläut. Aufatmen ... Grillen zirpen, die Linde knistert, ein Windhauch trägt Traktorengebrumm und Heuduft herbei. »Das war unser Staverfehner Klöppelkrampf«, erklärt Robert. »Den kriegen Sie jetzt jeden Sonntag von 17.50 bis 18.18 Uhr.« Gleich wird er davon anfangen, daß er eigentlich Mathematiker ist, immer rühmt er sich seiner Akkuratesse mit Zahlen, aber diese Unterhaltung überlasse ich ihm nicht, noch bin ich mit meinem Unglück nicht zu Ende.

»Eine Ewigkeit«, unterbreche ich. »Ein endloser Vorwurf, Versäumnis, Schuld.«

»So ist das, glaube ich, nicht gemeint«, bemerkt Sidonie zögernd.

»Aber so klingt es. Und so wirkt es. Einmal riß es mich in Speyer aus dem Schlaf, und ich bin gestürzt, weil ich hochtaumelte, um das Fenster zu schließen. Knöchel geprellt, Sehne gerissen, deswegen der Gips. Kurz darauf fiel ich gegen das Klavier, als ich, schlaftrunken aufstehend, versehentlich den geprellten Fuß belastete.« Ich hebe mein bandagiertes Handgelenk. Mitleid hilft ein bißchen, ich brauche das Mitleid einer Frau.

»Die Glocken sind schuld«, faßt Robert zusammen.

Hat Sidonie gekichert?

»Nicht nur, natürlich. Ich war in schlechter Verfassung, das habe ich schon gesagt. Ich hatte Sorgen. Dann der Autounfall – Schulden wegen des Unfalls, das teure Auto …«

»Silberner Porsche!« wirft Robert ein. »Ist Ihnen wahrscheinlich aufgefallen. Unser Henry lebt auf großem Gipsfuß.«

»Der Porsche ist uralt, der hat nur sechstausend Mark gekostet! Die Werkstattkosten allerdings sind immens, und die Haftpflichtversicherung – ich wage gar nicht den Brief zu öffnen, sicher wurde die Police erhöht …«

Mein Gott. So viel erlebt in den letzten Jahren, aber mir fällt nichts zum Schreiben ein, die Zeit vertan. Nur noch Nachdichtungen, Fremde, Einsamkeit – Irene träumt auf ihrem Mäuerchen, von Robert gibt's sowieso nur unverschämte Kommentare, und jetzt steht auch noch Sidonie auf mit der Erklärung, sie sei müde, Stau, lange Fahrt bei glühender Hitze, außerdem habe sie einen Rausch. Einen Rausch, nach anderthalb Gläsern Wein? Robert amüsiert sich. Es ist noch nicht mal dunkel. Eine Spießerin. Wie konnte ich mich so gehenlassen? Diese Sidonie muß mich für einen Idioten halten.

*

Heute etwas besser. Sonderbare Bitte von Dietmar, ob ich Siddharta-Sprüche in Verse setzen mag für ein Musical. Er wisse, es sei unter meiner Würde, aber ob ich eine Ausnahme – fünfhundert Mark … Beigefügt hat er drei zusammengeheftete Blätter. Auf dem Deckblatt steht:

Siddharta heißt: Der sein Ziel erreicht hat

und ausgerechnet ich, dessen Weg sich seit der Geburt immer weiter vom Ziel entfernt hat, soll Siddhartas *Vier heilige Wahrheiten* in Verse bringen, »am liebsten in Dreiviertel- und Viervierteltakt.« Fünfhundert Mark.

Alles Leben ist Leiden;
alles Leiden hat seine Ursache in der Begierde, im Durst;
die Aufhebung dieser Begierde führt zur Aufhebung des Leidens …
der Weg … ist der heilige achtteilige Pfad, der da heißt rechtes Glauben, rechtes Denken, rechtes Reden, rechtes Handeln, rechtes Leben, rechtes Streben, rechtes Gedenken, rechtes Sich-Versenken.

Grauenhafte Sprache, widerlicher Inhalt, jedes Wort auf mich gemünzt, reiner Hohn. Fünfhundert Mark, dringend, selber schuld, schuld, schuld. Ich laufe im Zimmer auf und ab, rauche Kette und trällere Buddhas fünf Gebote:

Töte kein Lebewesen.
Nimm nicht, was dir nicht gegeben.
Sprich nicht die Unwahrheit.
Trinke keine berauschenden Getränke.
Sei nicht unkeusch.

Ich greife zur Flasche.

Es ist töricht anzunehmen, daß ein anderer uns Glückseligkeit oder Elend verschaffen könnte.

Klar.

*

»Schreib doch einen Roman, wenn in der Lyrik nichts mehr kommt!« sagte Kadletz beim letzten Treffen vor einem dreiviertel Jahr. »Das ist einfacher als Verse.«

Offenbar weiß ein Verleger nicht, daß in der Kunst nichts einfach ist. Prosa ist wie eine andere Sprache, wie könnte ich die jetzt noch lernen, zumal in der Fremde? Ich kenne mich nicht aus in dieser neuen Welt. Ja, ich habe sie bewundert, vielleicht sogar ersehnt, aber ich kann nichts zu ihr beitragen, und sie hat keine Aufgabe für mich.

Wir hockten an der chromblitzenden Theke einer Frankfurter Edelbar und erholten uns von der Buchmesse; er von der übermäßigen Inanspruchnahme, ich von der Mißachtung.

»Kopf hoch, Alter!« Er legte mir väterlich den Arm um die Schulter (er ist jünger und kleiner als ich). »Hast du Lust auf einen Ausritt zu *Suzie Wong*? Wie kann ich dich auf Vordermann bringen?« Jetzt amüsierte er sich über seinen Kalauer. Übrigens ist er durchaus nicht so großzügig, wie er tut. Ins Bordell sind wir nie gegangen, da riskiert er nichts.

»Prosa ...«, seufzte ich. »Diese elenden Strecken, das halte ich nicht aus ...«

»Prosa kann jeder. Wenn du lange Strecken nicht kannst, mach kurze. Was dir so einfällt. Erfahrungen eines Lyrikers in der DDR: die feinste Kunst der Sprache in den Mühlen des gröbsten Apparats ...«

»Ach, was soll schon gewesen sein. Ich habe mich geduckt, um dichten zu dürfen, und begann unwillkürlich, über das Ducken zu dichten. Ich wollte demonstrieren, wie man dichtend sich wegduckt, und habe, indem ich das Ducken verdichtete, mich selbst weggedichtet.«

Ob das stimmte? Kadletz fragte nicht nach; das tut er ohnehin selten. Er balancierte auf seinem Barhocker, saugte an einer Zigarre und machte noch in dieser Erschöpfung Pläne. Er nimmt Scheitern nicht wahr, in jeder Mauer sieht er ein Haus, in jeder Ruine einen Sanierungsknüller.

Er stieß eine Rauchwolke aus. »Dann schreib über die Liebe!«

Weißt du überhaupt, was das ist? dachte ich.

Er hat eine reiche Frau, die seinen Verlag bezahlt, macht in Kunst wegen des Glamours und genießt das Leben; nichts kann ihm passieren. Seine literarischen Ideen bringt er im Gestus des Gauners vor, der sich den Scherz der Ehrbarkeit erlaubt. In Wirklichkeit darf er gar keinen Gewinn machen, hat mir Jakob erklärt, der sich als firm ausgibt in Kapitalismus. Der Verlag sei ein Abschreibungsmodell. Um auch das zu verbergen, täuscht Kadletz strenge Wirtschaftlichkeit vor, zumal im Umgang mit Autoren. Meine Rolle in dieser Konstruktion: Ich soll seine Ideen verwirklichen, seine Ernsthaftigkeit bestätigen und seinen Gewinn sichern, indem ich einen Verlust verursache, für den ich allein aufkomme, mit meinem Herzblut, meinen Ressourcen, meiner Zeit. Leider war ich zu geschwächt, um ihn vom Barhocker zu stoßen. Deswegen spottete ich nur ein bißchen. Die Liebe, haha, öfter mal was Neues.

Er aber geriet in Feuer. »Das ist es! Die Liebe unter DDR-Aspekt! Liebe als einziger Freiraum in den Zwängen der Zone. Das muntere Liebesleben der Ossis, war es nicht legendär? Und dann die neuen Bedingungen nach der Wende. Keine Pornographie, du verstehst mich, obwohl ich deine Zurückhaltung in dieser Sache unzeitgemäß finde, sondern eben im gesellschaftlichen Spannungsfeld … Kunst, Krise, Diktatur als Nebenthemen … das alles in Verschlingungen …«

Ich dachte an die Nebenthemen und ihre Verschlingungen. Seltsamerweise nicht an Marita, die aktuelle Wunde, sondern an Franziska, die unbesiegbare Kunstmalerin. Die fröstelte etwa in ihrem kalten Atelier, und eine Stunde später hatte sie ein paar tolle rosa Weiber in dampfenden Badewannen gemalt. Ich ließ mich dort wärmen, aber als mein *Hymnus an Franziska* erschien, kippte auch diese Geschichte. Franziska schimpfte: »Du redest nur über dich!« Ich versuchte mich zu verteidigen: »Ich rede darüber, wie du auf mich wirkst.« – »Dich interessiert von allem immer nur, wie es auf dich wirkt«, und so weiter.

»Und schließlich«, Kadletz in Exaltation, »wer, zu allen Zeiten, hätte besser Auskunft über die Liebe geben können als die Dichter?«

»Das war immer ein Irrtum«, sagte ich. »Wir Dichter hätten aufstehen sollen gegen die Arroganz der Macht. Statt dessen machten wir uns wichtig auf Kosten der Frauen.«

Ich war selbst nicht überzeugt von diesem Aphorismus, doch er schien Eindruck zu machen, ich sah sogar einen Schimmer von Respekt auf Kadletz' Gesicht. »Versuch's halt«, sagte er. »Von irgendwas mußt du schließlich deine Zigaretten bezahlen.«

*

Sidonie ist immer guter Laune, streunt durch den Garten und genießt. In plumpen Nietenhosen übrigens, keine Ahnung, warum sie bei ihrer Anreise so aufgedonnert war. Wollte sie auf uns Eindruck machen und will es jetzt nicht mehr? Haben wir sie enttäuscht? Habe ich sie enttäuscht? Nun, sie winkt freundlich, hält aber Abstand, wenn sie mich vor meinem Schafstall unter der Linde arbeiten sieht, hat Respekt ... gut. Wenn ich winke, kommt sie sofort.

»Herrlich«, sagt sie, »so ein Stipendium. An so einem schönen Ort, in dieser schönen Landschaft ...«

Was ist daran schön? Weit, flach, moorig, eine Art Sibirien.

»Und jeden Monat tausendfünfhundert Mark!«

Aber nur noch bis Dezember! Was dann?

»Immerhin bis Dezember! Tolle Einrichtung, diese Stipendienstätten, und ich wußte bis vor kurzem nicht mal, daß es so was gibt!«

Stipendienstätten.

»Endlich Zeit und Freiheit zum Arbeiten, endlich unter seinesgleichen …«

Deinesgleichen?

»Ich habe jahrelang einen Roman geschrieben, ohne mit jemand reden zu können. Das war schon sehr einsam …«

Einsam? Liebe, ich sehe dich an, du weißt nicht, wovon du redest.

»Und dann so ein gutes Wetter!«

»Bald werden die Tage kürzer …«

»Aber jetzt sind sie lang!«

Macht sie sich lustig über mich?

»Warum sind Sie hergekommen?« fragt sie entwaffnend schlicht.

»Gabriel hat mich eingeladen. Ich hätte keinen Antrag mehr gestellt.«

»Gabriel Herzgeber? Unser Herbergsvater?«

Wenn man's so nennen will, ja. Gabriel Herzgeber, der Leiter des Künstlerhauses, kennt mich von früher und wollte helfen. Schlimm genug, daß das nötig war. Aber die Güte hat auch Nachteile. Zum Beispiel gilt meine Wohnung als Privileg, weil der Schafstall etwas abseits steht und im ersten Stock ein separates Schlafzimmer und ein Gästezimmer hat. Aber das Gästezimmer brauche ich nicht, mich besucht keiner, und mit dem Gipsfuß die Wendeltreppe raufzuklettern ist kein Spaß.

»Ach, unsere Klausen sind auch alle im ersten Stock, und die Treppe ist viel länger! Seien Sie froh!«

Ich bin nicht froh. Und mich reizt diese Mischung aus Naivität und Pragmatismus. Na, Liebe, wenn dich nicht schon bald ein Dichter frißt.

*

Gabriel ist wieder da, zurück aus der Klinik. Er steht vor meiner Schafstalltür, sauber, rasiert, im karierten gelbbraunen Jackett und senfgelben Cordhosen, die weißen Strähnen fliegen um seine Platte. Wir umarmen uns. Er zieht eine Flasche Grappa aus einer Papiertüte. Wir stoßen an. »Schön, daß es dich gibt, Henry!« sagt er herzlich, sinkt in den Sessel und schluchzt zweimal.

Er erklärt mit bebender Stimme, seine Anna vertrage die Chemo ganz schlecht. Er will mir sein Leid klagen, doch das wiederum vertrage ich schlecht. »Wir alten Kämpen«, sagt er. »Wir müssen zusammenhalten! Unser ganzes Leben haben wir ...«

Hier scheint mir, er übertreibt. Wir stammen beide aus dem Erzgebirge, das ist aber alles. Er ist älter, er war noch Soldat und wurde nach der Kriegsgefangenschaft zur Arbeit im Uranbergbau gezwungen. Dann türmte er und machte im Westen eine bescheidene Karriere als Abteilungsleiter in einer Keramikfabrik. Dichtete nebenbei. Führte eine glücklose Ehe, obwohl – oder weil – er einen mächtigen Schlag bei Frauen hatte. Als ich Mitte der Siebziger erstmals in den Westen durfte, lud er mich sofort zu einer Lesung ein. Er zitierte meine Gedichte auswendig. In seinem Literaturzirkel, der aus einem andächtigen Kreis ihm ergebener Frauen bestand, führte er mich als einen der »Drei großen Sachsen« ein und begann aus Begeisterung zu sächseln; die Frauen schmolzen dahin. Übrigens mochte er mir nicht verhehlen, daß diese Frauen, seine Sponsorinnen, ihm nicht nur aus Kunstliebe hörig seien. Ich glaubte es sofort. Er trat vital und generös auf, kein athletischer, aber ein sinnlicher Mann mit einem strahlenden fleischlichen Zynismus. Als er mich Mitte der Achtziger wieder einlud, wirkte er immer noch vital und generös, aber auf den zweiten Blick zerrüttet. Er bestand darauf, mich zu beherbergen, und ich erschrak über die winzige, schmuddelige Wohnung, in die er nach seiner Scheidung gezogen war. In der Küche stapelten sich die leeren Flaschen, wir wateten durch Staub. »Na und?« rief er. »Die feinen Damen besuchen mich noch immer! Hier finden sie das, was ihnen ihr Bankdirektor zwischen den Seidenlaken schuldig bleibt«, und so weiter.

Heute klingt er anders. »Was war ich verkommen. Gevögelt habe ich, was die Vorhaut hielt, aber ohne Herz, ein zielloses, rüdes Leben. Erst mit Anna habe ich die Liebe kennengelernt. Anna hat mich von der Keramikfabrik befreit. Sie sagte: Gabriel, du bist ein Diplomat und Organisator, du kennst die Kunst und liebst die Künstler, machen wir doch das zu deinem Beruf! Gemeinsam reisten wir durch das Land und entdeckten in Staverfehn die beiden verfallenden Höfe – wir hatten sofort dieselbe Vision. Wir entwickelten das Konzept, fanden Sponsoren … Ohne Annas ministeriale Kontakte wäre es nicht gegangen, aber auch die Gestaltung ist von ihr, die Aufteilung der Häuser, die Einrichtung der Wohnungen – sogar die Kacheln im Kaminzimmer hat sie ausgesucht. Hier sind wir zur Ruhe gekommen. Hier wollten wir zusammen alt werden. Und jetzt bricht alles zusammen!«

Ich habe Anna vielleicht dreimal getroffen. Sie ist breit, flachbrüstig, gepflegt und hat eine spitze Nase im skeptischen Gesicht unter der Zwiebelturm-Frisur. Anna hält Distanz, sie siezt alle so konsequent, wie Gabriel uns duzt. Von Beruf war sie Oberstudiendirektorin, doch sie arbeitete nicht in der Schule, sondern im Ministerium, jedenfalls bis kürzlich: eine der vielen verklemmten Akademikerinnen, die Gabriel immer so gern und stolz erlöste. Ich stelle mir vor, wie die willensstarke Anna und der lüsterne Gabriel einander erlösten, während ich einsam in Speyer verzweifelte – Mißgunst, ja, obwohl ich weiß, daß ich dankbar sein sollte für dieses Künstlerhaus, das sie zu meiner vorübergehenden Rettung gegründet haben. Seine Statur, ihre Initiative, seine Herzlichkeit, ihr Geschmack, was will man mehr? Nichts bricht zusammen. Das Künstlerhaus floriert, Gabriel ist ein beliebter Gastgeber. Anna verträgt die Chemo schlecht, na und? Das kann passieren, aber warum soll die Westmedizin sie nicht heilen? Ich kann das Traumpaar nur beneiden. Wenn eine Lage wirklich hoffnungslos ist, dann meine.

*

Schon drei Nächte ohne Alpträume. Korrekturfahnen sind abgegeben, die östlichen Weisheiten in Zweiviertel- und Dreivierteltakt gesetzt, alles ein Hohn, aber bezahlt, und nun hat mir auch Sander einen Anschlußauftrag gegeben: Nachdichtung eines vergessenen Gedichtzyklus von Leonid Karatschinzew. Die Sendung war heute in der Post, ich überfliege das russische Bändchen und die losen Blätter mit der Interlinearübersetzung. Sehr anspruchsvolles Russisch; da aber der Übersetzer jede Zeile mit einem Kommentar zu Versmaß und Klangwerten versehen hat, bin ich im Bilde. Ein 600-versiges Gedicht *Haus der Schöpfer* (wörtlich: *Schöpferisches Haus*), vierhebig, gereimt – das ist im Deutschen kaum zu machen. Ich notiere ein paar Einfälle und prüfe den Ton. Teilweise nicht ohne Reiz, schlank und keusch wie das Beste von Karatschinzew, teilweise aber auch ziemlich verquast. *Neben dem Brunnen der Datsche höre ich das Weinen der Witwe vom anderen Ende des Dorfs* – hoffentlich mache ich mich damit nicht lächerlich. Probeweise übersetze ich die ersten zwei Seiten, flüssig, direkt in die Maschine ... Wird wohl gehen. Morgen werde ich um den Vorschuß bitten.

Die Tage sind brütend heiß, die Abende tropisch. In der Dämmerung kommen die Kollegen vor meinem Haus zusammen, sitzen auf meinen Gartenstühlen, vergießen Wein auf meinem Tisch und schnattern – da ich's nicht abstellen kann, setze ich mich dazu, wie immer steht billiger Dornfelder auf dem Tisch, Brot, Schafskäse, Tomaten – es stellt sich heraus, daß Sidonies Ernährungspraxis sich von unserer wenig unterscheidet. Dabei ist, oder war, die Frau wirklich Zahnarztgattin. Mir gefällt, daß es mit dem

Zahnarzt aus ist, doch Robert wirkt enttäuscht. »Eine Zahnarztgattin, das wär's gewesen!«

»Wieso?«

»Als Geliebte!«

»Und wieso Zahnarztgattin?«

»Na, dann hab ich keine Verantwortung! Den soliden Bereich würde der Zahnarzt abdecken, den romantischen Teil ich.«

Sidonie lacht perplex.

»Den romantischen Teil?« frage ich scharf. Welch dümmliche Formulierung für einen Literaten. Und welch eine Idiotie für einen Mann. Wie kann man so was laut sagen? Wäre ich nicht so ein Wrack, ich würde es besser machen. Nun sitze ich ohnmächtig dabei, halb besorgt, weil Robert wirklich interessiert scheint, halb erleichtert, weil er sich um Kopf und Kragen quasselt.

»Was ist aus dem Zahnarzt geworden?« fragt er.

»Er hat mich verlassen«, sagt Sidonie errötend, »vor drei Jahren.«

Vor drei? Wieso errötet sie dann?

»Wer kam danach?« fragt Robert.

»Mein Roman!«

Sie hat drei Jahre lang an einem Roman geschrieben! Tatsächlich ihr Erstlingswerk. Nie hatte sie es sich zugetraut. Nach der Trennung aber habe sie »Valenzen frei gehabt«. Heraus kam ein – dramatischer Roman. Man möchte es nicht glauben. Was ist ein dramatischer Roman?

Hat der Zahnarzt den Roman finanziert? Leider fragt Robert das nicht. »Mich hat auch meine Frau verlassen«, erzählt er, »vor fünf Jahren! Kurz nachdem die Mauer gefallen war. Da bin ich fort aus Dresden, das Kind war alt genug, um allein Abitur zu machen, und ein Schulfreund, der in den Achtzigern rübergemacht war, nahm mich auf. Mit fünftausend Mark habe ich immerhin fünf Jahre durchgehalten, auf einem Speicher in Westberlin. Das Zimmer hatte sechs Quadratmeter, aber ein großes Fenster mit einem Erker, auf dessen morschen Holzboden eine Blechplatte genagelt war – durch die Ritzen sah man vier Stockwerke tiefer die Straße. Im Sommer habe ich mal fünfundvierzig Grad gemessen, allerdings bei nur zehn Prozent Luftfeuchtigkeit. So hielt man's aus.«

Wieder diese Angeberei mit Zahlen. Und Sidonie läßt sich beeindrucken! »Da haben Sie gearbeitet?« fragt sie ungläubig.

»Wie besessen! Ich saß nackt an meiner Schreibmaschine und schrieb fünfzehnmal den gleichen Roman. Fünfzehnmal, weil ... ich den richtigen Ton nicht fand. Erst hier habe ich zufällig entdeckt, daß Version acht stimmte, nur Anfangs- und Schlußsätze waren falsch gewesen.«

Dödel. Dilettant.

»Wer druckt es?« frage ich.

»Ach, darauf kommt's nicht an, oder?«

»*Oder?* Auf was kommt es sonst an?«

»Es ist wie ein Rausch, von dem ich noch nicht weiß, ob er ein Traum oder Alptraum wird. Einerseits: die Freiheit. Andererseits: Man sinkt ins Nichts. Der ganze Westen wirkt auf mich absurd. Ich konnte monatelang nicht schlafen, weil ich so viel lachen mußte. Der Freund, bei dem ich wohnte, von Beruf Psychiater, diagnostizierte eine Manie ...«

Sieh mal an. Der schmächtige Mann mit dem schütteren Haar, der sich oben mit seinem Computer einschloß und den man wochenlang kaum zu Gesicht bekam, offenbart eine Manie und führt sie sogleich vor.

»Wünschen Sie sich die DDR zurück?« fragt Sidonie.

»Ach, nee. An der DDR bin ich erstickt. Ich hab's nicht gemerkt, man merkt ja nie, mit wieviel tausend Fäden man an seiner Wirklichkeit hängt. Aber ich war zuletzt von einer wahnsinnigen Unruhe ...«

Manie.

»… und als die Mauer aufbrach …«

Aufbrach!

»… da ist das ungelebte Leben in mir explodiert. Ich hielt es keinen Tag mehr in Halle aus.«

Das ungelebte Leben – was für eine vulgäre Formulierung. »Sie sollten nicht alles für bare Münze nehmen«, muß ich Sidonie warnen. (Bei Gelegenheit muß man ihr beibringen, daß hier alle per Du sind.) »Er hatte eine Familie, er hat einen Sohn gezeugt, fünf Bücher publiziert und seine Frau betrogen. Was daran ungelebt sein soll, weiß wohl nicht mal er selbst.«

*

Robert doziert: »Wir waren keine Dissidenten gewesen. Wir sahen, wieviel im Argen lag, aber es war unser Arges, wir kämpften um unsere kleinen Freiräume und faßten sie in Worte – Lyrik kann das besser als Epik und Dramatik, sie ist formal am stärksten verschlüsselt und dadurch inhaltlich im tiefsten Sinn frei. Wenn Literatur ein Modell für die Welt liefert, ist Lyrik das versponnenste und unabhängigste Modell. Das Publikum verstand das. Hier im Westen braucht uns keiner. Selbst wenn wir uns hier auskennen würden, hätte der Markt keine Verwendung für uns, hier stechen die simplen Formen. Ein doppeltes Fiasko: Wir sind nicht auskunftsfähig, und wären wir's, nützte es auch nichts.«

Sidonie hängt an seinen Lippen.

Obwohl er nicht falschliegt, ist mir unangenehm, daß er mich einbezieht. »Ich bin in keiner Welt kompetent gewesen«, stelle ich richtig. »Daß ich kein Dissident war, gebe ich zu, wobei über mich eine sechs Ordner dicke Opferakte existiert. Aber fremd habe ich mich überall gefühlt, dort wie hier.«

»Gefühlt fremd«, spottet Robert, »aber meßbar kompatibel. Henry war bei uns ein Star: Heinrich-Heine-Preis, Heinrich-

Mann-Preis, Großer Akademie-Preis, Nationalpreis, Reisekader, höher konnte ein Dichter nicht steigen. Er hat mehr verloren als ich. Aber auch mich ernährte die Kunst, meine Gedichtbände hatten Auflagen von fünftausend Stück. Im Westen wäre das undenkbar, hier gibt es mehr Lyrikschreiber als -leser. Auf einmal sind wir lächerliche Figuren. Kein Wunder, daß unsere Frauen uns verlassen haben.«

Quatschkopf. Ich bin nicht freiwillig zu Hause ausgezogen; ich liebte meine Wohnung in Halle-Neustadt. Als meine Frau sagte, sie gehe jetzt zu einer Freundin und erwarte, mich nach der Rückkehr nicht mehr vorzufinden, besoff ich mich, hörte dröhnend laut das *Dies Irae* aus dem Verdi-Requiem und dachte: Hier bringt dich keiner raus. Spätabends kam Marita mit der Freundin zurück, sah mich im Lehnstuhl hängen und rief die Polizei. Im Protokoll stand später *wegen Randalierens* – ich hätte einen Schokoladeosterhasen nach ihr geworfen. Daran erinnere ich mich nicht. Ich weiß aber, daß ich zu einem der beiden jungen Polizisten sagte: »Wir können das ganz schnell erledigen. Geben Sie mir Ihre Dienstpistole, dann erschieß ich mich.« Der Polizist rief auf der Wache an: »Hier will sisch eener mit meiner Dienstpistole erschießen, was soll ma duhn?«

Sie nahmen mich mit. Ich lachte mich halbtot und winkte aus dem Auto den Passanten zu; noch bei der Aufnahme lachte ich. Ich bekam eine Zwei-Mann-Zelle für mich allein. Alles versifft, verkeimte Decken und Matratze, Ausblühungen von Kalk an den Wänden, und ich lachte immer noch, deckte mich nicht zu und schlief lachend ein. Um sechs Uhr früh erwachte ich, fahles Morgenlicht hinter dem Gitterfenster und stürmischer Vogelgesang. Erst da überfiel mich Panik. Was, wenn sie mich hierbehielten? Ich rief. Von da an kam jede Stunde ein Polizist, der mir eine Zigarette gab und anzündete. In der Zelle durfte ich nichts haben.

Am Vormittag entließen sie mich. Ich kehrte ein letztes Mal in die Wohnung zurück, duschte, packte meinen Koffer, warf den Schlüssel auf den Boden und ging.

*

Gestern abend hat uns ein Gewitter überrascht, wir flohen ins Haus und machten Feuer im Kamin. Nachbar Sayed kam dazu, später Gabriel. Gabriel, dem unser Rotwein nicht gut genug war, stiftete zwei Flaschen aus dem Künstlerhauskeller, stieß mit allen an, leicht gerötete Augen, angedeutetes Sächsisch, zitternder Schnurrbart: »Schön, daß es euch gibt!« Auch Sidonie duzte er, bei der dann endlich der Groschen fiel. Sie ist sechsunddreißig, erfuhr ich bei der Gelegenheit, und hat wirklich wenig Ahnung von uns – eine Gelegenheit für Gabriel, seine robusten Künstlerhauslegenden anzubringen.

Einführung: »Wir trinken auf meine Anna! Sie hat diesen Ort entdeckt! Die Höfe waren Ruinen, keiner der Bauern traute sich ran, weil sie unter Denkmalschutz standen. Dreihundert Jahre alt! Dieses Kaminzimmer war die Gesinde- und Viehküche, deswegen der riesige Kamin. Der Steinboden ist historisch. Hinter der Tür begann der Stall, über dem Stall in Kojen schlief das Gesinde, links die Mägde, rechts die Knechte, nächtlicher Kreuzverkehr unvermeidlich ... Am Dachbalken der heutigen Bibliothek hat sich die letzte unverheiratete Erbin mit einem Kälberstrick erhängt.«

Zweite Runde: »Meine Anna! So viel Einsatz, so viel Liebe, ein Drama nach dem anderen, wenig Dank. Und nun, da es endlich rundläuft, darf sie nicht dabeisein – Anna, wir trinken auf dich!« Er prostet in die Luft. »Das erste Jahr war ich vor allem damit beschäftigt, René Uherek am Selbstmord zu hindern. Er hatte angekündigt, sich zu Tode zu saufen. Ein einziges Mal war ich für ein paar Tage fort, da trank er drei Flaschen Wodka, und ausgerechnet Anna mußte ihn retten – ihr waren die Fliegenschwärme vor seinem Fenster aufgefallen. Jetzt muß ich, Gnädigste«, eine leichte Verbeugung zu Sidonie, »rasch hinzufügen, daß wir grundsätzlich keine Stipendiatenwohnungen betreten, wir achten die Privatsphäre. Du hast also, Gnädigste«, er stößt mit ihr an, »nicht zu befürchten, daß eventuell jemand deinen eventuellen Kreuzverkehr stört! Aber im Fall von Uherek war's richtig einzudringen – er lag komatös in seiner – nun, er lag seit Tagen …«

Mir graust, nicht wegen des von mir bewunderten Uherek, der schon in der DDR als Untergeher galt, sondern wegen mir; in diesem Fliegenschwarm erblicke ich meine Zukunft, sie platzt als Vision direkt vor meinen Augen, ich pralle zurück, niemand merkt es. Gabriel fährt begeistert fort – er genießt diese Geschichten, sie bedeuten für ihn Pathos, Existentialität, Bohème, all das, was er nie wirklich riskiert hat, abgesehen von einer durch Keramikfabrik und Anna gesicherten Zügellosigkeit.

Immerhin muß man sagen, daß Gabriel keinem Künstler je etwas übelnahm, er verzeiht jede Unverschämtheit, jeden Wahnsinn. Er lacht über den Maler, der vom Bibliothekstelefon aus mit Chile telefonierte, angeblich um Honecker zu sprechen, und über die Autorin, die Schadensersatz forderte, weil nach einem Rohrbruch ihr Computer naß wurde. Er lacht besonders über den Autor, der aus Eifersucht mit dem Messer die Gemälde eines Bildenden zerfetzte – die Eifersucht galt nicht mal einer Frau, sondern dem Talent des Bildenden, bemerkt Gabriel kopfschüttelnd, und auch der Bildende zog vor Gericht, nicht gegen den Eifersüchtigen, sondern gegen das Künstlerhaus …

Wir lassen ihn reden, er braucht das, um sich zu vergewissern, um sich abzulenken, um uns zu imponieren, und er imponiert uns auch: Wie er Künstler bändigt, Klagen abweist, Streit schlichtet, die Dörfler beruhigt, weil Künstler am Dorfeingang ein Verkehrsschild aufstellten: *Auschwitz 1001 km.* »Kürzlich hat der Bildhauer Fritz was mit der Fernsehfrau Steinbrecher angefangen – sie heißt wirklich so«, lacht Gabriel, »vielleicht hat das den Fritz stimuliert. Die Steinbrecher kam eigentlich zu uns, um fürs Fernsehen eine Künstlerhaus-Doku zu drehen, und dann verliebte sie sich in den Steine brechenden Fritz und brannte mit ihm durch. Leider ist der gehörnte Gatte ausgerechnet der Regierungsbeamte, der für uns zuständig ist, und er wollte sofort die Subventionen streichen. Nächsten Monat ist das frevelhafte Paar bei uns zu Gast, und ich weiß noch nicht, welche Taktik ich anwenden werde: die beiden auseinanderbringen, damit uns Steinbrecher wieder unterstützt, oder dafür sorgen, daß Fritz sie weiterbumst, um Steinbrecher zu demütigen.«

Gegen elf sagt er, er gehe jetzt zu Bett: »Kommst du mit rauf, Sidonie, auf ein Gläschen Grappa?«

»Wie hat er das gemeint?« fragt Sidonie verblüfft, als Gabriel verschwunden ist.

»Genau so!« amüsiert sich Sayed mit seinem gaumigen arabischen Akzent. »Wir nennen ihn Grappiel.«

*

Nachts wirft sich Sayed auf seinem Bett hustend hin und her. Da seine Wohnung im Schafstall direkt an meine grenzt, nehme ich an, daß auch die Räume gleich aufgeteilt sind, wir schlafen also gewissermaßen Kopf an Kopf. Die Trennwand zwischen den Wohnungen ist aus Pappe oder Gips – was an diesem Schafstall ein Privileg sein soll, weiß ich wirklich nicht. Als Sayed letzte Woche die Frau dahatte, habe ich alles gehört – ziemlich klägliche Vorstellung übrigens, und ich regte mich auf, weil ich nicht wußte, ob mich das befriedigen oder erniedrigen sollte, bis mir klarwurde, daß es darauf nicht ankommt, denn, viel schlimmer, er hört mich genauso gut, mein Taumeln, mein Schimpfen, meine Schreie im Traum.

Sayed trinkt. Nicht laut und heftig, sondern gemächlich; nicht Schnaps, sondern Wein. Wahrscheinlich kifft er auch. Ich erkenne es am Glitzern in seinen Augen und am Grinsen. Er verbirgt es nicht, im Gegenteil, er präsentiert es wie eine Narrenkappe. Dabei ist er tüchtiger, als er tut. Er arbeitet in drei Sprachen für Exilzeitschriften in fünf Ländern und schreibt massenhaft Briefe, die er immerzu zur Post trägt. Jetzt sehe ich ihn in zerfallenden Sandalen auf den Schafstall zulatschen. Pferdeschwanz, Mäusebart, zerrissene Hosen, die Schulter gebogen unter einer schweren Umhängetasche – hoffentlich klopft er nicht. Ich habe versprochen, sein Buch zu lesen, und es nicht getan, es deprimiert mich. Jetzt merke ich: Alles, was ich statt dessen getan habe, war noch deprimierender. Wenn er mich schont und vorbeigeht, werde ich lesen.

Er klopft.

Ich humple auf dem Gipsfuß zur Tür in der Hoffnung, er wird die Geduld verlieren. Er verliert sie nicht. Ich öffne.

Er greift in seine Ledertasche, zieht grinsend und hüstelnd einen Apfel hervor, reicht ihn mir und geht.

Gott sei Dank ist sein Buch dünn.

*

Es ist ein autobiographischer Text. Sayed schlurft, wie ihm die Sandalen von den Füßen fallen, und so schreibt er auch: ausdrucksvoll nachlässig, insgeheim pathetisch.

Sayed stammt aus dem Libanon und floh Anfang der Achtziger vor dem Krieg nach Deutschland. Schon früher war er vor seinem Vater geflohen, einem kurdischen Großgrundbesitzer, der im Dorf ein eisernes Regiment führte. Sayed hat einundzwanzig Geschwister. Seine Mutter war von vier Frauen die zweitjüngste, und die kinderreichste: Sie allein hatte zehn Kinder. Dabei war sie halb geächtet, denn nach der Heirat verkrachte sich ihr Clan mit dem ihres Mannes, und der Mann betrachtete seine eigenen Kinder von ihr als Feinde. Sayed mußte ständig arbeiten, Geschwister hüten, das Vieh füttern. Er wurde geschlagen. Der Alte schlug auch seine Frauen und seine anderen Kinder, aber Sayed am häufigsten, da er seinen Widerstand spürte.

Sayed wollte fort, seit er denken kann. Er durfte aufs Gymnasium, weil er begabt war. Ein Gymnasium gab es in der Stadt, siebzig Kilometer weiter. Sayed packte sein Bündel mit der Gewißheit, nie mehr zurückzukehren. Beim Abschied sah er die Mutter weinen und meinte zu wissen, daß sie es wußte und ihn beneidete. Er prägte sich das Bild ein, die verschorften Wangen, die runzligen Hände, den wieder einmal dicken Bauch. *Manchmal sitzt mir der Tod auf der Brust, dann sehe ich deine Trauer, die mir das Glück befiehlt.*

Neulich bekam er mit der Post eine Tonbandkassette, besprochen vom Vater, der kaum schreiben kann. Der Patriarch sagte, nachts fühle er im Herzen die Liebe zu seinem Sohn pochen. *Billige Reue,* schreibt Sayed, *ein Taschenspielertrick! Ihm schenkt er Erlösung, mir stiehlt er das Mark.*

Damals auf dem Dorf bekam keiner ein Zeichen der Liebe. Die einzelnen Frauen schliefen mit all ihren Kindern in jeweils einem Zimmer. Sayed weiß nicht, wie das Eheleben geregelt war. Vielleicht schlich sich die Frau, die jeweils dran war, nachts heimlich aus dem Zimmer? Vielleicht merkte man, wer fällig war, daran, welche sich abends schminkte? Manchmal stritten die Frauen darum. Selten kam das Thema zur Sprache. Einmal erwähnte die zweite Frau, daß sie erschrak, als ihrem Mann während des Hochzeitsaktes plötzlich Speichel aus dem Mund lief.

*

Sind unsere Väter schuld, daß wir so geworden sind? Oder sind es die Mütter, die die Väter gewähren ließen? Ich erinnere mich an die Wutanfälle meines Vaters – ich weiß bis heute nicht, ob sie echt oder gespielt waren. Ständig nörgelte er am Essen, im günstigsten Fall spottete er, im ungünstigsten warf er mit Geschirr. Meine Mutter wußte von vornherein, daß sie es ihm nicht recht machen konnte, und versuchte es doch jeden Tag. Beim Kochen war sie ein Nervenbündel.

Sie ließ es an den Kindern aus, das heißt an mir, denn meine viel ältere Schwester arbeitete bald irgendwo als Sekretärin und war kaum mehr zu Haus. Jemand sagte mir, daß Kinder schlechte Bedingungen normal finden, solange sie nichts anderes kennen. Auf mich trifft das nicht zu, ich spürte früh, daß etwas nicht stimmte. Dabei habe ich weniger unter den armseligen Verhältnissen gelitten als unter der Heuchelei, der Angeberei des Vaters, der mütterlichen Bigotterie. Die Erwachsenen schienen einen heimlichen Genuß aus diesen verdrehten Spielen zu ziehen. Bald suchte auch ich meinen kleinen parasitären Genuß. In der engen Wohnung erwachte ich nachts vom rhythmischen Stöhnen des Vaters. Es war grotesk und erregend zugleich. Am Morgen suchte ich gierig nach Spuren des Widerwillens auf Mutters Gesicht.

Vater ging fremd. Einmal, da war ich vielleicht sieben, nahm er mich auf dem Fahrrad irgendwohin mit, ich erinnere mich an Feldwege, Sonne und Mais. Bei einer Scheune stiegen wir ab. Eine tschechische Magd kam uns entgegen, die mir als Eva vorgestellt wurde – »Aber erzähl der Mama nicht, daß wir sie getroffen haben, die ist sonst traurig.« Vater und Eva redeten miteinander Tschechisch, dann gingen sie in die Scheune. Ich saß im Staub und spielte. Schließlich kam Vater wieder heraus, lächelnd.

Im dritten Kriegsjahr wurde er eingezogen, allerdings nicht an die Front, sondern als Verwalter eines Lazaretts nach Mähren. Wir besuchten ihn in *unserem Protektorat,* das mir wie Ausland vorkam: Kreuze, bunte Kirchen voller Gipsschnörkel, gedrechselte Säulen, schwarzgekleidete Frauen. Man verbot uns zu streunen, von Partisanen war die Rede. Das Lazarett war in einem alten Kloster eingerichtet. Mönche liefen herum. Im Refektorium lagen Schwerverwundete – Armlose, Beinlose, Eiternde, Blutende, Fiebernde und Schreiende. Man mußte zwischen ihnen hindurch zur Treppe ins Obergeschoß, das Vater bewohnte. Vater war aufgeräumt und zynisch. Mutter warf ihm vor, er schlafe mit den Krankenschwestern; es gab Tränen. Übrigens hat wohl auch Mutter in Aue einen Liebhaber gehabt. Er kam, wenn ich schlief. Ich wachte auf und hörte eine fremde Männerstimme.

Meine Kindheit unterschied sich also von Sayeds weniger, als es scheint. Trotzdem meine ich, daß er es leichter gehabt hat, denn er ließ die fatalen Verhältnisse für immer hinter sich. Ich indessen wurde in die Pflicht genommen und habe weiter versagt.

Das erste Mal in Leipzig. Ich studierte bereits am Literaturinstitut und bewohnte ein Zimmer in der Altbauwohnung einer Bürgerwitwe, in Untermiete nur, aber für mich allein; zum ersten Mal fühlte ich mich frei. Natürlich versuchte ich Frauen hereinzulocken, und einmal glückte es, ich kam sogar ans Ziel. Als ich später erwachte, störte mich die fremde Frau. Ich setzte mich auf die Bettkante, drehte das Radio auf und rauchte. Sie rückte nach, ich fühlte mich bedrängt und griff reflexhaft auf die kalten Sprüche meines Vaters zurück, schließlich nannte mich die Frau *unausstehlich* und ging. Am Morgen fragte ich mich voller Unruhe, was schiefgelaufen war. Ich erinnerte mich an die Dringlichkeit, die Fremdheit, die Angst zu versagen, den Streß, den Triumph, und das alles erregte mich derart, daß ich nicht wußte, wie ich über den Tag kommen sollte ohne die Frau, die ich vergrault hatte; ich rannte durchs Zimmer, um mich nicht an mir zu vergreifen. Da hörte ich schüchternes Klingeln, ganz anders als das der üblichen Besucher der Witwe. Ich stürmte durch den Flur und riß die Tür auf, bereit, über jede Frau herzufallen. Im muffigen Treppenhaus stand kläglich und ergeben meine Mutter.

Natürlich bat ich sie herein. In meiner Verwirrung bot ich ihr eine Zigarette an, aber sie sank weinend aufs Sofa und erklärte, daß sie es mit Vater nicht mehr aushalte. Sie musterte fast hoffnungsvoll mein häusliches Chaos, das zerwühlte Bett, das schmutzige Geschirr, die Staubmäuse unterm Tisch, und bot an, Ordnung zu machen. Dann fragte sie stotternd vor Verlegenheit, ob sie nicht vorübergehend – nur ein paar Tage – bei mir unterkommen könne. Sie würde auf dem Boden schlafen. Sie würde überhaupt nicht stören, sondern sofort was Neues suchen. Aber für heute wisse sie einfach nicht wohin.

Ich lehnte ab. Wie sollte das gehen, nur ein paar Tage? Ich kannte die Wohnungsnot in Leipzig, und ich kannte die Passivität meiner Mutter. Ich wollte nicht den Jammer einer dreißigjährigen Katastrophenehe auffangen, an der ich mich unschuldig fühlte, ich wollte Unabhängigkeit und Sensationen und Lust. Ich erklärte also, daß es Menschen gebe, die für die Freiheit geschaffen seien, und andere, und daß Mutter meiner Meinung nach zu den letzteren gehöre. Es war leicht, ihr das einzureden. Sie war demoralisiert.

KÄMPFE

Die Macht, die ich gewinne –
die habe ich zwar inne.
Sie aber übt mich aus …

Manfred Streubel

Während ich übersetze, kommt ein Einschreibebrief. Absender: *Der Polizeipräsident.* Ein Stromschlag ins Gehirn, Flimmern vor den Augen. Ich entziffere mühsam: Urteil nach §§, Strafbefehl, Unfall vom … April, Trunkenheit, Gefährdung des Straßenverkehrs, Punkte in Flensburg. Geldstrafe: 30 Tagessätze à 50,– Mark, die ich nicht habe, oder 30 Tage Gefängnis.

Ich falte den Brief zusammen, stecke ihn in die Tasche und humple ohne nachzudenken rüber zum Edeka. Ich kaufe vier Flaschen Dornfelder Rotwein und eine Flasche Wodka, eine Stange Zigaretten, Käse, Brot. Als ich zurückkehre, sitzt Sidonie vor meinem Haus. Sie blickt von einem Buch auf und fragt: »Wie siehst du denn aus?«

»Ich muß ins Gefängnis!«

Diese Sidonie hat tatsächlich erst ein einziges Buch geschrieben. Über die erste Seite bin ich nicht hinausgekommen, so lapidar und ungelenk ist der Stil, und nun sitzt diese Dilettantin ganz selbstverständlich auf meiner Plastesitzgruppe und fühlt sich als Künstlerin. Ja, ich weiß, es ist nicht meine Sitzgruppe, sie wurde nur vor meinem Schafstall aufgestellt, weil es dort schattig ist unter der Linde, trotzdem ist der Ort geographisch gesehen meine Rasenterrasse, und es belästigt mich, daß sich dauernd irgendwelche Künstlerdarsteller dort niederlassen, um das Künstlerleben zu genießen. Sidonie sitzt also mit ihrem breiten Gesäß auf einem weißen Stühlchen, dessen Lehne sich nach hinten biegt, und hat die nackten Füße auf ein anderes Stühlchen gelegt, keine grazilen Füße, aber immerhin gesunde braune junge Frauenfüße, um mich zu verwirren. Und sie meint, ich sei ihr Auskunft über mein Aussehen schuldig. Tja, so weit ist es gekommen: Nationalpreisträger Heinrich Steiger im Auffanglager für Flüchtlinge und Anfänger, ein Kostgänger des Engels Gabriel, dessen Ostherz für die Hilflosen schlägt und der nicht begreift, wie tief schon seine Güte mich erniedrigt.

»Wieso mußt du denn ins Gefängnis?« Sidonie fragt immer in einem entwaffnend direkten Ton, von dem ich nicht weiß, ob er Unschuld oder Gerissenheit bedeutet. Ich glaube eigentlich, sie ist ein Luder. Jetzt zum Beispiel, während ich auf ihre Füße starre, nimmt sie sorgfältig diese Füße einen nach dem anderen vom Stuhl und macht eine Bewegung, als lade sie mich ein, mich zu ihr zu setzen.

Ich setze mich. »Ein blöder Autounfall … Strafbefehl … kann meine Tagessätze nicht bezahlen«, erkläre ich erschüttert.

»Gibt es keinen Ausweg?«

»Für mich nicht.«

»Es gibt immer einen Ausweg. Warum verkaufst du nicht den Porsche?«

»Den nimmt doch keiner!«

»Wieso nicht? Du hast ihn doch auch genommen?«

Mehr noch als die Ironie reizt mich die selbstgefällige Vernunft. Wieder stehe ich als begriffsstutziger Ossi da und fühle mich auch augenblicklich so. Es ist unerträglich.

»Du denkst wohl, ich wäre mit dem letzten Regen vom Himmel gefallen?«

Sidonie lacht los. Sie hat ein unverschämt fröhliches lautes Lachen, von dem man nie genau weiß, wovon es ausgelöst wurde; wahrscheinlich weiß sie es, wenn sie zu Ende gelacht hat, selbst nicht mehr. Ich nehme meine Tüten und gehe ins Haus.

*

Erstens weiß ich nicht, wie man ein Auto verkauft. Zweitens hänge ich an dem Wagen: Wenn ich schon keine Frau habe, brauche ich wenigstens ein Auto. Drittens hätte ich diesem Porsche beinah die letzte Chance meines Lebens verdankt, plötzlich verhilft es zu einer allerletzten? Als ich nämlich im April ins Erzgebirge fuhr, hielt mich unverhofft eine Gutsbesitzerin auf, eine Wessi-Adelige, die sich den Familienbesitz hatte rückübertragen lassen und seit zwei Monaten auf dem verfallenen Gut lebte, ohne mit einer verwandten Seele zu reden. Als sie den silbernen Porsche mit der Speyerer Nummer an der Tankstelle sah, wähnte sie vielleicht in mir den Standesgenossen, zog mich in eine Konversation und sprach mehrfach die Einladung zum Tee aus. Leider hatte ich es eilig, ich wollte zu meinem ehemaligen Bauernhof hinter den Wäldern.

Im nachhinein frage ich mich, warum das eigentlich so eilig war.

Das Schneehaus habe ich ab Mitte der Siebziger zehn Jahre lang bewohnt und dann in einem Anfall von Wahnsinn für fünftausend Mark verkauft, weil meine junge Frau plötzlich in der Stadt wohnen wollte. Warum mußte ich es überhaupt wiedersehen? Vielleicht, weil ich dort einmal glücklich gewesen bin? Oder um Wunden aufzureißen? Das Wiedersehen war jedenfalls ein Schock, der Hof war dem Verfall preisgegeben, und ich hätte in Tagen und Wochen nichts verpaßt. Die Gutsbesitzerin hingegen war amüsant gewesen, möglicherweise wohlhabend, ganz offensichtlich interessiert und genau im richtigen Alter.

Schon als ich das Schneehaus kaufte, war es baufällig. Es hatte knarrende Treppen, dicke Bohlen, zugige Fenster, einen offenen schwarzen Herd mit eisernen Stativen, an die man rußige Töpfe hängte, die Jauchegrube war verstopft, das Klohaus morsch. In der länglichen Stube hatten bis ins neunzehnte Jahrhundert hinein Webstühle gestanden. Dann war das Haus in den Besitz einer reichen Händlerfamilie übergegangen. Alle Türen hatten Kutschenschlösser.

Zum ersten Mal gesehen hatte ich es, als ich im Ferienhaus meines Lektors eine Edition vorbereitete. Eigentlich wollte ich vom Erzgebirge nichts mehr wissen, zu froh war ich, ihm entronnen zu sein. Aber dann verbrachte ich dort zwei herrliche Wochen. Ich war auf der Höhe meines Könnens, stolz auf meinen Weg aus dem Auer Hinterhof in diese komfortable Datsche, deren Eigner seinerseits stolz war, mich als Gast zu haben. Sogar das Wetter meinte es gut mit mir. Der Wald stand in glühenden Farben, die Luft war würzig, und wenn ich inspiriert den ganzen Tag gearbeitet hatte, lief ich die schroffen Hänge hinauf zwischen rostrotem Farn und blaßgrünem Moos, oder hinab in den Wald wie durch ein Fabelland aus goldenen Blättern. Wenn der Schatten heraufkroch, wurde es kühl, im Tal röhrten die Hirsche. Ich sog die rauhe Luft ein, eilte nach Hause mit kalter Haut, zündete Holz im eisernen Ofen an, hörte das Käuzchen schreien. Am nächsten Morgen voller Lust an den Schreibtisch, und immer, wenn ich aufblickte, fiel mein Blick durchs Fenster auf das Schneehaus, das nur einen Steinwurf entfernt stand. Das Schneehaus war größer als die Datsche des Lektors, aber marode und düster, dennoch wurde mir der Anblick vertraut. Die einzigen Bewohner waren eine sehr alte Frau und ihr Hund. Das müßte man haben, träumte ich. Sechs Monate später erreichte mich ein Telegramm, das Anwesen stehe zum Verkauf.

Der Lektor empfahl mir als Handwerker einen Zimmermann

aus dem Dorf. Doch dieser große, dicke Mann starb an einem Herzinfarkt ausgerechnet in meinem ersten Stock, dessen Gänge so schmal waren, daß man den Leichnam aus dem Fenster abseilen mußte. Weitere Handwerker hatte die Siedlung nicht; es lebten dort nur sechzig Leute. Dann fand ich einen Gesellen aus dem Nachbardorf, der halb schwachsinnig war. Einmal hielt ich ihm die Leiter, da ließ er seinen Eisenhammer fallen. Ich spürte einen Schlag und ging in die Knie, von meiner Stirn schoß ein Vorhang aus Blut. Der Schwachsinnige rannte davon mit dem Schrei: »Iech hob wen umgebracht!« Gott sei Dank war die Frau des Lektors da. Ich taumelte rüber, schlug mit den Fäusten gegen die Tür, bis die junge Frau öffnete, sank auf der Schwelle zu ihren Füßen nieder und sagte: »Ich seh nichts mehr!«

*

Jeden letzten Sonntagnachmittag im Monat gibt es bei uns eine öffentliche Lesung, jeder Stipendiat muß einmal ran, heute Sayed, und ich erfahre bei der Gelegenheit, daß es seine Abschiedslesung ist; nächste Woche wird er uns verlassen. Es betrübt mich ein bißchen. Zuletzt haben wir uns gut verstanden, und wer weiß, was nachkommt.

Es ist kein Tag für Ausflügler, zu düster, zu schwül, deshalb kommen als Publikum kaum zwanzig Figuren in der Scheune zusammen: neben Gabriel fünf Künstler, dazu sechs Kunstfreunde aus dem Umland und sieben Schwachsinnige aus dem Pflegeheim mit zwei Betreuern. Als Gabriel die Begrüßungsworte sprechen will, bricht ein Gewitter los: grelle Blitze von allen Seiten, Donner, Platzregen, während drinnen die Lampen verlöschen. Einige Behinderte schreien, doch als Gabriel sich auf den Weg zum Sicherungskasten macht, werden alle wieder munter, die Künstler laufen hinaus unters Vordach, um das Schauspiel zu genießen. Dort ist wenig Schutz, der Sturm schlägt Wasser und Hagel herein. Als Irene und Sidonie zurückkehren, sind sie aufgeregt wie Kinder. »Ihr seht besser aus, wenn ihr ein bißchen feucht seid!« schnurrt Gabriel. Sie setzen sich schlotternd und lachend, weiße Körner im Haar.

Man könnte meinen, nach einem solchen Auftritt der Natur hätte die Kunst keine Chance, doch das Gegenteil ist der Fall: Man ist hellwach, ans Große erinnert, auf Großes gefaßt. Sayed, der so oft bekiffte oder berauschte, albern kichernde Sayed, verwandelt sich vor unseren Augen in einen Propheten. Er werde aus seinem Gedichtzyklus *Asyl* vortragen, den ein Freund aus dem Arabischen ins Deutsche übersetzt habe, sagt er. Er habe diese Notizen im deutschen Asylheim verfaßt; formal habe er eine epische Form entwickeln wollen, für die es leider im Arabischen kein Vorbild gebe. Er wisse nicht, ob es gelungen sei; und sei auf unser Urteil gespannt.

Er spricht mit fester Stimme auswendig, die Augen geschlossen; mit dem schütteren Bart, den weichen Lippen und dem schmerzvollen Ausdruck könnte er als Märtyrer durchgehen. In Abständen wird er von nervösem Husten geschüttelt. Die Behinderten aus dem Pflegeheim husten mit, zuerst einzeln, dann im Chor.

Die Dichtung ist eine Elegie. Jeder Satz beginnt mit *Ich,* jeder bebildert ein Gefühl. Er sah sich im Traum als Falke, der im Sturm den Weg fand, und erwachte als gehetztes Pferd. Er streicht als Obdachloser um die Zitadelle der Hoffnung. Die Welt hat ihn abgeworfen in den Graben des Nichts. Es gibt keinen Weg ohne Worte. Er tastet sich über die löchrige Brücke der fremden Sprache. Wenn er wenigstens seine Enttäuschung ausdrücken kann, wird die Brücke tragen.

Er lauscht nach Worten im Dröhnen des Orkans.

Er betastet die Wörter mit zitternden Händen. Er will die Splitter seines Herzens festhalten. *In den Splittern wird die*

Welt sich zeigen, blitzend und bunt, und das graue Gewebe der Stummheit zerreißen.

Nach der Lesung gibt es eine magere Diskussion. Sidonie bemerkt, daß vom Asyl ja gar keine Rede gewesen sei, sondern »immer nur« von der Seele des Dichters. Robert verteidigt Sayed: Bewegungen der Seele, indem sie das Äußere reflektierten, belebten dieses Äußere auch. *In den Splittern wird die Welt sich zeigen …* »Ja aber«, sagt Sidonie dämlich, »ich habe nichts von der Welt gesehen! Neulich hast du so interessant vom Asylantenheim erzählt, Sayed: von den taubstummen Polen, die immer mit Türen knallten, von den Diebstählen, von den Heimleitern, die Dokumente zurückhielten, um euch zu erniedrigen …«

Sayed lächelt vornehm: »Mir ging es um anderes. Das da sind Geschichten, die man auf der Straße findet.« Er blickt fragend zu mir. Er schätzt mein Urteil, was mich immer wieder in Verlegenheit bringt.

»Es sind ausdrucksvolle Gedichte«, sage ich zögernd. »Ästhetisch fremd durch die vielen Genitivmetaphern, *Zitadelle der Hoffnung, löchrige Brücke der fremden Sprache, Splitter meines Herzens* – leitet sich dieses Stilmittel aus der arabischen Tradition ab?«

Sayed legt die Stirn in Falten. »Wieso?«

»Im Deutschen sind sie ja heute eher verpönt. Andererseits: So gelesen wie von dir – gewissermaßen gesungen, ohne Hebungen – haben sie einen gewissen Reiz …«

Das Publikum zerstreut sich.

Wir Insassen gehen durch die Hintertür in den Garten, um zu rauchen. Draußen wieder klarer Himmel, das Gewitter ist abgezogen, die Luft frisch. Sidonie, als Nichtraucherin, strebt sogleich frierend ins Haus zurück, gefolgt von Robert, dem anderen Nichtraucher, der uns zuruft, er werde den Kamin anzünden.

Dort, nach einigen Gläsern Weißwein, erzählt Sayed, einer der Behinderten habe zu ihm gesagt: »Hattu gut macht!« Er lacht beschwipst. Gabriel hat drei Flaschen Wein aus dem Künstlerhauskeller aufgefahren und in der Gemeinschaftsküche Käsestangen gebacken. »Robert, Genosse! Heize, daß die Schamotte glüht!« ruft er. Das Feuer lodert, über dem Kamin zirpt ein Heimchen. Das Gespräch wendet sich noch einmal Sayeds Vortrag zu. Irene hat mehr lyrische als epische Elemente gesehen. Warum wolle Sayed unbedingt Epik schreiben, da er doch offenbar Lyriker sei?

Epik sei die Forderung der Gegenwart, antwortet Sayed. Es sei das Verhängnis der arabischen Kultur, daß sie immer noch keine Epik entwickelt habe.

»Tausendundeine Nacht?«

»Ein Märchenbuch!« Wieder der heilige Ernst. Sayed sieht den schmerzenden Mangel und zieht ohne Illusionen in den verlorenen Kampf. Epik sei der Weg von Beobachtung und Übersicht, erklärt er, und genau der fehle der arabischen Welt. Es gebe Lyrik, sehr gute Lyrik, doch auch dort ein Übergewicht an Pathos und Sentiment. Keine Vernunft. Epik habe sich nicht entwickeln können, früher nicht, weil es keine Tradition gab, später nicht, weil die osmanische Herrschaft geistige Freiheit unterdrückte, in der Gegenwart nicht, weil der Islam die Erneuerung der Sprache verhindere. Es gebe bis heute keine richtigen arabischen Lexika, keine verbindliche Grammatik. Bei Streitigkeiten sei man gewiesen, sich an die Sprache des Koran zu halten. Das Arabische sei verklebt von sinnlos gewordenen altertümlichen Worten und Wendungen, versteift von hölzerner Rhetorik, ein Popanz. Deswegen liege die arabische Kultur darnieder. Er selbst bemerke die vielen leeren Formeln in seinen Texten, wenn er sie ins Deutsche zu übersetzen versuche.

»Es ist schade«, sagt er, »um meine blinde Heimat und um

meine besinnungslose Sprache. Ein Herz, das nicht lieben darf, muß wenigstens ehren, sonst trocknet es aus.«

Wir werden sentimental. Jemand hat letzte Woche im *Spiegel* die Erinnerungen der Meinhof-Töchter gelesen. Ulrike Meinhof, die in der Isolationszelle nach vier Jahren Selbstmord beging: Ist nicht Ähnliches mit ihr passiert, ist nicht auch ihr Herz vertrocknet? Sie habe manchmal das Gefühl gehabt, ihre Zelle bewege sich. Nur wenn die Sonne hereinschien, stand die Zelle still, verankert an der Säule der Sonne.

»Ich«, bemerkt Gabriel, »war als Achtzehnjähriger im Stollen der Wismut, unterernährt, fünfzig Stunden die Woche, Lärm, Staub in der Lunge, Radon im Körper, kein Gespräch. Da hatte ich auch das Gefühl, daß meine Herznerven zerspringen wie Glas. Später behauptete ich meinen Frauen gegenüber, ich könne wegen dem Uran nicht mehr lieben. Sex, o ja, immer, niemals genug. Aber Gefühle – nein, täte mir leid. Erst in meiner reiferen Jugend habe ich die wirkliche Liebe kennengelernt. Anna, hörst du uns?« fragt er in den Äther.

»Wie drückt sich reifere Jugend in Zahlen aus?« möchte Sidonie wissen.

»Fünfundfünfzig.«

»Oh. Wir gratulieren!« Man stößt auf Anna an.

Später fragt er Sidonie, welche Präservative sie bevorzuge: »Sag mir, Teuerste: dicke oder dünne, glatte oder genoppte?«

»Du wirst niemals in der Situation sein, Teuerster, diese Information zu benötigen.«

Er lächelt mit feuchten Augen: »Trotzdem schön, daß es dich gibt.« Kurz darauf schläft er mit gefalteten Händen auf seinem Stuhl ein.

*

Irene Ammann hat angeboten, mir bei der Eröffnung eines Staverfehner Kontos zu helfen. »Donnerwetter!« ruft sie, als wir uns um elf Uhr vor dem Haupthaus treffen. »Ein Blazer von Joop!«

»Das hat mir meine Frau gekauft, als sie noch was für mich kaufte.«

Warum sage ich das? Ich wollte ihr imponieren, das ist gelungen, und dann mußte ich gleich wieder klagen. Irene lächelt stumm, sie will das Thema nicht vertiefen, doch ich habe meine Fassung verloren, zuviel getrunken wie immer, und auf dem Weg – es sind nur ein paar hundert Meter – kämpfe ich vergeblich mit meinen zerfetzten Nerven. In der Sparkasse bin ich kaum imstande, dem adretten Angestellten zu folgen, der einen Fragebogen ausfüllt. Ich bin nicht – im – Stande. Außer Stande. »Familienstand?« fragt er. Ja was soll ich sagen? Ich lebe in Scheidung, bin aber noch nicht geschieden, also was bin ich dann? Er beugt den hübschen Kopf über sein Papier und schreibt: *gtrl.* »Was heißt das?« frage ich beunruhigt.

»Getrennt lebend.«

»Gtrl, gtrl, gtrl …«, murmle ich nervös.

»Ein Amtskürzel«, erklärt er. *gtrl!* Ein mickriges, spitziges Konsonantenknötchen für meine Verzweiflung, meine Verlassenheit, meinen Niedergang! Ich springe auf. Das ist nicht meine Welt. Irene zieht mich sanft am Arm, auf den Stuhl zurück. Die weiteren Fragen beantwortet sie für mich. Erst die Frage nach meinem Beruf bringt mich wieder in die Spur. »Schriftsteller!« stoße ich hervor. Hierüber, immerhin, scheint er beeindruckt. Aber vielleicht macht er sich auch lustig?

Als die Prozedur überstanden ist, lade ich Irene in die Eisdiele ein. Wir trinken Kaffee und rauchen. Irene ist bestrickend. Sie schreibt eine hermetisch experimentelle Lyrik aus selbstgebauten Wörtern, Tribut an die Hohe Kunst, und gelegentlich Satirisches aus collagierten Zeitungsfetzen, um sich Luft zu verschaffen. Manchmal beobachte ich sie. Sie träumt auf dem Mäuerchen vor meinem Haus in die Abendluft, als erhasche sie mit einem zweiten Gesicht Wörter im Flug. »Was machst du damit?« frage ich.

»Ich baue sie zu freien Versen zusammen und lege sie für ein Jahr in die Schublade. Dann hole ich sie wieder raus und feile, bis es paßt.«

»Wie merkst du, wann es soweit ist?«

»Wenn ich nichts mehr ändern will.«

»Für wen schreibst du?«

»Für die, die lesen können.«

»Was bringt das?«

»Protest«, antwortet sie ruhig. »Der Markt tötet die Kunst. Wir wollen ein Gegenmodell entwerfen, eine nicht gefällige, nicht korrupte Kunst.«

»Wir« ist eine Gruppe rabiater Lyriker, die alle in Züricher Kellern leben, am Existenzminimum, weil so was natürlich keiner liest. Nur die parodierte Pop-Lyrik bringt gelegentlich ein paar Franken.

Verwandte im Geiste
Der übliche Psychomüll
sofort mit 70 kg Zugkraft belastbar
rund um die Uhr, 365 Tage im Jahr.
Nichts gelernt aus der hohlen Hand vor der Tür.

Ich hab's ehrlich gelesen. Dieser Band heißt: *Neue Kleider ersetzen den Mut zur Zurückhaltung.* Seit zwei Wochen fürchte ich, sie wird nach meiner Meinung fragen. Aber hier, in dieser Eisdiele, sehe ich: Sie ist erhaben über das Urteil eines Mannes wie mir.

Diese unerbittliche Forscherin an den Rändern der Poesie ist im Umgang eine diskrete, milde, fast mütterliche Frau. Sie hat Grübchen, ein kluges Gesicht, funkelnde hellbraune Augen, schulterlanges dunkles Haar. Berückend kontrastiert ihre dunkle, warme Stimme mit dem gutturalen Schweizer Akzent. Irene wiegt den Kopf und lächelt, sie steht im Bann eines Kunstwillens, dessen Brutalität sie vorerst noch als Stärke oder Auszeichnung genießt, eine verwunschene Prinzessin. Leider hat sie auch einen Prinzen, ebenfalls aus dieser Hungerleidertruppe. Er kommt manchmal zu Besuch: Kettenraucher wie sie, ein schöner, großer Mann mit Locken. Schade. Wäre sie frei, ich würde sie heiraten.

*

Der Weg durch die Scheune führt an mehreren Boxen vorbei – früher standen Pferde darin, die Gitter machen mich jedes Mal schaudern. Außerdem hasse ich die zeitgeistigen Aufschriften. In der *Medienbox* stehen Fernseher, Video, ein Kassettenrecorder und sechs Stühle, und manchmal habe ich Lust fernzusehen, aber eine *Medienbox* betrete ich nicht. Die *Fax-* und *Kopierbox* meide ich nicht so konsequent, da wir gratis faxen dürfen. Und in der *Postbox* ist mein Brieffach, die frequentiere ich wie ein Süchtiger in der Hoffnung auf einen handbeschrifteten Brief oder wenigstens eine bunte Marke.

Enttäuschung auch heute, handgeschrieben nichts, Amtspost automatenfrankiert, ein Brief von einer Inkasso-Firma, einer vom Verlag. Mit Herzklopfen in den Schafstall, Inkassobrief aufgerissen, es handelt sich um eine Rechnung. Ich überfliege: *Restbestände (makuliert)* – ach Gott. Meine Bücher, unverkäuflich. Ich hatte sie, als ich noch in Halle lebte, vom Verlag geschenkt bekommen und die Kisten bei meinem Auszug zusammen mit ein paar unbrauchbaren Möbeln zurückgelassen. Das alles hat Marita jetzt weggeworfen, die Rechnung wird gestellt für *Entsorgung verschiedener Gegenstände, Menge: 1/2 Container.*

Der nächste Brief ist Verlagspost aus der Honorarabteilung. *Die Fänge der Freiheit* haben sich schlecht verkauft, 1600 Exemplare von einer 3000-Stück-Auflage. Die Statistik endet mit der Feststellung eines *Minus-Saldo zu unseren Gunsten.* Vor drei Jahren hatte ich fünftausend Mark Vorschuß bekommen, die sind längst weg.

Die Krankenversicherung wiederum schickt einen Fragebogen wegen des verstauchten Fußes. War die Treppe im *Pini di Roma* feucht, schartig, unregelmäßig, zuviel gebohnert *(Zutreffendes bitte ankreuzen)*? Wie kommen die auf *Pini di Roma?* Ich hatte doch geschrieben, ich sei zu Hause gefallen, kein Restaurant, keine Treppe! Oder habe ich etwa mal was anderes gesagt? Wo bin ich eigentlich gestürzt?

Dann Steuer, Rechnungen, der unpersönliche, unmenschliche Ton. Ich fange an zu zittern, mein Magen dreht sich, auf einmal fließt mir Wasser aus den Augen. Soll ich wirklich meine Frau unterstützen? Ich verdiene doch nichts! Das Stipendium reicht nicht mal für die laufenden Kosten, da ich ja auch meine Speyer-Miete zahlen muß, und was danach werden soll, steht in den Sternen. Was will die Frau von mir? Sie hat doch gerade geerbt!

Ich stürze aus dem Haus hinaus in den Sommer, alle genießen ihr Leben, Robert wollte mit dem Bus nach Holland, Irene besucht ihre Bildhauer, Sayed kocht – nur ich ... ich irre am hellen Tag dem Abgrund entgegen. Ich bin geblendet, ich stolpere – ich stolpere beinah über Sidonie.

Sidonie auf dem Gartenstuhl. Sidonie liest vor meinem Haus Gedichte und staunt mich an. Sie hebt das Gedichtbuch und bekennt, sie habe gar nicht gewußt, daß immer noch Gedichte geschrieben werden, und dann so schöne! Ich bin sprachlos. »Kennst du das?« schwärmt sie. Und rezitiert das Gedicht von den *vier weißen Tauben, die sich in das Blau des Himmels schrauben.*

Es ist schön, sich im Aufwind zu wiegen
Es ist gut, nicht alleine zu fliegen
Es ist klar, daß Steigen schon viel ist
Es ist wahr, daß der Weg das Ziel ist.

»Robert Gernhardt!« ruft sie stolz, als hätte sie eben Amerika entdeckt. »Ich weiß zwar nicht warum, aber ich find's klasse. Was sagst du als Fachkollege?«

Ich als Fachkollege bin nicht in der Verfassung für ... Nachhilfeunterricht. Ich habe bemerkt, daß sie eine feine Stimme hat, nicht satt und dunkel wie die von Irene, sondern frisch, hell und in dieser tastenden Modulation fast mädchenhaft. Und wie sie mich jetzt ansieht, bewundernd nur deshalb, weil ich ein Kollege von Robert Gernhardt bin, dem souveränen, weltfrohen Star, das geht mir durch und durch.

»Schöner Einfall ... gelungene Form, geschmeidig ... Vielleicht etwas gefällig? Aber es geht ihm vielleicht einfach gut? Mir – mir geht es nicht gut. Deswegen ... kann ich – nicht ...«

Sie sieht weiterhin von ihrem Stuhl zu mir auf, immer noch bewundernd, aber auch mitfühlend, und schon wieder erzähle ich alles. Sie hört aufmerksam zu und verwandelt sich von der Verehrerin in eine kompetente Westfrau.

»Kannst du deine Frau nicht einfach ansprechen, die Sache im Guten zu regeln?«

»Nach einem Ehekrieg ist nichts einfach, meine Liebe.«

»Vielleicht nicht einfach«, gibt sie zu, »aber lösbar.«

Ich ärgere mich. »War es einfach mit deinem Zahnarzt? Zahlt er? Freiwillig?«

»Wir waren nicht verheiratet«, sagt sie. »Er zahlt nichts. Am meisten reut mich die vergeudete Zeit. Aber die hab ich ja selbst vergeudet. Willst du keinen Schlußstrich ziehen?«

»Schlußstrich!« Ich ringe um Luft. »Wie soll das gehen?«

»Schreib ihr einen Brief. Etwa so: Du hast deine Erbschaft und bist mich los, was willst du mehr?«

»Nein!« Gott, macht die sich's leicht. Mich packt der Zorn. »Ich will einen Teil von der Erbschaft! Ich habe meine Frau zehn Jahre lang ernährt, was in der DDR keineswegs selbstverständlich war. Warum gibt jetzt nicht sie mir was ab?«

»Wie, eben warst du verzweifelt, weil du zahlen sollst, und auf einmal sollst gar nicht du zahlen, sondern sie?«

»Na und?«

»Dann mußt du dir einen Anwalt suchen.«

»Mein Anwalt hat mir abgeraten. Er sagt, dieses Geld sei kein Zugewinn, sondern eine Schenkung. Aber ich sehe das nicht ein. Übrigens muß ich mich von dem Anwalt sowieso trennen, er wird mir zu teuer.«

»Dir ist schwer zu helfen«, sagt Sidonie nachdenklich.

Was soll ich sagen? Mir ist überhaupt nicht zu helfen. Ich sollte mich umbringen, ich weiß nur nicht wie. Vergiften und Aufhängen ist unmännlich, eigentlich müßte ich mich erschießen. Aber wie geht man mit einer Pistole um?

*

Heute ist der Gips abgenommen worden, und ich weiß noch nicht, wie stark ich den Fuß belasten darf. Sicherheitshalber stütze ich mich auf die Krücke für meine ersten Schritte vom Auto zum Schafstall. Vielleicht sitzt Sidonie wieder dort? Ich habe ihr *Schneehänge im Erzgebirge* geschenkt, ganz korrekt, nachdem schließlich auch sie mir ihr Buch geschenkt hat. Ich hatte auch erwogen, ihr *Pechbrand* zu schenken, na, kommt vielleicht noch. Sidonie mein Buch lesend vor meiner Schwelle, das wäre nett, ich freue mich direkt auf ihre einfältigen Kommentare.

Doch sie ist nicht da.

Ein warmer Tag, bißchen windig. Keine Lust auf Karatschinzews Elegien in meinem düsteren Stall. Unsicher auf meinem schwachen Fuß gehe ich durch den Garten, der weitläufiger ist, als ich dachte. Die alten Eichen und Buchen hinter dem Schafstall hatte ich natürlich gesehen, aber die Streuobstwiese nie. Erst dort begrenzt ein Feldweg das Grundstück. Jenseits des Feldweges beginnt eine weite Wiese.

Auf dieser Wiese ist was los. Lieferwagen, Pkws; Publikum steht um einen großen Korb, an dem Seile hängen, Leute entfalten einen riesigen Balg – hier ist offenbar der Startplatz der Ballons, die manchmal hinter dem Garten aufsteigen. Ich sehe eine Weile zu, ziemlich umständlich das alles, da kann man ja Tee trinken, bis der erste Meter geflogen ist. Ob ich rüber zum Malerhaus gehe? Ich will den Feldweg entlang, da sehe ich auf einer Bank Sidonie. Gut fünfzig Meter von mir, soll ich hin, oder wäre das dreist? Wenn sie mit mir hätte reden wollen, säße sie ja vor meinem Haus. Liest sie die *Schneehänge im Erzgebirge*? Sitzt sie hier, weil es ihr nicht gefällt, oder weil es ihr gefällt?

Um den Ballon hektische Rufe. Menschen klettern in den Korb. Der Brenner, der noch auf der Erde liegt, wird entzündet. Die Flamme ein zischender Schweif, in die Höhle des liegenden Balgs gerichtet. Der Balg regt sich, zuerst kaum merklich. Dann beginnt er träge zu wabern, bläht sich allmählich, richtet sich auf, ewig langsam, noch unförmig, und wird schließlich prall, ein riesiges, rotgraues Tier – erregend … Das Tier zerrt an den Seilen, der Korb ruckt und kippt, von den Insassen kleine Schreie des Schrecks oder Glücks. Der Korb löst sich vom Boden und schwingt unter den Ballon, der auf eine Baumgruppe zugetrieben wird. »Sprit!« brüllt jemand von unten. Ein brüllender Feuerstoß drückt das Tier in die Höhe, und es wandert mächtig wie ein Berg über die Wipfel davon. Der Rufer unten reibt sich Schweiß von der Stirn, sein Hemd ist naß, als wäre er in einen Teich gefallen.

Erst jetzt merke ich, daß der Fuß schmerzt. Mit Krücke zurück. An meiner Tür klebt ein Zettel: *Auf Wiedersehen, böser alter Meister!* Ach, vergessen ... Ich habe mich von Sayed nicht verabschiedet. Er hat uns heute verlassen.

*

Am Abend ist es soweit, daß ich die Einsamkeit nicht mehr ertrage. Ich höre die Stimmen der Kollegen aus größerer Ferne – weil's kühl ist, haben sie sich auf Gabriels Eichenholzbank an der aufgeheizten Westwand des Haupthauses niedergelassen, trinken Rotwein und bestaunen die ersten Sterne. Soll ich mich dazugesellen? Ich schäme mich, weiß nicht wofür – vor denen? Trotzdem, wandere an ihnen vorbei, als müßte ich meinen Posteingang überprüfen. Robert macht Bemerkungen über Polarluft und darüber, daß die Sonne schon viel weiter unten sei, als es scheine, daß der orangenfarbene Leuchtsaum hinter den Bäumen durch die Krümmung der Atmosphäre hervorgerufen sei und so fort – wie ich diese Wissenschaftler mit ihrer Pseudoüberlegenheit hasse! Weil sie die Natur in Formeln packen können, fühlen sie sich der Welt gewachsen, dabei wissen sie nichts, nichts! Abstraktionen, Strichlisten, doch was das Leben soll, da ha'm se nüscht jekonnt, um es in Roberts Sprache zu sagen. Die können nicht mal anständig schreiben! Schnell weiter, sonst werde ich randalieren.

Zum Postfach – nichts, zum Faxgerät – nichts, zurück, am Edeltisch vorbei. Jetzt sind sie zu fünft. Der Zahlenjongleur Robert. Irene, für die ich ein Dinosaurier der sentimentalen Dichtung bin. Sidonie, die zu meinem Buch freundliche Worte gesagt hat, aber ganz nichtssagende: Schön finde sie es, »intensiv«, aber diese »unausweichliche Melancholie«, die habe sie ratlos gemacht. »Trotzdem, anrührend!« Unverschämtheit. Die anderen beiden am Tisch sind vom Hof der Bildenden Künstler, selten genug, daß die sich zu uns verirren. Ich erkenne Natascha, die herrliche rothaarige Riesin, und eine Neue, die heute mehrmals eine klappernde Schubkarre am Schafstall vorbeigeschoben hat, eine magere Vierzigerin mit Schirmmütze – beinah hätte ich mich beschwert. Was habe ich mit denen zu schaffen? Doch als Gabriel aus dem Haus tritt und meinen Namen ruft, bin ich froh. Gabriel entkorkt zwei seiner guten Flaschen, und wir stoßen an.

Unsere Westfrauen erzählen mit Lustgrusel von ihren ersten Ausritten in die *Zone.* Natascha fuhr kurz nach der Maueröffnung im Alfa Romeo ihres Vaters, einem ganz leisen Auto mit sechs Zylindern, in die ruinös heruntergekommene Stadt Leipzig – aus Neugier, wie sie sagt. Seltsam sei es gewesen, die aufgerissenen Straßen, die spärliche Beleuchtung, die kleinen, schlecht reflektierenden Schilder. Menschen seien als Silhouetten um Tonnen herumgestanden, aus denen Flammen züngelten wie in einem amerikanischen Ghettofilm. Und während Natascha im geräumigen, warmen, flüsterleisen Auto an dieser Szenerie vorüberglitt, hörte sie die *Maurerische Trauermusik* – ein Endzeitgefühl, sagt sie, ganz irreal.

Mich schmerzt, was sie sagt. Schon spreche ich's aus: »Das hat mir jetzt weh getan.« Alle schauen mich an. »Habe etwa ich das Land in den Ruin getrieben?« frage ich.

Robert: »Als Kollektiv haben wir es ruiniert. Wir hatten keinen Mumm. Wir haben geschimpft und gekuscht. In meinem Betrieb hörte ich von morgens bis abends Beschwerden. Ich sagte: Recht habt ihr, also wißt ihr was? Am Sonntag gehen wir nicht zur Wahl! Ein Teil von ihnen wurde sofort still, einzelne aber riefen: Genau! Wir verpassen denen einen Denkzettel! Am Montag legte ich meine Wahlbenachrichtigung auf den Tisch und fragte: Na, wo sind eure? Sie wanden sich. Sie hatten alle gewählt. Alle, außer mir. So kam man auf die 99 Prozent.«

»Ich habe auch nicht gewählt«, werfe ich ein.

»Dann gehören wir also zum selben Prozent«, bemerkt er gönnerhaft.

»Tja, und alle 99 Prozent haben die Wende besser überstanden als wir. Ich bin 1989 als einer der ersten aus Partei und Schriftstellerverband ausgetreten. Der Staat hat es nicht mal gemerkt, doch mir hat's geschadet, und schadet bis heute. Ein SV-Funktionär hat mir neulich nach einer Lesung den Arm um die Schulter gelegt und gesagt, er werde mir jederzeit den Weg nach Halle offenhalten. Aber dann müsse ich auch wieder Mitglied werden, denn von den Mitgliederverbänden werde das alles bezahlt, oder so ähnlich. Ausgerechnet diese Typen, mit denen ich nie wieder zu tun haben wollte! Alle wieder obenauf. Bitter ist das! Mit sechzig Jahren müßte man es eigentlich geschafft haben, stattdessen bin ich so tief unten, wie ich niemals war – allein, ausgebrannt, ohne Heimat ...«

»Ein Erzgebirgler ist niemals ohne Heimat, solange er Gabriel Herzgeber kennt«, ruft Gabriel und beginnt zu singen:

»O Arzgebirg, wie bist du schie,
mit deine Wälder, ihr Wiesen, Barg on Tol,
in Winter weiß, in Sommer grü,
O Arzgebirg, wie bist du schie!«

So wehmütig kann dieser Baßbrummer modulieren, so zart in die Kopfstimme gehen, daß ich mitsingen muß, die Schnulze macht auch auf dieses Publikum Eindruck, weshalb alle lauschen, und was noch schlimmer ist: Sie macht auf mich selbst Eindruck, dabei verkörpert sie alles, wovor ich geflohen bin.

Irene und Sidonie wollen wissen, was »Arz« heißt, ahnungslose Mädchen, sie waren schon in Argentinien und Indonesien, aber vom Erzgebirge haben sie nie gehört. »Und was heißt *schie*?«

»*Schön*, Teuerste, es heißt *schön*!« amüsiert sich Gabriel. »Sidonie, wie bist du schie«, ich sehe den Ausdruck des Unbehagens in Sidonies Gesicht und unterbreche Gabriel, um von unserem Erzgebirgsdichter Anton Günther zu erzählen, der aus Armut nach Prag auswandern mußte und sich in der Goldenen Stadt so herzzerreißend nach seinem zugigen Kaff am Gebirgskamm sehnte, daß er Kitschlieder schrieb. »Die Worte sind nicht der Rede wert«, sage ich. »Jedes Gebirge hat Berge und Täler und ist *im Winter weiß, im Sommer grü.* Aber die Musik …« Ich spüre, daß mein Publikum ungeduldig wird. »Na, er war ein Kauz. Er kehrte mit dreißig in die Heimat zurück, blieb aber arm. Er zog mit der Klampfe durch die Dörfer, wurde schwermütig und brachte sich um. 1937, mit einundsechzig Jahren«, erwähne ich. *Einundsechzig* werde ich selbst bald sein, kein Wunder, daß meine Stimme zittert.

»Es waren harte Zeiten«, lallt Gabriel. »Aber darüber sollten wir nicht vergessen, daß ein lebender Erzgebirgsklassiker unter uns sitzt. Kennt ihr zum Beispiel das berühmte Gedicht: *Der Tiefe Blühend Glücksstollen im Hinteren Grund?*« Und zitiert bereits: *»Unruhe / Traum Sucht Berggeschrei / Im Tal der Schwarzen Pockau …«* Er trägt gut vor, sie lachen, aber warum lachen sie? Warum lacht man im Westen über die Sachsen? Warum über Dichter? Wieder kippt meine Stimmung. Aus Trotz beginne ich die Ostdichter aufzuzählen, die sich umgebracht haben: Inge Müller und Theo Harych noch in der DDR. Eckhard Ulrich und Manfred Streubel nach der Wende. Bräunig und Djacenko haben sich zu Tode gesoffen, Hilbig und Leising sind dabei, es zu tun …

»Ulrich war bei der Stasi!«

»Nur für zwei Jahre in den Siebzigern, man hatte ihn erpreßt. Da er als Quelle nicht ergiebig war, haben sie das Verhältnis aufgelöst.«

Ja, Ulrich tut uns leid. Bei Streubel sind wir uneinig. Streubel war Hausdichter von *Bummi, Atze, Frösi,* in Erwachsenenzeitschriften wurde er kaum mehr gedruckt, angeblich veraltet, weil er immer reimte. Doch auch nach der Wende fand er keinen Verleger, weder in West noch Ost. Hat nun die Wende ihn umgebracht, oder wäre ihm sowieso nicht zu helfen gewesen? *Hier ist mein Auge: Glut aus großer Schwärze. / Genug gesehn in Frost und Freudenhaus! / Bevor es blakt wie eine Kirchenkerze – / Ich reiß es aus.*

»Er litt vielleicht an Depressionen?« bemerkt die herrliche Natascha, die Depressionen sicher nur aus der Zeitung kennt.

»Wie soll er keine Depressionen kriegen?« frage ich heftig. »Dichter sitzen immer zwischen allen Stühlen!«

Die neue Frau mit der Schirmmütze sagt: »Du neigst zu Selbstmitleid, wie?«

Das fehlte noch, der Tadel einer Frau mit Schirmmütze. »Haben wir uns schon bekanntgemacht?« frage ich irritiert.

Sie reicht mir die Hand. »Dora Linde. Bildhauerin. Und du?«

»Henry Steiger, Dichter.«

»Ja«, sagt sie, »das ahnte ich. Nichts für ungut, Henry, deine Kollegen sind tot. Aber du lebst und bist gesund, und ich weiß nicht, ob es dir da ansteht, soviel zu jammern.«

»Woher weißt du, was mir ansteht?«

»Ich vergleiche dich mit den Toten«, sagt sie und zieht ihre Schirmmütze ab. Die Frau ist fast kahl. Nur ein paar Flinzel kleben ihr am Kopf.

Die silberne Krone der Weide leuchtet im Mondlicht wie eine Wolke.

*

Sidonie, immerhin, glaubt mir meine Verzweiflung. Sie würde gern helfen. Was am dringlichsten sei, fragt sie.

Dringlich ist alles, doch das darf ich nicht sagen. Ich reiße mich zusammen und erkläre: der Scheidungsprozeß. Eine Katastrophe. Der Prozeß kostet nach Streitwert. Mein Anwalt meint, ich solle einen Prozeßkostenzuschuß beantragen, und hat sogar ein entsprechendes Formular geschickt, das ich ausfüllen soll. Aber wie schreibt man einen Antrag, wie füllt man ihn aus? Auch Sidonie muß ihn aufmerksam studieren, bevor sie feststellt: »Die wollen wissen, was du verdienst.«

»Ich verdiene nichts!«

»Wenn du das belegen kannst, übernehmen sie die Prozeßkosten.«

»Und wie belege ich das?«

»Na, du bittest zum Beispiel Gabriel, dir dein Stipendium zu bescheinigen. Dann hast du Honorare fürs Übersetzen bekommen, für Lesungen – da gibt's doch sicher Unterlagen ... Du zählst alles zusammen, und wenn zuwenig rauskommt, bist du zuschußberechtigt.«

Ich stolpere über das Wort *Übersetzungen.* Ich mache keine Übersetzungen, sondern Nachdichtungen, doch welchen Sinn hat es, Sidonie den Unterschied zu erklären? Ich werde abgebaut. Was meinen Wert ausmacht, interessiert keinen, und die es interessieren könnte, begreifen es nicht.

»Nachdichtungen«, höre ich mich scharf sagen.

»Wie?«

»Ist dir der Unterschied zwischen Übersetzungen und Nachdichtungen bekannt?«

»Ach so, entschuldige, na klar: Übersetzungen geben bloß den Sinn wieder, und du machst Rhythmen und so?«

Rhythmen und so? Bloß den Sinn? Soll ich sie rausschmeißen?

Sie betrachtet mich fasziniert wie ein seltenes Tier. Einst bestach ich die Frauen durch Talent und Autorität, heute durch Verwirrung, nun, sei's. »Du möchtest meine Unterlagen sehen«, sage ich zu Sidonie, ziehe meine Schreckenskiste aus dem Schrank und stelle sie ohne Kommentar auf den Tisch. Die Kiste quillt von Zetteln über, von denen allerdings die meisten Rechnungen sind, ich kriege Zustände, wenn ich sie sehe. Ich greife eine Quittung heraus: *Lesung in der Buchhandlung »Traumtänzer«, 150 Mark.* Was sind 150 Mark? Ich ringe nach Luft. Keuchend werfe ich den Zettel in die Kiste zurück.

»Ein Vorschlag«, sagt Sidonie streng. »Ab sofort wird jeder Zettel, den du in die Hand nimmst, verwertet. Wir sammeln hier die Eingänge, dort die Ausgaben, dann ordnen wir beide Stapel chronologisch, numerieren sie, heften sie ab und machen eine Aufstellung, plus / minus.«

Sie wird die Lust verlieren, und das zu Recht. »Du verlierst die Lust, ich sehe es schon«, sage ich niedergeschlagen.

»Es ist nicht meine Traumarbeit. Ich tue es aus Sympathie. Aber mach bitte auch mit.«

Als sie von Sympathie spricht, wird mir warm ums Herz und überall, und ich setze mich wieder. Wir sitzen jetzt nebeneinander an meinem Eßtisch und ordnen die Belege, jeder Zettel setzt eine Flut von Erinnerungen in Gang, so daß ich Sidonie die Regie überlasse und unwillkürlich ihr Erstaunen teile. »Hundertfünfzig Mark pro Lesung?« ruft sie. »Wir kriegen achthundert!«

»Tja, Sidonie, das war DDR-Standardtarif. Von den hundertfünfzig Mark pro Lesung wurden gleich zwanzig Prozent Steuern abgezogen, den Rest nahm man mit, ganz ohne Bürokratie. Von vier Lesungen im Monat konnte man leben.«

»Dort, aber nicht hier!«

»Mir gibt keiner achthundert. Und ich bin froh um jede Mark, außerdem kann ich vielleicht ein paar Bücher verkaufen.«

Auf einmal hält sie meine Kfz-Versicherung in Händen. Der Porsche.

»Tausendsiebenhundertfünfzig! Im Vierteljahr! Da zahlst du ja in einem Jahr mehr für die Versicherung, als das ganze Ding gekostet hat!«

»Das liegt an dem blöden Unfall ...«

Mit wieviel Promille?

Nein, das hat sie nicht gefragt. Diskrete Sidonie. Freilich, sie denkt darüber nach, ich sehe den Anflug von Fragen hinter der glatten Stirn.

»So ein Porsche könnte deine Chance auf Prozeßkostenbeihilfe mindern«, sagt sie nach einigem Nachdenken. »Hast du deinen Anwalt gefragt, wie er das sieht?«

Ich antworte nicht. Wir arbeiten weiter. Sie dringt nicht in mich, dabei ist sie neugierig, meine Sidonie, unverhohlen neugierig. Sie hat, um es genau zu sagen, etwas Vampirhaftes. Vielleicht ist sie doch eine Künstlerin. Dann muß ich mich vorsehen.

»Warum hilfst du mir?« frage ich.

»Weil es mir genauso gehen könnte«, antwortet sie.

Wir erarbeiten also meine Trauerliste, hier zweihundertfünfzig Mark, dort hundert ... Was war letztes Jahr im Frühling? Februar nichts, März nichts, April nichts ... Keine Einkünfte. »Nichts«, fasse ich zusammen. Sidonie blickt betroffen.

»Du schaust mich an, als hätte ich Lepra«, beschwere ich mich.

»Ich habe gerade meine eigene Zukunft gesehen.«

*

In Speyer gab es eine Buchhandlung mit einem wirklich guten Programm, geführt von drei feinen alten Damen. Die hatten sogar Lyrik im Sortiment, sogar welche von Henry Steiger. Nachdem ich mehrmals dort Bücher gekauft hatte, gab ich mich zu erkennen. Die drei alten Damen waren ungläubig.

»Heinrich Steiger? Was machen Sie denn in Speyer?«

»Ich lebe hier!«

Sie waren so überrascht, daß ich eigentlich sofort die Kurve hätte kratzen müssen. Speyer ist keine Stadt für Dichter. Ich blieb aber hängen, weil ich mutlos war und trank. Ich bin sicher, daß mich die alten Damen ein paarmal betrunken gesehen haben im Stadtzentrum zwischen Apotheke und Bahnhof, denn einmal sagte eine von ihnen in bezaubernd kultiviertem Ton zu mir: »Wir müssen einmal miteinander etwas trinken gehen!«

Das mußt du nicht wissen, Sidonie, du weißt schon genug. Dein süßes Staunen angesichts meiner Jahresbilanz. Ein Erlebnis: Wie du mit deinem grün-blau gestreiften Westkuli einen Kringel um die Summe zogst mit der zufriedenen Bemerkung: »Die können dir eigentlich nichts abschlagen!« Der coole Westtrost. Warum kam zwischen Februar und April nichts herein? Ich war in der Psychiatrie. Dank Kadletz' Beziehungen sogar in der Privatstation einer ziemlich noblen Nervenklinik im Pfälzer Wald. Ich als Penner unter gemütskranken Beamten und Millionären. Etliche von denen wurden am Wochenende mit Mercedes- oder BMW-Limousinen abgeholt. Sie gingen unsicher, manchmal stützte man sie, aber sie trugen Kaschmirmäntel oder Nerz. Es gab keine geschlossene Abteilung. Die Mehrzahl der Kranken waren Frauen, verlassene reiche Ehefrauen, weniger verrückt als enttäuscht und verbittert, na ja, Medikamentenmißbrauch, Depression, Magersucht, Fettsucht. Aber es gab auch Männer. Ein Germanistikprofessor schlurfte mit vorgestrecktem Kopf in Pantoffeln vor meinem Fenster hin und her, kettenrauchend, mit nackten Fersen im Schnee. Eine bildschöne junge Französin stürzte sich vom Dach. Ein anderer Patient sprang aus dem oberen Stock an meinem Fenster vorbei in die Tiefe und landete auf einem Autodach. Das Autodach dellte sich ein, die Delle füllte sich mit Blut. Drei Wochen später kam mir der Mann im Korridor entgegen, mit ziemlich vielen Bandagen, aber lebendig. Ein Arzt, der manchmal im großen Speisesaal neben mir am Tisch saß, zwinkerte mir zu: »Der versammelte Irrsinn.« Mich hielt man dort für einen minder schweren Fall. Als ich dem Psychiater mein Leid klagte, antwortete er: »Kein Wunder; Sie stehen schließlich am Abgrund!«

*

Sidonie fragt: »Und was ist mit 1993? Hast du da keine Belege?«

O Gott. Mein erster und letzter Versuch, eine Steuererklärung auszufüllen. In einem Wutanfall schmiß ich alles ins Feuer. Ich habe nichts mehr, nichts! Ich raufe mir die Haare.

»Wir fragen deine Sparkasse in Speyer«, schlägt Sidonie vor. »Dort wissen sie sicher, was auf deinem Konto ein- und auslief.« Sie ruft augenblicklich an, um sich zu erkundigen, und erhält den Bescheid, ich müsse einen schriftlichen Antrag stellen. Ohne den gebe man Kontodaten nicht heraus.

Noch einen Antrag – das verkrafte ich nicht.

»Formlos«, beschwichtigt Sidonie. »Sie brauchen die Unterschrift.«

Wie schreibt man einen formlosen Brief?

»Zwei Sätze!« sagt Sidonie, »Das kriegen wir hin!«

Ich zücke Block und Papier. *Werte Genossen!* kritzele ich.

»Bei uns heißt es: *Sehr geehrte Damen und Herren!*« bemerkt Sidonie sanft.

»Es ist doch sicher nur einer«, gebe ich zu bedenken, »und wahrscheinlich eine Frau!«

»Woher wissen wir das? *Sehr geehrte Frau!* beleidigt vielleicht den Lehrling?«

»*Sehr geehrte Herren!* beleidigt die Sekretärin.«

»*Sehr geehrte Damen und Herren!* schadet wirklich niemandem.«

»Hab's geschrieben. Weiter?«

»*Ich bitte Sie, mir …*«

»Mit *ich* fängt man keinen Brief an. Nicht mal an einen Computer. *Darf ich Sie bitten … ausnahmsweise … untertänigst …«*

»*Untertänigst?*«

»*Höflichst!*«

»Das geht nicht«, sagt sie unerwartet fest. »Man kann nur entweder unhöflich oder höflich sein. *Höflichst* ist Heuchelei.« Offenbar will sie Sprachbewußtsein demonstrieren.

»Die ganze Anrede ist Heuchelei. Wir ehren die doch nicht, und schon gar nicht *sehr*!«

»Wir schreiben ja nur, daß sie allgemein geehrt sind, nicht von uns.«

»Und wofür?«

»Für ihre Stellung in der Gesellschaft. Festes Monatsgehalt …«

Wir seufzen.

»Na gut. *Darf ich Sie ausnahmsweise bitten …* Weiter?«

»*… mir die Kontobewegungen auf meinem Konto …*«

»Zweimal das Wort *Konto* im selben Satz, das kann ich stilistisch nicht verantworten.«

»*… die Bewegungen meines Kontos…*«

»Warum?«

»Weiß nicht. Ich bevorzuge den Genitiv.«

(zweifelnd) »*… die Bewegungen meines Kontos…* Das Konto selbst bewegt sich ja nicht, nur die Summen!«

»Welche Summen?«

»*Die Bewegungen meines Kontos …*«, wiederholt Sidonie prüfend.

»Klingt irgendwie unanständig.«

»Aber wenn wir schreiben: *die Bewegungen auf meinem Konto,* werden die sich fragen, was für Bewegungen?«

»Stimmt. Auf meinem Konto bewegt sich ja nichts.«

*

Sidonie hat einen Musicaltext geschrieben und mich gebeten, einen Blick darauf zu werfen. In meiner Lage kann ich's kaum abschlagen. Erster Schreck: Das Ding ist durchrhythmisiert. Warum denn das? Ich dachte immer, in Musicals werden Dialoge normal gesprochen, und nur ab und zu wird geröhrt und gehopst. Hier aber ... Die Handlung ist verwirrend. Viele Personen, unbedeutend, und nun sitzt Sidonie auf meinem Gartenstuhl und sieht mich an, sie hat sogar eine Flasche Wein mitgebracht, um mich für die Mühe zu entschädigen, was soll ich sagen? Übrigens fehlt noch der penetrante, untergründig panische Autorenausdruck, sie ist eben wirklich eine Anfängerin.

Ich sage, mir sei die Sache kühl vorgekommen, aber ich sei, hier muß ich etwas Luft holen, beeindruckt. Sie lächelt dankbar. Sie wolle nur meine Meinung über die gebundene Sprache wissen, es sei ja das erste Mal, daß sie lyrisch schreibe.

Lyrisch? Davon kann freilich keine Rede sein. Gebundene Sprache ist noch lange keine Lyrik. Ich suche nach Worten. Jetzt Sidonie nicht vergraulen.

»Du hast ja manchmal Blankvers verwendet«, sage ich zögernd. »Aber warum auch nicht ...«

»Bedeutet das was?«

Ich suche einen Ausweg. »Ein Blankvers ist ein fünffüßiger Jambus.«

»Ja, und? Soll man das nicht machen?«

Ich zucke die Achseln: »Manche ... Heiner Müller gebraucht ihn zum Beispiel. Aber man zählt das heute nicht mehr so durch ... läßt gern mal zwei Hebungen weg ...«

Sie strahlt mich unbekümmert an. Für sie ist heute bereits gestern. Weil sie die Tradition nicht kennt, darf sie auf Muster von vorvorgestern zurückgreifen und sich einbilden, sie erfinde alles neu. Hochmut der Unbildung – jetzt halte ich es nicht mehr aus.

»Rhythmisieren macht noch keine Verskunst. Es gilt mancherlei zu beachten. Zum Beispiel die Zeilenbrüche.« Ich schlage das Manuskript auf und lese vor:

»Und wenn der Priester dann mit seinem steifen,
golden bestickten Meßgewand – »

»Was ist damit?« fragt sie.

Ich lese die Stelle deutlicher: »WENN DER PRIESTER DANN MIT SEINEM STEIFEN«.

»Ja?«

»Dieser Zeilenbruch, Liebe, ist verheerend.«

Auf ihrem Gesicht malt sich Verwirrung; ich schaue zu. Es dauert ziemlich lang, bis der Groschen fällt. »Och!« protestiert sie heftig, »So hab ich das aber gar nicht gemeint!«

»Eben.«

Kaum zu glauben, sie wird sogar rot, eine Frau in den Dreißigern. Jetzt bin ich direkt ein bißchen verliebt.

TRÄUME

Unsere Gedichte sollen uns Wiesen zeigen unter den
Brückenbögen der Gedanken.
Unsere Gedichte sollen die Träume der Nächte
aufnehmen in die Wölbung
des Himmels.

Volker Braun, *Unsere Gedichte*

Ich träumte, ich soll verreisen. Dämmerung, die Zeit ist knapp, ich habe noch nicht gepackt und klaube verstreut liegende Gegenstände vom Boden auf. Da ich keinen Koffer habe, stopfe ich alles in Dederonnetze und Plastetaschen, lauter Kleinkram, darunter ein zerbrochenes männliches Geschlechtsteil aus Gips, etwa doppelte Größe. In aller Eile merke ich immerhin, daß die Stücke vollständig sind und nicht Trümmer, sondern Bauteile mit glatten Schnittflächen, ein kompletter Satz, das stimmt mich optimistisch, während andere Gipsbrocken, obwohl ebenso akkurat und intakt, sinnlos wirken. Ich sammle hastig. Nicht nur, daß ich die Bedeutung der Gegenstände nicht kenne, ich weiß nicht mal, ob sie mir gehören, ich weiß nur, daß ich sie nicht zurücklassen darf. Dabei sind es viele und werden nicht weniger, immer achtloser werfe ich sie in meine Tüten, immer mehr Tüten brauche ich. Aufblickend sehe ich ein Pferd auf mich warten. Ein wunderschönes weißes Pferd mit dunklen Augen, das zu lächeln scheint, obwohl ich es noch nie gesehen habe, und es wartet unzweifelhaft auf mich. Es ist sehr, sehr groß, zweieinhalb oder drei Meter. Wie soll ich ohne Treppe auf seinen Rücken gelangen, wie es lenken mit beiden Händen voller Taschen und, selbst wenn ich eine Hand frei hätte, wohin? Zeit zum Überlegen bleibt nicht, ich sammle hektisch unter seinen aufmerksamen, aber zunehmend ungeduldigen Blicken. Um es zu beruhigen, rufe ich: »Gleich geht's los!« »Gleich geht's los!« wiederholt es begeistert.

Erwachen in tiefer Nacht. Neumond. Ich spüre den hundertfachen schwarzen Schlaf der Dohlen im reglosen Wipfel der Linde, ein gemeinsames magnetisches Schweigen, in dessen Sog ich nicht lange nach dem Sinn des Traums suchen muß: natürlich, der Tod, was sonst kann der Aufbruch bedeuten, denn wohin sollte ich aufbrechen, ich? Indessen: Bedeuten nicht Schönheit und Farbe des Pferdes, daß das Ende nicht zu fürchten sei? Verscheuche nicht den Schimmer der Freude ... *Es gibt tausend Gründe zu trauern und keinen zur Zuversicht, außer dem einen – der Pracht des Lebens,* hat vor dreißig Jahren mein Mentor Frank Zisler gesagt. Wie ich ihn dafür verachtet habe! Ich dachte: ein exquisiter, unbeirrbarer Dichter, in so vielen Kämpfen gestählt, und endet wie? Sentimental und banal. Jetzt bin ich selbst soweit. Mein Herz klopft – Hufschlag, nein, meine Reise hat noch nicht begonnen, das ist nicht das Tänzeln des Fabeltiers, sondern das Stolpern eines verirrten Esels. Rumpelnd verliere ich mich im nächsten Traum.

An den erinnere ich mich am Morgen nicht, doch so viel weiß ich: Es ist keiner von den wüsten, wirren Träumen, die meine Nächte fleddern, und im Auftauchen halte ich zwei narbige gelbliche Flügel in den Händen.

*

Pegasus? Hatte das Pferd Flügel? Oder ein Horn, Einhorn? Nein, es war einfach ein Schimmel – Schimmel der Zuversicht ... Sidonie. Ich werde ihr sagen, daß ich bereit bin, den Porsche zu verkaufen. Das ist bloß ein Angeberwagen, Relikt einer Phase der Verzweiflung. Der Verkauf wäre ein Zeichen, daß die überwunden ist.

Ist sie's? Ich höre meine Erfahrung sagen: *Nein!* und lache ihr ins Gesicht. Unerklärlich froh – mal sehen, wie lang sich das halten läßt. Porsche verkaufen – bißchen Geld – Startkapital (wofür?) – zeigen (wem?), daß ich mich nicht aufgegeben habe. Gleich geht's los! Den ganzen Tag freue ich mich. Die Arbeit geht mir leicht von der Hand, ich übertrage die Kapitel IV bis VI direkt in die Maschine, drucke aus, lese, habe sofort einleuchtende Korrekturen, es wird Abend, vom Kirchturm das 18-Uhr-Dröhnen, willkommen diesmal selbst in seiner Länge, denn es macht mich stolz, ich habe erst eine halbe Flasche Wein getrunken. Ich arbeite weiter. Ein paarmal stehe ich auf und gehe zur Tür, um nachzusehen, ob schon jemand vor meinem Haus sitzt. Nein. Schreiben die alle? Ich öffne. Es ist warm, aber bewölkt. Hoffentlich wird es nicht regnen.

Ich rufe Sidonie an und erkläre ihr das mit dem Porsche. Sie sagt: »Gut.«

Ich hatte mehr Freude über meine Einsicht erwartet. Aber Sidonie wirkt abgelenkt. »Du hilfst mir doch?« frage ich alarmiert.

»Ja, nur nicht heute.«

»Also morgen?«

»Morgen.«

»Wie wirst du das denn machen?« frage ich, damit das Gespräch weitergeht.

»Ich schaue in der *Ostfriesenzeitung* nach Annoncen.«

»Und wenn da keine sind?«

»Dann sehen wir weiter«, sagt sie gleichgültig.

»Was ist mit dir?«

»Ich arbeite!«

»Was arbeitest du denn?«

»Was klingst du so überrascht?«

Die Macht der Frauen. Mit drei kühlen Repliken können sie einem den Himmel verdunkeln. Rätselhafterweise erhole ich mich rasch. Es gibt tausend Gründe zu verzweifeln, doch manchmal rettet dich ein einziger Traum. Fragt sich nur, wie lange. Bis wann werden sich meine Dämonen beeindrucken lassen von einem infantilen Gaul?

Kapitel VII von Karatschinzew bereitet Schwierigkeiten. Viel Gelaber, überlange Poeme haben zwangsläufig Durststrecken, schade, daß man Klassiker nicht kürzen darf. Ich mache stoisch weiter bis zum Vers *An der Wurzel des Seins wartet die Trauer der Frauen / auf des Dichters traurigen Schritt* – Hoppla, das geht nicht, *Schritt* wäre lexikalisch und rhythmisch korrekt, doch der Doppelsinn im Deutschen läßt es nicht zu, ich probiere ein paar Varianten und schreibe dann kurzerhand: *Tritt.* Auch ein Doppelsinn, aber nicht so auffällig. Spaß muß sein. Ich lese das verblasene Zeug noch mal durch – puh. Aber ich habe den Rhythmus, ich finde den Klang, ich dulde den Sinn. Die nächste Klippe ist eine zeitgeschichtliche: *Geb ich dir zu treuer Hand* darf ich gegenwärtig nicht schreiben, da denkt jeder sofort *Treuhand.* Ich knoble und lache vor mich hin. Die Kirchturmuhr schlägt acht. Wieder trete ich vor die Tür. Regen! Es regnet in seidigen Fäden. Ich laufe lachend ohne Jacke zum Haupthaus. Durchs Fenster sehe ich den Schimmer von Feuer.

*

Im Kaminzimmer ist niemand, aber das Feuer brennt. Kleiner Schreck – seit meiner Kindheit kenne ich diese leisen Schocks: Keiner da, was, wenn nie mehr einer käme, alle ausgelöscht, nur an mir ginge alles, sogar das Verderben, vorbei? Ich stehe im Zimmer, blicke auf die nicht mal mehr knisternden Flammen, drehe mich um die eigene Achse – was jetzt? Zurück an den Schreibtisch? Aber für wen arbeiten, wenn es keine Leser mehr gibt?

Dann beginnt die Zeit wieder zu rinnen, der Strom der Geräusche kehrt zurück, ich höre Stimmen von nebenan, reiße die Tür auf. In der Gemeinschaftsküche sitzen Irene, Sidonie, Robert und drei Bildende Künstler um den langen Tisch und essen Tomatensuppe. »Da bist du ja!« ruft Irene mir zu.

Jetzt fällt mir ein: Robert wollte heute im kleinen Kreis Gedichte vortragen. Darum hatte ihn die resolute Schirmmütze gebeten, die ihn aus irgendeinem Grund toll findet – vielleicht will sie ihn verführen? Das wäre, nebenbei, ganz in meinem Sinne, da wär er beschäftigt. Jetzt aber ... Ich hatte es einfach vergessen. Hätten sie mich nicht rufen müssen? Andererseits: Hätt ich's gewollt? Ich murmle also irgendwas von einer schwierigen Stelle, sie nicken, zeigen auf mein Gedeck, füllen meinen Teller und nehmen ihre Unterhaltung wieder auf.

Robert erklärt seinem Publikum die DDR. Alle unsere Bildenden Künstler sind Wessis: die Schirmmütze, der Videokünstler Bernd und der *Performance-Artist* Gideon. Video-Bernd hat überhaupt keine Haare im Gesicht, nicht mal Wimpern. Seine Videos sind ein Trommelfeuer aus hektischen Bildern, mir wurde dabei so schlecht, daß ich zu Boden ging. Wie hält Bernd das aus? »Übung!« sagte er stolz. »Beim Schneiden sieht man das ja tausendmal!« Ich nehme an, beim Schneiden sind ihm die Wimpern davongeflogen. Mit welchem Publikum rechnen die? Mit keinem, stellt sich heraus. Es gibt einen winzigen Videokunst-Markt, wo alle sich kennen und auf Festivals einander in schwarzen Kammern diese Streifen vorführen; es gibt die notorische Rivalität, es gibt sogar Video-Galeristen, um deren Protektion sie kämpfen, auch der freundliche Bernd besitzt, wie ich hörte, harte Bandagen, sonst wäre er schon raus. Der andere Künstler, Performancier Gideon, ist der typische überhebliche Wessi. Er hat mich mal ausgelacht, weil ich das Wort *Performance* deutsch aussprach, Performanze. Kürzlich zeigte er uns seine neue *Installation,* einen Kiosk, der mit fünfhundert Campari-Flaschen ausgekleidet war, von einer Neonlampe beleuchtet. »Kunst ist, was sich als Kunst verkaufen läßt!« erklärte er.

Und vor diesen Gauklern verrät jetzt Robert unsere ernsthafte, mit Pathos verteidigte Dichtung. Soll ich gehen? Nein, reiß dich zusammen, nicht labil sein jetzt. *Das einzige, worauf man sich bei Henry verlassen kann, ist seine Labilität,* pflegte mein Kollege Struck zu sagen. Als ich ihn darauf ansprach, wand er sich raus: Er habe nicht *Labilität* gesagt, sondern *Impulsivität,* und das sei doch eine Stärke, denn es mache mich unkontrollierbar und somit *nach gemeinem Verständnis* stark, ich solle *dankbar* sein für dieses *Prestige* blablabla – ein verschlagener Intellektueller halt. Durch mein von Alkohol und Hunger geschwächtes Bewußtsein schießt eine kurze Springflut des Hasses, die sich mit den weichen Wellen der Erwartung kreuzt, immerhin: Am Horizont immer noch der Widerschein des Schimmels … Halte die Stimmung. Sieh die Frauen an, ihre gefühlvollen Gesichter. Das mütterliche Lächeln von Irene. Das mopsige Dauerstaunen von Sidonie. Hör nicht hin, was sie reden.

Nun, das kann ich nicht. Offenbar ist Roberts *Performance* gerade erst beendet, und natürlich fragt ihn Gideon in seiner flockigen Art, warum er kein Dissident gewesen sei. Natürlich wird Robert sich verteidigen, fünf Jahre nach der Wende müssen wir uns immer noch verteidigen, ich kenne das zum Erbrechen und starre meinen Löffel an. Soll ich die Suppe … Nein, zu gut. Eine dampfende Tomatensuppe mit Sherry, ein Häubchen Schmand drauf. Schön sieht es immer aus, wenn bildende Hände im Spiel sind: Der Tisch ist mit weißem Papier gedeckt, in Glasschälchen schwimmen Teelichter, eine Skulptur aus grünen Servietten steht vor mir, so kunstvoll gefaltet, daß man sich kaum den Mund abwischen mag. In polierten Weingläsern rubinroter Wein. Die Bildenden sind, weil schon Farben ein Vermögen kosten, noch ärmer als wir. Aber ihre Phantasie macht den billigsten Imbiß zum Fest.

»*Wir sind Reaktorasche, Sternenstaub*«, zitiert Gideon. »Das soll kritisch gewesen sein?«

»Nihilismus und Defätismus«, antwortet Robert stolz.

»Hat man's verboten?«

»Nein. Ich hatte allerdings Glück.«

Soll ich mich aufregen? Ja, ich rege mich auf. Der Hochstapler erhebt sich zum Inquisitor. Dieses Pack hat mehr Gefühl für Macht als für Kunst, es nutzt instinktiv unsere Schwäche. Du Null! denke ich, welchem Druck bist du je ausgesetzt gewesen? Ohne Not bedienst du deinen Markt, und deine ganze Stärke besteht darin, dir einzubilden, du tätest es freiwillig. Du bist in nichts nichts nichts! besser als unser devotester Parteidichter, der sich immer noch auf seine Angst vor der Stasi berufen konnte. Du aber, der seine Kunst schon für ein paar Mark verrät, du wärst um der Karriere willen auf Knien um den Palast der Republik gerutscht und hättest das als *Performance* ausgegeben.

»Unser Leben war bunter, als du denkst«, sagt Robert.

»Bunt?« Dieses Wort aus Malermund klingt, immerhin, eindrucksvoll.

»Bei diesem Gedichtband war's so: Der Zensor litt an Krebs und überschritt mehrere Termine. Dann starb er, und sein Nachfolger, der den Schreibtisch leer bekommen wollte, erteilte rasch alle Druckgenehmigungen, die mehr als ein Jahr überfällig waren. Das Buch wurde gesetzt, der Premierentag bestimmt. Plötzlich, an einem Sonntagmorgen, kriege ich ein Telegramm, ich soll sofort in den Verlag kommen. Ein Außengutachter hat im letzten Moment Bedenken angemeldet. Da aber der Verlag an der Verzögerung nicht schuld war und eine Sperre hohe Kosten verursacht hätte, wurden bloß einzelne Korrekturen verlangt, als Unterwerfungsritual: Der Titel müsse geändert werden, diese Zeile, jene Zeile, bestimmte Wörter, der übliche Quatsch ...«

»Was für Wörter?«

»Zum Beispiel in meiner Armeeerzählung die Begriffe *Spritzer, Vize, EK.* So nannten wir die Wehrpflichtigen der drei Diensthalbjahre. Es ist aber Knastsprache, und die Leser sollten nicht denken, daß unsere sozialistischen Soldaten sich etwa als Gefangene fühlten. Am schwierigsten zu ersetzen war *EK*, was *Entlassungskandidat* bedeutet. Wir schrieben also *die Genossen, die am längsten gedient hatten* oder ähnliches. Den ganzen Tag telefonierte der Cheflektor mit der Zensurbehörde, ich saß dabei, bekam literweise Kaffee zu trinken und mußte mich mit allem einverstanden erklären. Sie schwitzten, sie wanden sich, und ich sah, sie kämpften auch um ihre Ehre. Bei einer Stelle wäre der Seitenumbruch betroffen gewesen, da rief der Cheflektor auf einmal kühn, das werde nicht geändert, das nehme er auf seine Kappe. Am Abend holte er stolz aus einem Tresor eine Flasche armenischen Kognak, damit wir anstoßen konnten – auf drei nicht geänderte Wörter und einen Seitenumbruch. Solche Mühe gab man sich in der DDR mit Dichtern«, beschließt Robert feierlich.

Sidonie lächelt mir zu – verständnisvoll? Oder neidisch, daß wir's in der DDR so gut hatten? Leider sitzt sie nicht neben mir, sondern schräg gegenüber. »Wir verkaufen den Porsche«, flüstere ich ihr zu.

»Morgen«, flüstert sie zurück.

»Ich habe nämlich beschlossen, meinen Porsche zu verkaufen!« erkläre ich der Runde.

Unwillige Blicke.

Irene spricht ruhig, aber bestimmt in die Stille hinein: »Ich bitte dich, Henry, ausnahmsweise einmal eine Stunde lang zu dulden, daß nicht von dir die Rede ist.« Die umständliche Periode im schleppenden Schweizerdeutsch zieht mir den Boden unter den Füßen weg. Warum lasse ich mir das bieten? Nun, alle nicken, wie üblich stehe ich allein. Ich verstumme und lasse mir noch Tomatensuppe geben.

Sidonie zu Robert: »Sieht aus, als wärt ihr euch dort alle ziemlich einig gewesen.«

»Wir *waren* uns einig«, sagt Robert.

Wir!

»Eigentlich konnten wir über alles reden«, behauptet er. »Ob Frau Honecker sich wirklich für den Posten der Erziehungsministerin eigne etwa, oder über eine geheime Analyse des Ministeriums für Staatssicherheit, nach der die DDR wirtschaftlich am Ende sei. Diese Studie gab es wirklich. Natürlich wurde sie unter Verschluß gehalten. Keine Ahnung, woher wir das wußten, aber diskutiert haben wir's. Nur schreiben durften wir nicht darüber.«

»Wie hielt man das aus?«

»Zynismus und Alkohol!«

Unterdrücktes Lachen. Warum unterdrückt? Wollen sie uns schonen? Und warum Gelächter? Was ist komisch? Warum ist dieser Robert so aufgekratzt? Sein blasses Intellektuellengesicht ist so gerötet, als flösse Blut durch seine Adern. Schon beginnt er, DDR-Witze zu erzählen. Der abgedroschene Kalauer: *Was bleibt mir Walter Ulbricht!* statt *Was bleibt mir weiter übrig!* erntet erstes Kichern: Hihihi. »Die finale Schrumpfform war: *Walter Ulbricht!*« Hahaha! wiehern sie, mich schmerzt es, der verklemmte Robert als Alleinunterhalter – daß ich das erleben muß, Blick auf Irene, die warnend ihren Zeigefinger an die Lippen legt, Blick auf die völlig charakterlose Sidonie, die jedem, der was zu erzählen hat, zu Füßen liegt. Erbarmungslos fährt Robert fort: Was ist ein *Ulb?* – Die Zeitspanne, die man brauchte, um das Radio abzuschalten, wenn Ulbricht sprach. – Was ist ein *Schnitz?* Ja genau, Schnitzler vom *Schwarzen Kanal.* Huuh! jaulen sie. Ein *Schnitz* war ein Zehntel *Ulb.* Brüllendes Gelächter.

Wir sind mit den Wessis in einem neuen Wettbewerb, fällt mir ein: nicht mehr wie früher Exoten, sondern Konkurrenten. Natürlich gibt das keiner zu. Lieber disqualifiziert man unsere Kunst, weil sie in Unfreiheit entstanden sei. Haydn schrieb seine Sinfonien im Auftrag eines Feudalherrn, der die Bauern ausquetschte. Sind die Sinfonien deshalb weniger wert? Ich könnte laut fragen, fürchte aber die Reaktion: Haydn war genial. Bist du's? Und meine Antwort: Seid ihr's? – Wir mußten zumindest nicht lügen, käme dann. Selbstillusion macht stark.

Um meinen Teller ein Kranz von tausend roten Tröpfchen.

*

Ich bin nach höflichem Gruß aufrecht in meinen Schafstall zurückgekehrt, doch an Schlaf ist nicht zu denken, Gedanken kreuz und quer, Fingerspitzen vibrieren – was für eine Peinlichkeit. Tausend Blutströpfchen um den Teller versprüht, während ich mir einbildete, stoisch meine Suppe zu löffeln – es gibt tausend Gründe zu verzweifeln und nur Arbeit, um sich festzuhalten. Halb zwei Uhr nachts. Ich knipse mein Laptop an und lade Karatschinzew, leiere mich an die richtige Stelle und lese höhnisch lachend gleich in der dritten russischen Zeile die Worte *sto gramm,* hundert Gramm, gemeint ist Wodka. Ich gehe sofort zum Kühlschrank und gieße mir *sto gramm* in den Hals, ein weiches Rinnsal, fast schmeichelnd. Im Stehen spüre ich meine Adern sich weiten, das Herz leichter schlagen, ich atme durch, gieße nach. Der Alkohol legt sich als Ölfilm auf die hüpfende Kreuzsee in mir. Ich taumle die Wendeltreppe hinauf. Betäubter Schlaf bis halb vier, draußen noch dunkel, erstes Geknarze von Dohlen. *Labil.* Mein Kollege Struck hat mal einen Spottvers geschrieben, den alle auf mich bezogen: *Wahrsager Weiger zwischen Wut und Weinen* – Struck schrieb natürlich nicht Steiger, damit er erstens immer behaupten konnte, ich sei nicht gemeint, zweitens im Notfall das *Weiger* (von *sich weigern*) als Kompliment ausgeben, drittens, um über die veraltete Form des Stabreims dezent seine Meinung über mich kundzutun, und viertens um sagen zu können, der Stabreim sei die adäquate Form für die Verkrustung der DDR. Tja, Kollege Struck war an Wendigkeit jedem Wessi ebenbürtig, er hätte *Performance*-Gideon heiraten können. Übrigens: Etwas in Struck strebte zum Stabreim, dagegen war er machtlos, Stabreim bei Struck war immer ein Indiz für Infamie. Jetzt ein erfreuliches Detail: Struck war ein miserabler Dichter, ahnte es und litt herzzerreißend daran. So boshaft er sich in meiner Abwesenheit über mich äußerte, so treu schickte er mir alle seine Werke mit Widmungen und freute sich an milden Antworten über die Maßen. Einmal kam ein vierseitiger Dankesbrief.

Nach dem Erscheinen von *Die Fänge der Freiheit* aber las ich in einem Hallenser Blatt einen wüsten Verriß: Wie könne ein Verleger wie Kadletz, der immerhin die Autoren Hebra, Wergerich und Parler vertrete, seinen Ruf mit diesem miserablen Steiger aufs Spiel setzen, und so weiter. Der Rezensent hieß Lutz Loewe – Struck, ick seh dir strapsen. Als ich das nächste Mal in Halle war, erkundigte ich mich bei einem Redakteur, wer Lutz Loewe sei. »Na, der Struck!« Tja. Wer solche Freunde hat, braucht keine Feinde mehr.

Ich wälze mich auf die andere Seite, ziehe die Decke über den Kopf, versuche, meinen Herzschlag zu dämpfen – was soll mir Struck? Werfe mich hin und her. Fürchte mich – jede Minute einer schlaflosen Nacht ist nicht nur verlorene, sondern schädliche Zeit, tags werde ich zermürbt und arbeitsunfähig sein, die Nacht herbeisehnen, nachts wieder wach liegen, weil zum Konto meiner Versäumnisse ein weiterer vergeudeter Tag hinzukam – das vernichtende Karussell der Schlafunfähigkeit, o Gott, ich werde noch einen Wodka trinken. Als ich diesen Gedanken gefaßt habe, spüre ich Lähmung … Zu müde aufzustehen. Zu müde sogar, das Licht anzuschalten – unendlich müde. Jetzt wegtreiben. Strom des Vergessens …

Und wer hätte gedacht, daß dieser Robert sich plötzlich zur Krawallschachtel entwickelt? Haben wir denn alle keinen Stolz? Ich fahre hoch, mache Licht. Zünde mir eine Zigarette an, rauche im Bett, aufpassen, daß ich keine Asche verstreue, immer noch zittern fein, aber unkontrollierbar meine Finger.

Übrigens habe ich beide gleichzeitig kennengelernt, Robert und Struck, vor gut zwanzig Jahren auf den Literaturtagen am Strehlower See. Ein exzentrisches Fest der Literatur war das, vierzig Autoren und Lektoren von früh bis spät in einem ländlichen Gewerkschaftshaus zusammen, Vollpension, von früh bis spät Lesungen, Diskussionen, Kämpfe, Kritik. Man hörte nicht nur, man las mit, sogar die Arbeiten unveröffentlichter Anfänger waren von den Verlagen vervielfältigt worden. Jeder, der einen Funken Talent zeigte, wurde beobachtet und gefördert, und diese Talente benahmen sich, wie wir uns benommen hatten: hochmütig, nervös, rabiat. Und so wie damals wir, auf- und abschwellend zwischen Größenwahn und Kleinheitsangst, kritisierten sie einander in Grund und Boden. Mich, den etablierten Autor, hatte man dazugeladen als Vorbild und Wetzstein für diese Jugend, die mich zu meiner Überraschung leben ließ. Struck, ein schöner Mann fast meines Alters mit dunkler Stirntolle, hellen Augen und einem mädchenhaften Lächeln, umwarb mich gar so diensteifrig und verliebt, daß ich über seine epigonalen Gedichte hinwegsah. Ich dachte: Auch die Literatur braucht neben hundert Königen ein paar Diener, warum soll man nicht nett zu denen sein. Wenige Jahre später hatte Struck sich bereits so tief vernetzt, daß ohne ihn kaum noch was ging. Mit Robert lief es umgekehrt: Er erhielt gleich Respekt, hat aber keine Karriere gemacht.

Robert war damals Anfang Zwanzig, einer der Jüngsten, kaum Bartwuchs, still, sah niemandem in die Augen. An seine Texte habe ich wenig Erinnerung. Verkopft halt. Gebrochene Rhythmen, eine weltanschauliche Skepsis, die sich hinter naturwissenschaftlichen Thesen verbarg. Sein erster Gedichtband hieß: *Diatomeen,* und natürlich wußte keiner, was das ist. Diatomeen, erklärte Robert, seien einzellige Organismen mit individuell symmetrischen Kieselskeletten, keins gleiche dem anderen, dabei fänden dreitausend auf dem Nagel des kleinen Fingers Platz. Er lächelte versonnen. Die jungen Kollegen fauchten vor Wut, weil sie sich gemeint fühlten. Robert zog den Kopf zwischen die Schultern und verteidigte sich nicht. Nach dem Abendessen standen wir zufällig nebeneinander auf der Terrasse und rauchten. Er murmelte: »Auch Metzger und Henker sind Berufe, die nicht spurlos an einem vorbeigehen. Und von der Armee ist bekannt, daß ein Teil der Soldaten extrem verroht.« – »Was möchten Sie sagen?« – »Autor sein schadet dem Charakter«, flüsterte er.

Bei uns war die Krippe breit genug, warum zerfleischten auch dort die Autoren einander? Robert ist noch gut weggekommen verglichen mit dem Jungstar Chris Abel, der regelrecht verhaßt war. Abel reiste separat an und blieb immer höflich, ein Überflieger. Sein erstes und bis dahin einziges Buch lag in den Läden wie Blei, doch sein Auftreten war das eines künftigen Akademiepräsidenten. Der Lyriker Bernward verfaßte Zoten auf Abel, der Essayist Schlott formulierte haßerfüllte Verrisse, der Romancier Krawski brach in Tränen aus, als Abel ihm eine sachliche Frage stellte. In den Pausen lästerte man über Abels Lederjacke, die wie ein Jackett geschnitten war, man besprach den Affront, daß

Abel nicht wie alle von Dienstag bis Freitag, sondern nur von Mittwochmorgen bis Donnerstagabend antrat. Abel aber wandelte wie Jesus über dieses Meer von Neid.

Abends sprach man dem Alkohol zu. Ein fast vorsätzlicher kollektiver Absturz: jäh alle Schrauben gelockert, Vereinzelung gelöst, Privilegien, tagelanges Fest; politische Freizügigkeit, wobei man nie vergaß, daß die für andere nicht galt. Natürlich versuchte man, die eigene Willfährigkeit zu verbergen.

Schließlich aber als Hauptkünstlerleiden – *Leute, wer ist das, der da brennend zu uns herabstürzt?* – unsere Ohnmacht. Das Leben zu flüchtig, die Aufgabe zu groß; der höchste Lohn sind zehn gute Zeilen neben tausend, für die man sich lebenslang schämt. Manchmal erschließt sich einem was, das ist eine Gnade. Keiner weiß, warum er sie bekommt und ob sie wiederkommt. Jeder spürt den Schmerz, wenn sie geht. Sofern er seine Existenz an sie geknüpft hat, erfährt er das als Versagen. Dem entgeht keiner. Da betäubt man sich gelegentlich. In Strehlau taten das alle gleichzeitig. Es gab legendäre Exzesse.

Eines fortgeschrittenen Abends meldete sich der Lyriker Jested zu Wort. Jested lebte von Kinderbüchern, schrieb aber jedes Jahr fünf hochkarätige Gedichte über Themen wie Zwjetajewas Exil oder Dantes Hölle. Er hatte es als einziger der Runde nicht nötig zu trinken, weil er süchtig nach Beruhigungsmitteln war; aber an diesem Abend schwankte er, deswegen gab man ihm ein Glas in die Hand, er trank's aus und fiel um. Man hievte ihn aufs Podium und setzte ihn auf einen Stuhl, und er, leichenblaß, ein schwerer Mann mit zuckendem Gesicht, wies auf das Buch, das er auch in der Ohnmacht nicht losgelassen hatte: Da stehe alles drin. Das Buch war ein mittelmäßiger Betriebsroman des Parteiautors Zoecke, und alle wieherten, als Jested ankündigte, er werde jetzt blind auf irgendeinen Satz tippen, und der jeweils Angesprochene werde merken, daß es prophetisch sei. Schon zitierte er die erste Stelle: *Dann war aber wirklich alles für naß.* Lektor Pönitz, der frisch geschieden war, versteinerte.

Die zweite Stelle lautete: *Sieben Prozent sind nicht genug!* und wurde dem Volksschullehrer und Parteisekretär Braus aus Eberswalde zugedacht, der sich bisher ausschließlich mit Parteibiographien als Autor ausgewiesen hatte. Braus wurde rot. Gelächter.

Wann die Stimmung umschlug, konnte hinterher keiner mehr sagen. Beim zehnten Satz waren alle Zuhörer verstummt, beim elften so weiß im Gesicht wie ihr Prophet zu Beginn der Séance. Jested sprach tonlos, mit einer unheimlichen Ruhe, während ihm sein dünnes graues Haar seitwärts vom Kopf abstand wie eine fliegende Untertasse. Der zwölfte Satz *(Ihr wurde doch klar, daß es nicht reicht)* betraf Rosina Schuster, die seit ihrem ersten und einzigen Mädchenroman so schwer trank, daß sie das Alphabet verlernt hatte. Rosina wankte schluchzend in ein dunkles Nebenzimmer, und ein Dramatiker lallte: »Det Exkrement sollte abjebrochen werden!« – *»Woher wissen Sie, daß Parallellen sich im Unendlichen schneiden?«* las Jested fahl, den Finger gerichtet auf Inter-Max, einen bekannten Zuträger der Stasi. – »Idiot!« rief Inter-Max, »Guck doch ma uffn Schienenstrang, wat siehste da mit bloßem Ooge?« Alle schrien durcheinander. »Nächster Satz?« lächelte Jested. Die erste Reihe sah aus, als würde sie ihn gleich in Stücke reißen.

Auf einmal löste sich die Versammlung tumultartig auf, eine Horde zog singend zum Friedhof. Dort schlug es Mitternacht. Ein Sturm erhob sich, Bäume knarrten, Wind heulte um die Grabsteine, die ganze Bande wurde von Panik gepackt und floh zum Heim zurück. Das sonst so stille Ufer war erfüllt von Rufen und Stöhnen, vom hysterischen Gelächter gestürzter Lektoren, die über die Kälte des Lehms an ihren Hosen erschraken, und vom Jammern ertrinkender Schriftsteller, die auf dem See um Hilfe riefen, nachdem sie, im Dunkeln zu einer Ruderfahrt aufgebrochen, bemerkt hatten, daß ihr Boot leck war.

*

Als ich aus dem Haus trete, sehe ich Sidonie über mein taufeuchtes Manuskript gebeugt. Ich hatte, weil ich nicht einschlafen konnte, meine Karatschinzew-Nachdichtung ausgedruckt und draußen in der Morgendämmerung korrigiert, bis mir kalt wurde. Ich ging hinein und kochte Kaffee, aß ein Marmeladenbrot, wollte schon weiterarbeiten, als ich ins Bad mußte – Gottseidank, das brachte mich zu mir. Ich sah mich im Spiegel, eine Schreckenserscheinung: Mund rot verschmiert, wäßrige Augen, Schlafsand an den Lidern, die Tränensäcke, Bartstoppeln, das zerwühlte graue Haar. Wo ist das frohe Pferd geblieben, mein Traum? So trägt es mich nicht mal in den Tod. Ich brause rasiere kämme mich, ziehe eine saubere Hose an, ein neues Hemd, trete wieder hinaus in den sonnigen Morgen. Und stehe hinter Sidonie. Sehe die Härchen in ihrem Nacken, die zarte Haut.

»Du hast aber eine schöne Handschrift!« sagt sie bewundernd.

»Inwiefern?«

»So akkurat! Ästhetisch.«

»Danke.« Fassung bewahren.

»Entschuldige, daß ich einfach so lese. Aber ist wohl nur dein russischer Klassiker, da dachte ich ...«

»Wieso *nur?*«

Sie schluckt. »Und der Titel ist *Schöpferisches Haus?*«

»Nein, das ist die Interlinearübersetzung. Der Titel wird sein: *Künstlerhaus.*«

»Warum hast du's noch nicht hingeschrieben?«

»Weil es sich von selbst versteht.«

Sie wirkt beeindruckt. »Also, ich wollte dich was fragen ...«, hebt sie wieder an.

»Bitte.«

»Der Satz *Wir sind Reaktorasche, Sternenstaub* – also von Roberts Gedichtband der Titel, der nicht genommen werden durfte …«

»Das wäre der Titel gewesen?« frage ich vielleicht etwas heftig.

»Na, es war eine Verszeile, die außerdem zum Titel …«

»Das ist kein Vers. Das ist eine naturwissenschaftliche These.«

»Kann es nicht beides …«

(schroff) »Was ist damit?«

»Entschuldige bitte, du bist …«

»Ich höre.«

»Also – wie wichtig ist der Titel …«

Sie verstummt, eingeschüchtert. Gut so. Ach Sidonie, warum können wir nicht den ganzen Tag über Poesie reden?

»Der Titel ist Teil des Gedichts. Manchmal der entscheidende. Kennst du das Gedicht … nein, den Titel sage ich nicht. Es ist von Conrad Ferdinand Meyer:

Denkst, Freund, des wilden Knabenspiels du noch,
das wir getrieben einst am Bergesjoch?

»Nee«, sagt sie beschämt. Wahrlich, eine so ungebildete Autorin ist mir selten begegnet.

Ich sage das Gedicht auf und beobachte das Aufgehen der Bilder in Sidonies Gesicht: die beiden Knaben, die dem entschwindenden Sonnenlicht nachsteigen.

Wir sprangen jubelnd über Stock und Stein
bergan und wieder in das Licht hinein,
und noch einmal und noch einmal,
bis uns entschlüpft' der letzte Sonnenstrahl.

Kontrollblick: Sidonie gebannt. Ich zitiere die dritte und vierte Strophe, die die Kindererfahrung aufs erwachsene Leben überträgt. Auch im Leben verblaßt das *süße Licht,* und ins Alter steigen wir ihm wie damals nach:

Wir springen rüstig über Stock und Stein
und mitten wieder in den Tag hinein,
und noch einmal und noch einmal,
bis uns entschlüpft der letzte Lebensstrahl.

»Poetisch ...«, sagt Sidonie andächtig.

Hier muß ich ein bißchen leiden, denn Poesie poetisch finden bezeugt eine ähnliche Kompetenz wie Wein süffig nennen – was sonst will Wein als gesoffen sein? Ich vermerke aber positiv, daß gängige Westadverbien fehlen: Sie hätte ja auch *echt poetisch* sagen können, oder *total spannend.*

»Es geht um die vergehende Zeit, das kurze Leben«, bemerke ich nach einer Weile.

Sie nickt.

»Unter welchem Aspekt?« frage ich.

Sie denkt nach, ohne Hochmut – nett.

»Ist das Gedicht komplett?« frage ich. »Wodurch könnte der Dichter es vertiefen? Ihm eine zusätzliche Bedeutung geben, einen besonderen Akzent?«

Die grauen Augen auf mich gerichtet, aufnahmebereit, gläubig –

»Titel?« souffliere ich.

»Keine Ahnung!«

»Spiel.«

»Oh.« Sie hat ein ausdrucksvolles Gesicht.

»Und was hältst du von folgendem Vierzeiler«, fahre ich fort. »Etwas moderner, von Inge Müller, unserer DDR-Dichterin, die sich 1966 das Leben nahm.

Da kommt der schwarze Wagen
Das Pferd, das geht im Schritt
Und wer allein nicht laufen kann
Den nimmt der Wagen mit.

Titel?«

»*Leichenwagen?*«

»Nein, wäre banal. *Der schwarze Wagen.*«

Reizend sieht sie aus, wenn sie denkt. Um sie zu beschäftigen, frage ich weiter. »Eine Doppelbedeutung gibt es auch hier. Wodurch?«

»Den Scherzton!« ruft sie eifrig.

»Tja.« Ich sehe ihre Wangen glühen.

»Ich habe geträumt«, sage ich. »Von einem Pferd. Es wollte mich mitnehmen. Ein riesiges weißes Pferd. Ich mußte nur noch das Gepäck einsammeln, alles lag verstreut auf dem Boden, übrigens wußte ich nicht, ob es meines war. Ich weiß nur, daß die Zeit drängte. Wohin, denkst du, sollte die Reise gehen?«

Ratlose graue Augen.

»Ins Leben oder in den Tod?«

Wieder denkt sie nach. Sie hat ein ausdrucksvolles Gesicht, aber was drückt es aus?

»Woran denkst du?«

»Ähm … ich … also, wann wir fahren!«

»Fahren? Wohin?« – *Ins Leben oder in den Tod?*

»Du wolltest doch den Porsche verkaufen!«

Das trifft mich unerwartet. Eigentlich will ich gar nicht mehr verkaufen. »Muß das sein?« frage ich.

»Deshalb hast du mich herbestellt.« *Herbestellt.*

»Weißt du, ich will dir nicht die Zeit stehlen. Den nimmt sowieso keiner. Wir blamieren uns nur.«

»Im Friesland-Anzeiger habe ich fünf Annoncen gefunden. Eine exakt für gebrauchte Sportwagen.«

»Ich danke dir. Wir merken uns das. Aber heute ...«

»Ja, kein Problem«, sie steht auf. »Ich geh dann wieder.«

»Bitte, sei nicht beleidigt!«

»Warum soll ich beleidigt sein?«

»Weil ich zugesagt hatte, den Porsche zu verkaufen ...«

»Nein«, sagt sie verwundert, »Du mußt mir nichts zusagen, Henry. Dein Porsche geht mich nichts an. Ich habe dir meine Hilfe angeboten, und wenn du sie nicht brauchst, um so besser.«

(Rasch) »Also, wir können ja mal hinfahren!«

Die Adresse des Gebrauchtwagenhändlers ist irgendeine Landstraße, dreißig Kilometer von hier. Eine Landpartie, warum nicht ... Sidonie ist angeregt, aufgeräumt, das macht die Poesie ... »Was für ein herrliches Wetter!« Nun, über uns steht der immer etwas diesige ostfriesische Himmel, aber wenigstens regnet es nicht. Der Wind drückt Muster ins Gras.

»Sobald der Wind sich legt, kommt Regen«, sage ich.

»Noch legt er sich nicht, sondern bläst.«

»Du machst dich lustig über mich.«

»Nein.«

»Doch, und mit Recht. In letzter Zeit muß ich immer an Brechts Zeilen denken:

Der Liebe pflegte ich achtlos
Und die Natur sah ich ohne Geduld.
So verging meine Zeit
Die auf Erden mir gegeben war.

Graue Augen, aufmerksam.

»Genau so war ich. Früher erlebte ich meine Achtlosigkeit nicht als Versagen, sondern als Stärke. Ebenso meine Ungeduld.

Wenn eine Frau neben mir vom Sonnenuntergang schwärmte, zitierte ich Heine: *Mein Fräulein, seien Sie munter …* Manche Dinge begreift man erst, wenn es soweit ist.«

Wenn es soweit ist. Meine Autorität zerrinnt mit jedem Kilometer. Bitte, Sidonie, rede mir ein, es sei noch nicht soweit.

Im nächsten Augenblick übersehe ich ein Vorfahrtschild – ein Lkw plötzlich links neben, fast über uns, ich trete das Gaspedal durch, wir schießen an seiner Stoßstange vorbei, er schlingert, trötet, Sidonie ist erschrocken, ich auch, immerhin, für solche Flucht ist ein potentes Auto gut, allerdings zu viel Schwung in der nächsten Kurve, Bremsen, falscher Gang, Motor kreischt, anderer Gang, Getriebe kracht, meine Güte, die Maschine ist fünfzehn Jahre alt, was für eine elende Schüttel, die schlägt man uns doch um die Ohren. Und über allem dieser gleichgültige, freundliche Himmel, und ich bringe uns fast ums Leben … Ich bin zerknirscht. »Es tut mir leid … Dieser Aufwand, umsonst. Alles deprimierend … das teure Benzin … Laß uns umkehren.«

»Ach was. Mehr als nein sagen kann er nicht. Und dann sind wir zumindest klüger!« Sidonie neben mir beugt sich über den Autoatlas, eine versierte Kartenleserin ist sie nicht, »Dort vorn geht es glaube ich links.«

Wir sehen eine rote Ferrarifahne vor einer aufgelassenen Tankstelle flattern, mitten auf dem Land. Ein Mann tritt uns entgegen. Impuls: Durchstarten, aber Sidonie hat die Tür schon geöffnet und steigt aus. Erstaunlich leichtfüßig trabt sie ihm entgegen. Blühend sieht sie aus, meine Sidonie, und redet ganz entspannt mit diesem Automann, der mit seinen Säbelkoteletten und dem virilen Grinsen wie ein Zuhälter wirkt. Dabei mustert sie ihn allerdings schamlos, von unten nach oben, die mächtigen Schenkel unter den schwarzen Jeans, seinen Knauf, den Rumpf, die Schultern im engen roten Pulli, jetzt ruht ihr Blick freundlich auf dem Fünftagebart – das geht zu weit, eben noch philosophierte sie mit mir über die Endlichkeit, und nun – und nun – nun winkt sie, ich soll kommen, »Die Papiere!« ruft sie. Der Mann nimmt mir im Vorbeigehen den Schlüssel aus der Hand, steigt ein und dreht eine Runde. Warum nur habe ich mich überreden lassen zu dieser erzdummen Tour.

Der Kerl beschleunigt bremst wendet rangiert ein bißchen, läßt obszön den Motor aufheulen, steigt aus und bietet viertausend Mark. Ich erbitte Bedenkzeit. Wir machen uns auf den Heimweg. Mir ist völlig klar: An den verkaufe ich meinen Porsche nicht.

»Der hat mich überhaupt nicht angesehen. Der hat ja nur mit dir verhandelt. Als wäre ich nicht da!« schimpfe ich.

»Na ja, es war halt ein Mann!« Sidonie, selbstgefällig. »Das ist doch normal. Eine Frau hätte sich an dich gewandt und mich übersehen.«

»Glaub ich nicht.« Ich trete aufs Gas. Es ist, als breite sich eine Schwefelblase in meiner Brust aus. »Wie, er hat sich *als Mann* an dich gewandt?«

»Ich hab mit ihm geflirtet.«

Dröhnen in meinem Kopf. »Was heißt das …«

»Du weißt nicht, was das heißt?«

»Natürlich weiß ich, was flirten ist …« Ich keuche. »Aber *warum*?«

»Na, um unsere Chance zu erhöhen.«

Ich spüre einen Schlag, wie ein Dolchstoß. »Wie«, frage ich entgeistert, »du hast mit ihm *geschlafen*?«

O Gott, das hemmungslose, laute Sidonielachen. »Nein!« ruft sie, »Wann hätte ich das denn tun können? Du warst doch dabei!«

»Aber du hättest es gern getan? Oder hast du – vorher?«

Sie lacht und lacht.

*

Wieder ein Aufbruch im Traum, wieder Zwielicht. Ich muß Flüssigkeit in Zehnliterkanister abfüllen, und zwar nicht irgendeine Flüssigkeit, sondern Leichengift: etwas ölig, farblos. Wir tragen weiße Gummihandschuhe – man kann leicht kontaminiert werden, ein Tropfen Liquor auf die nackte Haut, und man ist hin. Aber es muß sein. Ich soll geschieden werden von Lotte, meiner ersten Frau, der Mutter meiner älteren Kinder. Das alles findet auf einem verkommenen Grundstück statt zwischen zerbrochenen Gartenmöbeln, in knietiefem Laub. Seltsamerweise steht etwas abseits eine kleine Fabrik, kaum größer als ein Schuppen. Rauch steigt aus dem Schornstein, sie ist offenbar in Betrieb, sogar das Dach scheint dicht. Lottes Werk, wird mir erklärt. Wie konnte Lotte unter den Belastungen dieser Ehe – unter mir! – Leiterin einer Fabrik werden, ohne daß ich es merkte? Ich wundere mich, bin aber auch dankbar, denn es nimmt mir einen Teil meiner Schuld. Ich habe vor vielen Jahren Lotte und die Kinder verlassen, um mit der tollen Malerin Franziska durchzubrennen, die ich später wegen der jungen Frau meines Lektors verließ. Skrupel hatte ich keine, ich war ein bekannter Dichter, Frauen warteten nach Lesungen auf mich. In der Zeit meiner kraftvollsten Liebe zu Marita begann ich eine Affäre mit Irina, der sorbischen Turnlehrerin: gefährlich, unnötig, strapaziös, doch der Gedanke, daß zwei junge Frauen mich begehren, spornte mich zu Höchstleistungen an. Ich dachte: Warum die mißmutigen Blicke meiner alternden Lotte ertragen, die klimakterischen Launen, die Vorwürfe? Was alles übrigens immer noch leichter zu ertragen war als die verzweifelten erotischen Reparaturversuche. Um die zu unterbinden, das Kleider-Abwerfen unter Hitzewallungen, das Präsentieren des verlebten Körpers, habe ich die Bitterkeit sogar noch geschürt. »Was redest du von vergeblichen Mühen? Welche Mühen denn, was hast du riskiert?« Wer wagt, kann scheitern, aber wer sich gehenläßt, nachdem er einmal geheiratet wurde, was leistet der, was leistet die? Immerhin erinnere ich mich nun – im Traum – an Lottes ohnmächtiges, wütendes Gesicht damals vor dem Scheidungsrichter und bin erleichtert, daß sie mir jetzt in diesem verwahrlosten Garten so ruhig beim Aufräumen des Giftes hilft. Außerdem freue ich mich über die Fabrik, die der Sache eine versöhnliche Wendung gibt. Lotte und ich wandern also auf unterschiedlichen Wegen, immer wieder einander begegnend, durchs Novemberlicht, zwischendurch muß sie in die Fabrik, um was zu regeln, doch jedesmal kehrt sie zurück. Ich bin nicht ganz entspannt, aber froh. Ich will Frieden machen. Ich beschließe, es ihr zu sagen. Ich gehe auf sie zu. Jäh verzerrt sich ihr Gesicht vor Haß. Sie senkt den Kopf. Ihre Stirn wird dunkelblau, aufgetrieben von blauen Wülsten, die Augen blutunterlaufen, das Kinn offen, rot zerfressen, ich wünschte, ich könnte sagen, sie wäre mir fremd – aber das Gegenteil trifft zu, auch meine malträtierte Lotte konnte einst – in Wirklichkeit – schreien und mit Töpfen werfen, und einmal hat sie ein Messer in die Reifen meines Lada gerammt, um mich am Wegfahren zu hindern. Jetzt – im Traum – ist mir sofort klar, daß sie mich umbringen will. Ohne hinzusehen weiß ich, sie hat das Messer in der Hand, ich werfe mich herum und flüchte, erklimme hastig eine Stiege, Lotte hinterher, meine Glieder wie Blei, kein Entkommen, ruckartiges Erwachen im Entsetzen. Ich liege auf dem Rücken und schnappe nach Luft.

Der Liebe pflegte ich achtlos … Himmel, was war ich dumm. *Tor! Jede Sekunde verstreut über dich … Schätze!* … Habe ich jemals diese Schätze gewürdigt? Sofern ich sie nicht achtlos liegenließ, verwandelten sie sich in meiner Obhut zu Gips. Aber ich kann vielleicht noch was … retten? Denn es gibt unter tausend Gründen zu verzweifeln doch einen, es nicht zu tun, und das ist die Liebe.

II

METAMORPHOSEN

Anders lieben müssen wir als gestern
Und mit schärferem Verstand.

Und die Träume ganz beim Namen nennen;
Und die ganze Last der Wahrheit kennen.

Rainer Kirsch

Ich hatte gefährliche, und ich hatte zornige Freunde. Zu den zornigen gehörte mein Lehrer Frank Zisler. Als Neunzehnjähriger hörte ich im Radio seine Gedichte und war so gepackt, daß ich nach dem ersten Fetzen Papier griff und hektisch mitschrieb. Später stellte sich heraus, ich hatte, obwohl sie rhythmisch vertrackt waren, fast alle Zeilenbrüche erfaßt. Tagelang lief ich träumend umher.

Schon in der Schule hatte ich Gedichte neidisch und verzagt geliebt. Ich empfand sie als höhere Stufe von Sprache, eine gewissermaßen göttlich aufgeladene, die eine höhere Stufe von Leben behandelte, nicht das, was uns anderen zugewiesen war. Also mußten Dichter eine höhere Stufe von Menschen sein, keine *Steiger* und *Maurer,* sondern Fabelwesen mit Fabelnamen wie *Goethe Eichendorff Morgenstern,* wozu paßte, daß sie alle schon tot waren.

Zisler in diesem Radio aber lebte. Er hatte eine nasale, etwas verrauschte Stimme, nicht imposant. Aber er sprach wie ein Erwählter: nicht um zu drohen, zu heucheln oder zu beleidigen, sondern um das Leben zu erforschen und zu würdigen. Sprache als Schlüssel zum Leben, als Auftrag, als Lust – das ging also noch! Es gab eine winzige Chance, vielleicht auch für mich. Irgendwie hatte ich es gehofft, aber ganz heimlich. Ich fühlte mich stumm. Mein erstes Gedicht hatte ich über einen Aquariumfisch geschrieben, der mit kaltem, starrem Auge die Welt vorüberschwimmen sieht. Kurz darauf stieß ich auf Rilkes *Panther* und begriff, daß alles schon gesagt war und daß jeder eigene Versuch nur meine Nichtigkeit besiegeln würde.

Ich war ein gescheiterter Oberschüler, mürrisch und verkommen. Um überhaupt mit Buchstaben umgehen zu dürfen, machte ich eine Lehre als Schriftsetzer. Eines Tages brachte jemand ein Radio in die Druckerei. Und dort, hinter rußigen Scheiben, zwischen Bleilettern, Setzkästen, einer ständig quietschenden Tür und dem Geruch von Linoleum und Maschinenöl, geschah mein Zisler-Erlebnis. Mir schien, daß diese Poesie nicht *erste Kategorie* sei, doch genau das ermutigte mich. Erst später fand ich Erklärungen. Zislers syntaktische Krämpfe waren Ausdruck eines in Scham, Skepsis und Erlösungssucht sich marternden Bewußtseins. Der Mann glaubte an den Kommunismus, erkannte die Fehler der Mächtigen und wollte die Wahrheit sagen, das ging nicht zusammen; seine Verse verkeilten sich, und das Besondere an ihnen waren nicht die Lösungen, sondern die Lauterkeit des Kampfes. Es gab einzelne leuchtende Befreiungsschläge. Den Erkenntnisgewinn teilte am dankbarsten, wer ähnlich belastet war. Ermutigt war ich – ja, warum? Weil ich glaubte, daß für mich mehr möglich war? Weil ich mich verwandt fühlte? Weil ich in der eisern verquollenen Ästhetik die Wahrhaftigkeit spürte? Ich weiß es nicht. Mir zeigte sich Hoffnung, und ich griff zu.

Damit begann mein eigentliches Leben: Meine Sprache erwachte wie aus einer Betäubung. Die jahrelange Bedrücktheit erklärte sich plötzlich als Trauer um diese kranke Sprache, deren Kostbarkeit ich also geahnt haben muß. Aus der Bibliothek holte ich Gedichtbände und las in jeder freien Stunde, schrieb ab, deklamierte:

Reich mir die Hand, wir müssen
tastend gehen. Doch diese Finsternis
das ist die Nacht nicht mehr.

oder – zu meinen ersten Favoriten gehörte neben Kuba auch Franz Fühmann –

So sei verflucht, du Zeit der Totentänze!
Um die versengten Mauern streicht der Wind.
Den Toten dauern nicht mehr Grab und Kränze –
sorgt, daß der Tag der Lebenden beginnt!

Sie kannten mich. Sie reichten mir die Hand. Nach Wochen unersättlichen Lesens begann ich selbst zu dichten, buchstäblich mit zitternder Hand. Eine gelähmte Sprache springt nicht auf und bricht Rekorde, sie wächst langsam, wie Muskulatur, durch Übung und Stimulation. Jede neue Bewegung, jeder Schritt erfüllte mich mit Glück. Ich prüfte und änderte, lauschte dem Klang, spürte die Spannung, die Funken, längst führte ich ein zweites leuchtendes, verheißungsvolles Leben neben dem grauen, zähen ersten. Gelegentlich glückte nun auch mir eine *aufgeladene* Periode. Ich bekam Herzklopfen, meine Sohlen prickelten, als liefe ich über eine andere Erde.

Was aber, wenn alles nur Einbildung war? Nach einigen Monaten demütiger und frohlockender Exaltation schickte ich Frank Zisler einen Brief. Ich erklärte ihm alles, legte meine Mitschrift seiner Gedichte bei und bat ihn *höflichst* um Begutachtung *folgender Gedichte aus meiner Feder.* Zu seiner *Entlastung* legte ich eine frankierte Postkarte mit zwei Antworten zum Ankreuzen bei: erstens *Taugt nichts* und zweitens *Weitermachen.* Ich erwog, mich im Falle von Antwort eins umzubringen. Dann wäre meine Qual beendet, dachte ich plötzlich mit einer gewissen Erleichterung. Ich rechnete mit dem Schlimmsten und ging betäubt und feierlich wie ein Verurteilter umher. Nach einigen Tagen fiel mir ein, daß ich möglicherweise überhaupt keine Antwort bekommen würde. Vielleicht hatte ich nicht ausreichend frankiert? Oder gar nicht? Oder hatte vergessen, die Gedichte in den Umschlag zu stecken? Entsetzt durchwühlte ich meine Schreibtischschublade. Nein, alles war abgeschickt. Er hielt meine Sendung für keiner Antwort wert.

Ich lief direkt zur Saale, um mich hineinzustürzen. Es war natürlich Winter. Graubraun wälzte sich der eisige Strom zu meinen Füßen. Das Wasser würde meinen Leib nicht aufnehmen, sondern zerschlagen. Ich dachte: *Graubraun wälzt sich der eisige Strom / Zu meinen Füßen / Er wird meinen trauernden Leib* – Der Anfang eines Gedichts. Ich ging nach Hause, um es aufzuschreiben. Im Postkasten lag die Antwort von Zisler.

So einfach, lieber Herr Steiger, liegen die Dinge nicht. Vielleicht kommen Sie einmal vorbei, damit wir reden können? Das Fabelwesen lebte! Es antwortete, mir!, und es hatte eine irdische Adresse, nicht mal allzuweit entfernt: in Leipzig-Stötteritz.

Zisler war vierschrötig, hatte ein rundes Gesicht mit gewölbter Stirn und roch nach Tabak. Er war, wie seine Poesie, nicht attraktiv durch Anmut, sondern durch Ernst. Mit seinen blaßblauen, grüngesprenkelten Augen sah er mich an und gab mir Würde. Er erbat weitere Arbeitsproben und empfahl mich ans *Johannes R. Becher-Institut.* Ich wurde aufgenommen. Ich sang: *… Aber die Erde? / Ist es nicht sie, wo die Vögel rufen?* Ich liebte alle Dichter, auch Louis Fürnberg.

Mehrere meiner Kommilitonen waren ebenfalls von Zisler entdeckt worden, und er förderte uns jahrelang. Natürlich wurden wir hochmütig. Schon nach wenigen Monaten spotteten wir über seine mühselig kreisende Gedankenlyrik und parodierten sie mit derselben Überheblichkeit, mit der wir den Namensgeber unseres Instituts *Johannes Erbrecher* nannten. Ich übte Formen, Bilder, Stimmungen, und daß Zisler meinem ersten Gedichtband *Erfindung des Frühlings* Gedankenlosigkeit bescheinigte, kratzte mich keine Sekunde, da das Buch im *Neuen Deutschland* gelobt wurde und umgehend einen Preis bekam. Plötzlich saß ich in der Rakete und hatte meinen Mentor in Auflage und Reputation hinter mir gelassen.

Warum sollte ich Zislers Gewissensqualen teilen? Diese Alten hatten ja unsere Welt vorbereitet und waren verantwortlich, wir badeten sie nur aus. Wir wehrten uns mit Übermut und Ironie – was uns eben zu Gebote stand. Die alte Welt freute sich über unsere Unbefangenheit und den frischen Ton, als wäre er ihr Werk. Als wir uns der Fesseln bewußt wurden, hatten wir längst gelernt, uns flüssig in ihnen zu bewegen. *Es sind nicht alle frei, die ihrer Ketten spotten,* hatte Lessing geschrieben. Wir spotteten über ihn.

Zisler bewegte sich nicht flüssig. Inzwischen sah er die Fehler der Mächtigen nicht mehr als Panne, sondern als immanente Unart der Macht und begann gegen sie zu wirken an der Grenze dessen, was erlaubt war. »Einer muß es tun«, sagte er. Er zitierte Brecht: *Die Mühen der Gebirge liegen hinter uns / Vor uns liegen die Mühen der Ebenen.* Wir registrierten nur gnadenlos, daß Zisler in diesen Mühen sich selber auffraß, während Brecht auf jeder Ebene elegant geblieben war. Wir schätzten unseren Mentor weiterhin, doch auf zunehmend gönnerhafte Weise.

Viele Jahre später an einem Novemberabend besuchte ich Lutz Brick, einen von Zislers Lieblingsschülern, da klingelte das Telefon. Lutz' Frau begrüßte am Apparat laut Zisler, worauf Lutz ihr hektische Zeichen machte, er sei nicht da. Lutz'

Frau war eine schlechte Lügnerin, das schien auch Zisler zu merken, denn er fragte immer wieder, und sie mußte immer weiter lügen, bekam rote Streifen im Gesicht und stotterte. In diesen Tagen war Biermann ausgebürgert worden, alle Kollegen sprachen über die Protestpetition, und Lutz fürchtete, Zisler wolle ihn als Mitunterzeichner gewinnen. »Du hast gut reden«, sagte er zu mir, »Eure Gedichte gehen notfalls von Hand zu Hand, ich als Dramatiker aber brauche eine Bühne«, und: »Warum soll ich was für Biermann tun? Was tut Biermann für mich?«, kurzum: der Jammer der Abhängigen; ich kannte ihn selbst und hatte oft genug versagt, auch wenn ich in jenen Tagen stark war.

Am nächsten Morgen erwachte ich gegen sechs, den resignierten Blick Zislers vor Augen. Ich packte meine Tasche, ohne das Erwachen der Gastgeber abzuwarten, und fuhr direkt nach Stötteritz. Bei meiner Ankunft war's noch dunkel, aber hinter Zislers Fenster brannte Licht. Ich klingelte und sagte, ich hätte die Petition unterschrieben. Zisler war, muß ich sagen, noch überraschter als ich: Sein Anruf hatte einer anderen Sache gegolten. Aber als er Tage später im *Neuen Deutschland* Bricks Unterschrift unter der *Überwältigenden Zustimmung der Kulturschaffenden der DDR zur Politik von Partei und Regierung* sah, brach er den Kontakt zu Lutz ab.

Er verbitterte zusehends und ließ auf seinen Briefkopf, um die Funktionäre zu reizen, Wilhelm Raabes Worte drucken: *Dass die Kanaille Herr ist und bleibt!* Es ist nicht anzunehmen, daß jemals ein Funktionär diese Bemerkung verstanden, geschweige denn auf sich bezogen hätte, doch Zisler beschrieb glaubhaft, welche Genugtuung es ihm jedes Mal bereite, einen Schriftsatz mit diesem Briefkopf im Kasten zu versenken. Er starb mit Sechzig an einem Infarkt bei einem Spaziergang durch die Elsterauen. Augenzeugen schilderten, wie er jäh sich ins Kreuz warf und zusammenbrach, als sei er implodiert.

Trotz seines Pessimismus förderte er bis zuletzt die schreibende Jugend. Ich unterstellte ihm, er suche hektisch und unkritisch Neue, weil die Älteren, darunter auch ich, ihn enttäuscht hatten. Dennoch beeindruckte mich diese Konsequenz eines Menschen, der ständig Metamorphosen durchlief.

Zisler war als Jugendlicher Nazi gewesen, und zwar nicht irgendeiner, sondern besonders schneidig, ein Reiter-Nazi mit Tätowierung und Lederstiefeln. Im russischen Antifa-Lager aufgeklärt, schämte er sich und wurde Kommunist. Nach der Heimkehr war er zunächst staatsfroher Dichter, dann DDR-Kritiker, Unterzeichner der Biermann-Petition, Buddhist, katholisch; zwischendurch jeweils Alkoholiker. Danach ein fanatischer Vegetarier, der nur Äpfel aß: »Wissen Sie, was Hunger ist?« Plötzlich wurde er fett wie ein Delphin und fragte die Dichterin Broda, eine Blutwurststulle im Mund: »Was halten Sie von der Gnade?«

*

Sidonie lacht beim Lesen. »Gnade … Blutwurststulle … lustig!« Sie strahlt mich an.

»Nicht eher traurig?«

»Doch«, nickt sie nach einiger Überlegung, »auch.«

Was fange ich mit dieser Frau an? Sidonie, Zufallsgefährtin meiner Einsamkeit: immer für mich da, neugierig, anspruchslos. Ohne Pose, das ist nett, aber auch ohne Stil: läuft rum, als wisse sie nicht, daß Männer auf sie schauen. Braucht sie keinen? Macht ihr nichts aus, daß schon lange keiner mehr sie gebraucht hat? Auf einmal kommt mir diese Unbedenklichkeit wie Stärke vor. Ich spüre einen Hauch von Gefahr.

Sie gibt mir die Blätter zurück. »Schreibst du eine Autobiographie?«

»Nein. Ein Auftrag des WDR, Titel: *Metamorphosen.*«

»Schön!«

»Keineswegs. Eine Frechheit. Es handelt sich um eine Serie, die zuerst V*ersuche über den Wendehals* heißen sollte. Ich fand das diskriminierend.«

»Warum?«

»Weil hier Ossis sich für Opportunismus schämen sollten. Opportunismus ist aber kein Ostproblem!«

»Warum regst du dich auf?«

»Weil tausend Mark zu verdienen waren – aber nur für Ossis, die sich für Ossis schämen!«

»Und dann haben sie dir zuliebe den Titel geändert?« fragt Sidonie schmelzend. »Und du verdienst tausend Mark mit *Metamorphosen*?«

»Daß ich Prosa schreiben muß, ist schlimm genug!«

Ich ahne jedoch, daß Trost hier nicht zu erwarten ist. Mir fällt ein, wie meine Malerin Franziska mir Egozentrik vorwarf. Ich sagte: »Lyrik *ist* Egozentrik. Sie einem Lyriker vorzuwerfen, hieße ihm vorwerfen, daß er Lyriker ist.« »Du bist wie ein Metzger, der aus seinem Beruf ableitet, daß er seine Frau metzeln darf«, erwiderte Franziska. Beim Abschied sagte sie: »Wenn du es mal irgend schaffst, über einen anderen Menschen zu schreiben, kannst du wiederkommen.«

Franziska heiratete einen Kombinatsdirektor. Und ich, da es zu spät ist, versuche Charakterbilder ... für tausend Mark. Ich habe, denke ich aber dann, das Meine getan: mich auf Kosten, zugegeben, der Meinen geöffnet und jahrzehntelang geschunden für hundert gute Zeilen, die vielleicht einmal als freie Zeugen gelten werden unseres mißglückten Ländchens, des fehlerhaften Experiments, des Scheiterns der Gerechtigkeit. *Nein wir werden nicht vermißt / wir haben stark zerbrochne hände steife nacken* – »Außerdem wird es so nichts!« keuche ich. »Der Text ist viel zu kurz! Dafür gibt mir keiner auch nur fünfhundert!«

»Bei uns sagt man: Wenn der Wind fehlt, muß man rudern«, bemerkt Sidonie, tröstend nun immerhin doch.

*

Sidonie redet gern in Bildern. Wie kann jemand, der nicht mehr ganz jung ist, in so schlichten Bildern reden und dabei so gut gelaunt sein? Ich ärgere mich, daß nicht mal ich, sondern Bernd auf die Idee kam, sie zu fragen. Nicht nach den Bildern, sondern nach dem Frohsinn.

Am Kamin also, schnurrend vor Behaglichkeit, erklärt Sidonie, daß sie zum ersten Mal im Leben das Gefühl habe, das Richtige zu tun. Und das sei ein Glück von morgens bis abends.

Warum hat sie früher das Falsche getan?

Sie traute sich nicht! Die Eltern, Rumäniendeutsche, waren mit mehreren Kindern nach Kriegsende aus dem Banat geflohen, wollten *im Reich* alles richtig machen und arbeiteten bis zum Umfallen. Sidonie kam als Nachzüglerin bereits in Ulm zur Welt, ins gemachte Nest. Durfte sich deshalb Flausen erlauben, aber nicht zu viele. Studierte Musik, weil schon Onkel Emil auf der Klampfe gespielt hatte und Großvater August Akkordeon. Träumte heimlich vom Schreiben, war aber sprachungewiß: Im Elternhaus redete man ein Schwäbisch von 1718, die Schulkameradinnen lachten sich krank. Musik als Profession aber ist ein hartes Brot. Sidonie hätte nie gedacht, daß man so kämpfen muß. Gab zu schnell auf, unterrichtete Kinder, sang im Chor, warf sich seitdem vor, nicht weit genug gesprungen zu sein. Geriet an den Zahnarzt, von dem ihre Eltern begeistert waren. Aber der war eine Sackgasse.

Wieso das?

Das falsche Leben! Adrett und beschränkt sein. Aufwendiger Leerlauf. Ein hübscher, verwöhnter Mann, der beschäftigt werden wollte.

Über diese Bemerkung denke ich nach.

»Vermißt du die Liebe nicht?«

»Der Preis ist hoch«, sagt sie errötend. Ich mag es, wenn sie errötet.

»Wie kamst du zum Schreiben?«

Im Chor, bei einer Aufführung des Verdi-Requiems lernte sie eine ungemein tapfere Opernsängerin kennen, die so farbig von ihrem grausamen Handwerk erzählte, daß bei Sidonie der Groschen fiel.

Welcher Groschen?

»Diese Frau hatte es von Kindheit an unendlich schwer. Niemand hat sie behütet, niemand gestützt, niemand gefördert, sie kämpfte, immer am Abgrund. Eine solche Verzweiflung und Hingabe, das hat mich beeindruckt. Und die Menschen im Theater sind so gemein! Manchmal tat es weh zuzusehen, ich dachte oft, warum gibt sie nicht auf? Ich traute mich nicht zu fragen. Ich glaube, sie wäre vor meinen Augen explodiert. Was willst du erreichen? fragte ich. Sie antwortete: Ich will gehört werden!«

»Tja, worüber schreibt man in einem Land, in dem es um nichts geht?« Das ist Robert.

»Es geht überall um alles«, widerspricht Sidonie. »Klar, wenn man versorgt ist, merkt man das nicht so. Aber in allen Leben wirken ähnliche Muster.«

»Und, was hast du herausgefunden? Gibt es unter Westbedingungen belastbare Muster?«

»Was heißt belastbares Muster? Unser Henry etwa: Wie kann ein so griesgrämiger Mann so bunte Gedichte schreiben? Wie belastbar ist ein Schmetterling?«

»Habe ich richtig verstanden: Sidonie vergleicht meine Gedichte mit Schmetterlingen?« frage ich Robert, um ihn zu ärgern.

»Offenbar. Und du bist der Schmetterlingsgenerator.«

*

Am nächsten Tag fragt mich Sidonie: »Worum geht es dir?«, ganz unverblümt, als ich eben höchst mißgelaunt aus meinem Haus trete, um Wodka zu kaufen.

Worum geht es mir? In meiner Verwirrung, Einkaufstasche in einer Hand, Portemonnaie in der anderen, halte ich einen Vortrag. Ich zitiere meinen Kollegen Wolfgang Hilbig:

im namen welcher unerlaubten
schmerzen
die verwirrung
in worte zu kleiden
hab ich
das schreiende amt
übernommen

Ich zitiere, um nicht für wehleidig zu gelten, meinen Kollegen Werner Söllner:

Wie vorteilhaft unterscheidet sich
Das Fleisch auf dem Feuer
Vom verendeten Tier ...

Und, um für tapfer zu gelten, Richard Leising:

Ziehe du ab von uns
Deine sausende Hand, peitsche
Deine christliche See über andere Meere
Und lass uns leben, leben, leben, O Herr
auf der Galeere!

Ich erwähne, daß alle Kollegen Alkoholiker sind oder waren, nicht, um die Gedichte abzuwerten, sondern um die Alkoholiker aufzuwerten. Ich zitiere meinen Kollegen Bernd Wagner:

Wo die Gedichte enden, beginnt die Welt.
Die Frage ist: Wo enden die Gedichte?

»Wo beginnen die Gedichte?« fragt sie.

*

Zu meinen gefährlichen Freunden gehörte der stabreimende Struck. Er leistete als Dichter wenig, war aber stets obenauf, denn er hängte sich immer an die richtigen Leute und wandte sich immer rechtzeitig von ihnen ab.

Struck war, zunächst mal, ein schöner Mann: groß, schlank, mit strahlenden dunkelblauen Augen und vollen Lippen, die von der langen Nasenrinne aus symmetrisch ausschwangen wie Flügel. Mit seinem mädchenhaften Lächeln und dem, wie ich hörte, einst pechschwarzen gewellten Haar muß er als junger Mann wie ein Prinz ausgesehen haben. Als ich ihn kennenlernte, war er bereits silbergrau, doch weiterhin prinzenhaft. Er galt als arrogant – das wußte ich vom Hörensagen. Da er aber in meiner Nähe sanft und werbend auftrat, störte es mich nicht, im Gegenteil, es steigerte meine Selbstachtung. Sein literarisches Urteil war opportunistisch; er variierte geschickt die Meinung der Einflußreichen. So machte er als Funktionär Karriere: einer jener unerlösten Literaten ohne Œuvre, die mit rachsüchtiger Willkür das Renommee der Künstler regulieren.

Ich ehrte ihn nicht; das halte ich mir zugute. Wir begegneten einander in meinen Sonnenjahren, und Struck fraß mir aus der Hand. Er war umgänglich, er knüpfte zielsicher Verbindungen, er war hilfsbereit. Ich nahm immer an, daß er Kontakte zur Staatssicherheit hatte; jemand mit so starkem Ehrgeiz und so schwacher Substanz mußte die haben. Ich sah darüber hinweg, solange er mir nützte. Zum Beispiel war er in der Jury des Heinrich-Mann-Preises. Als ich ihm für den Preis dankte, wehrte er lächelnd ab: »Allein hätte ich das nicht geschafft.« Ich wußte aber, daß er durchaus Kandidaten zu Fall bringen konnte, und das nicht nur aus literarischen Gründen. Einmal zum Beispiel erregte er sich über die Lyrikerin Annette Broda, weil die einst einen dreißig Jahre älteren Parteisekretär geheiratet hatte. Sie war längst wieder geschieden, doch Struck warf ihr in unbegreiflichem Furor Karrierismus vor, während ich ihn neckte, er sei bloß sauer, daß er selbst nicht die Annette bekommen habe. Das war in Auerbachs Keller, er trank Goldbrand, ich ein paar blaue Würger, und ich weiß nicht mehr, wie das Gespräch endete, doch es fiel sein Satz: »Die Broda, die lassen wir verhungern!«

In den siebziger Jahren verschaffte er mir eine Romreise. Diese Reise unternahmen wir gemeinsam: Struck organisierte einen Forschungsauftrag unter meiner Federführung. Nach Rom! In die Ewige Stadt, ich, der Kleinbürgersohn aus dem düsteren Aue! Schon Wochen vorher kannte ich den Reiseführer auswendig, wanderte im Geist über den GIANICOLO, am VATIKAN entlang und über die ENGELSBRÜCKE, besuchte sämtliche PAPSTKIRCHEN, saß auf der TIBERINSEL im Kies, schritt ehrfürchtig durch die halb verschütteten Grotten der wahnsinnigen DOMUS AUREA. Als am Abflugtag der Flughafen Schönefeld wegen Nebels geschlossen wurde, war ich den Tränen nahe. Struck rettete wieder mal die Lage und ergatterte Zugbillets. Zwanzig Stunden später standen wir auf der PIAZZA DI CAMPIDOGLIO.

Unser offizieller Auftrag war, Handschriften von Tibor Geibel aufzutreiben. Wir fanden dann nichts, was nicht schon gedruckt in der Deutschen Bücherei vorlag, doch das störte uns nicht, im Gegenteil, die freien Stunden vollendeten unser Fest.

Während Halle in gelbem Rauch erstickte, strahlte hier die Sonne von azurnem Himmel, flitzten Schwalben umher, pflückten wir Orangen von den Bäumen. Unsere Devisen waren so knapp, daß wir auf Wein verzichteten und alle Wege zu Fuß machten, um uns die Museen leisten zu können. In zehn Tagen lief ich ein Paar Westschuhe bis zur Brandsohle durch. Ich knipste Hunderte Fotos mit meiner *Praktika* und schrieb nachts dreißig Gedichte. Übrigens bemerkte ich, daß es in Rom weitaus ärmere Leute gab als uns. Einmal aßen wir in einem Gartenlokal pappige Toasts, da glitt ein schlanker Arm durch die Hecke, und mein Teller war leer. Struck, der gerade sächselnd Verse von Shelley vorlas, hatte es nicht mal bemerkt.

Nach der Reise begann unser Zerwürfnis. In meinem Rombuch *Die Katzen des Palatin* hatte ich nämlich Struck nicht erwähnt. Er fand das undankbar: »Ich habe diese Reise für dich durchgesetzt! Nur wegen dir bin ich mitgefahren!«

»Unsinn«, sagte ich. »Du bist nicht wegen mir nach Rom gefahren. Du lechztest nach Rom! Ohne mich hättest du die Reise nie durchgesetzt.«

»Ich hätte sie für jemand anderen durchgesetzt!«

»Aber hätte der dich mitgenommen?«

»Ja!« stieß er hervor, und ich spürte zum ersten Mal am eigenen Leib jene andere Struckseite, von der ich bisher nur gehört hatte, daß sie zu fürchten sei.

Ich lenkte ein: »Aber du kommst im Buch doch vor!«

»Auf einem unscharfen Schwarzweißfoto, aus einer Eisdiele tretend«, sagte er bitter.

»Ich habe immer *wir* geschrieben. Da warst du inbegriffen! Oder dachtest du, ich rede im Plural Majestatis?«

»Inbegriffen!« fauchte er.

Der Riß war nicht zu kitten, obwohl wir uns später schämten und versuchten, zur Tagesordnung überzugehen. Wir waren ja immer noch aufeinander angewiesen, er brauchte meine Reputation, ich seine Verbindungen. Damals hielt ich ihn für kleinlich. Inzwischen gebe ich zu, daß ich ihn aus Bosheit nicht genannt habe. Ich wollte ihn auf seinen Platz stellen, den des Statisten. Ich glaubte, mir das leisten zu können.

Inzwischen haben wir die Positionen getauscht. Der Apparatschik Struck geriet zwar nach der Wende kurz in Schwierigkeiten, rettete sich aber wundersam, indem er eine Westberliner Modeärztin heiratete. Die Frau war toll, eine hocherotische Gynäkologin. Jeder von uns hätte die genommen, aber er bekam sie, eben auch mit zweiundfünfzig noch ein schöner, charmanter Mann. Er hatte sogar als DDR-Bürger vornehm gewirkt, in schmierigen Schlaghosen und Chemiefaserhemden mit Schweißflecken unter den Achseln. Unter den Händen der Gynäkologin aber wurde er richtig edel: trug weiße Jeans, Kaschmirpullover und Seidenblousons, duftete nach Rasierwasser; inzwischen ein ausgebleichter alter Prinz, aber immer noch ein Prinz, und weiterhin gefährlich.

Seine literarischen Befunde paßte er sofort den neuen Sprachregelungen an. Hatte er zu DDR-Zeiten Hugo von Hofmannsthal als Epigonen gescholten, nannte er ihn nun den beseelten Erben der Klassik. Christa Wolf, seine Lieblings-Nobelpreiskandidatin, entlarvte er als Spießerin. So fand er mühelos den Weg in die neue Szene. Schon sitzt er wieder in fünf Juries und rührt für mich keinen Finger.

Dummerweise taucht er nicht als Informant in meiner Stasiakte auf. Es gibt dort ein Außengutachten, das mit seinem Klarnamen unterzeichnet ist – doch ohne Adressat, leider, jeder kann es in Auftrag gegeben haben. Auch dort variierte Struck über den Dichter H. St. das, was damals eben so gesagt wurde: kunstvolle Alltagssprache, allerdings unverbindliche Anwendung der lyrischen Formen mit diesem flatternden Versmaß, das die Satzenden gewissermaßen willkürlich vom Zeilenbruch abtropfen läßt. Bemerkenswert ist folgende Ergänzung: »St. ist klagsam, skeptisch, zu Pessimismus neigend. Doch würde ich eine negativ feindliche Einstellung des St. gegen die DDR nicht für ursächlich halten wollen. Der Mißmut entspringt eher einem Nichtbegreifen der sozialistischen Entwicklung, das seiner ausgeprägten Ichbezogenheit und seiner cholerischen Psyche geschuldet ist.« Ein echter Struck, der sich nach beiden Seiten gleichzeitig wirft: Beschützer scheinbar sowohl des Staates wie des Dichters, mit Ausstiegsklausel: Er hätte sich bei Gefahr unter Berufung auf diesen Wisch sofort von mir losgesagt. Und verkauft sich heute unter Berufung auf denselben Wisch als Verteidiger der Kunstfreiheit. Mit solchen Finten hat der Mann es auf die literarische Bundesebene geschafft – man möchte verzweifeln. Doch ein Informeller Mitarbeiter scheint er nicht gewesen zu sein, schade. Ich hätte ihn gern erpreßt.

*

»*Und wir werden nicht vermißt unsere worte sind / gefrorene fetzen und fallen in den geringen schnee* – was bedeutet das, Sidonie?« Ich will mir meine Hysterie nicht anmerken lassen – wieder ein *Metamorphosen*-Versuch mißglückt, zu kurz, außerdem beschämend die verschämte Ost-Scham und das zu offene Bekenntnis des Versagens, nicht mal Sidonie soll das lesen, erst recht nicht der WDR; ganz abgesehen davon, daß Struck klagen oder seine Kumpels aktivieren würde, und dann spränge mir das Hochfeuilleton ins Genick. Also: Bringt nichts, wieder alles vergeblich, Wolfgang Hilbig drückt das besser aus als ich. Das einzig Gute daran, ich habe Sidonie gerufen und sie kam, ich sagte zu ihr: wieder eine *Metamorphose* mißglückt und so weiter, ich sagte aber nicht: alles vergeblich; ich redete in dem Lehrerton, der ihr zu imponieren scheint: Sprechen wir über Gedichte. Was hältst du davon? Ich spürte Erleichterung – durch die gelungenen Verse, durch die Gesellschaft: Schon als ich Sidonie über den Rasen kommen sah, atmete ich auf.

Sie sagte: »Ich hab's aber eilig. Ich dachte, es wär was Dringendes.«

»Es ist dringend!«

Sie lauscht. Ich sehe: Auch in Eile ist sie empfänglich. »In den geringen Schnee ...« wiederholt sie anerkennend.

»Was bedeutet das?«

»Vergeblichkeit!«

Die Antwort – nicht der Begriff, aber der Ton, wie aus der Pistole geschossen – trifft mich ins Mark. Wankend begegne ich dem stolzen Blick meiner Musterschülerin. Flucht nach vorn: »Warum hast du's eilig!«, uff, klang wie ein Vorwurf, steht mir nicht zu.

»Ich habe drei Lesungen in Hessen. Bin gerade am Packen.«

»Wann kommst du wieder?«

»Donnerstag.«

»Willst du meine neuste *Metamorphose* lesen? Ich meine, unterwegs im Zug, falls du nichts Besseres zu tun hast ...«

*

Donnerstag. Während ich auf Sidonie warte, denke ich über sie nach. Es ist gut, auf jemanden zu warten, der wiederkommt. In der Not frißt der Teufel Fliegen! verhöhne ich mich, und muß sogleich lachen: Was bin ich für ein armseliger Teufel. Und sie, indessen, was für eine bemerkenswerte Fliege. Ich stelle sie mir vor, mit ihrer kräftigen Figur, dem holprigen Gang, dem Staunen, der Unbekümmertheit, der gelegentlich aufblitzenden Schlagfertigkeit. Vor allem aber mit ihrer, ja, das muß ich inzwischen sagen: einschüchternden Sturheit. Ich prüfe den Wert dieser Sturheit. Wieviel davon ist Charakter? Wieviel Luxus, ermöglicht ganz einfach durch ungefährdeten Westaufwuchs?

Bedeutsam an dieser Frage ist – die Belastbarkeit. Denn davon wird abhängen, ob ich uns zusammendenken darf, überlege ich gefährlich schwungvoll weiter.

Daß sie von Lyrik nichts weiß, werfe ich ihr nicht vor, im Gegenteil, es kommt mir zupaß. Aber was weiß sie vom Leben? Wieviel muß sie wissen, um mit mir zu Rande zu kommen? Wieviel darf sie wissen, um es zu wollen? Mir fällt ein, daß sie, zu deren Ringen um die Literatur auch ein rührendes Bemühen um hochdeutsche Aussprache gehört, ein einziges Mal einen ungehemmt schwäbischen Satz sagte. Es ging um mißglückte Liebe, um Verlassenwerden. Am Kamin räsonierte man darüber: Gabriel, Natascha, Schirmmützen-Dora, Video-Bernd, Hochstapler-Gideon, Ekel-Robert, und das Thema kam auf einen Maler, der sich umgebracht hatte, nachdem sein Liebhaber ausgezogen war. Natascha hatte es von einem Freund erfahren und meldete: »Attila Siebentisch ist bei einem Selbstmordversuch gestorben.« Für einige Minuten teilte sich das Gespräch, die Maler gedachten des in Kunst wie Liebe unerträglich eifersüchtigen Attila, die Schriftsteller amüsierten sich über die Formulierung und über den Namen: Attila Siebentisch, ein für den Ruhm erfundenes und am Ende für Wahn und Verzweiflung haftendes Pseudonym, tauglich gerade noch für eine halbe Stunde Kaminplauderei. Ich aber, bis vor kurzem in ähnlicher Lage, hörte mit gemessenem Bedauern zu und nahm dies als Anzeichen meiner Genesung.

Dann kam man beim Thema Liebe wieder zusammen: Wieviel von dem, was sich als Liebe ausgibt, verdient den Namen? Ist Eifersucht nicht einfach Besitzgier? Robert zitierte sinngemäß Kurt Vonnegut: Wenn man bedenkt, was Leute einander aus Liebe antun, möchte man ihnen empfehlen, es doch mal mit Höflichkeit zu versuchen. Es gab die erwartbaren Reaktionen: Dora entzückt, Bernd empört, Gabriel zu Zoten animiert, nur

Sidonie schwieg wie betäubt, sie schien in einem Strudel von Empfindungen zu versinken, aus dem erst ich sie mit einer Frage herauszog. »Und du? Kannst du verstehen, daß ein Verlassener sich umbringt?«

»Ha jo«, sagte sie errötend, »des isch a Vernichtungsschmerz!«

*

Während ich um die *Metamorphosen* ringe, wächst eine Hoffnung in mir, die ich vorsichtshalber für unbegründet halten möchte. Das heißt, ich heiße sie willkommen und weise sie zurück. Ich balanciere zwischen Zuversicht und Verderben; wenn ich die Sache in der Schwebe halten kann, ist das günstig für mich. Es kommen sogar wieder Gedichte. Nur hingeben darf ich mich nicht: In einem verdächtig hellen Augenblick unterbreche ich sogar die gelingende Arbeit und wandere zur Postbox, vorsätzlich, um die nächste Hiobsbotschaft in Empfang zu nehmen. Doch siehe da: Es gibt keine. Statt dessen eine Anfrage für eine Lesung in Sachsen. Und ein Fax von Jakob Jehlitschka: *Lieber Henry, in der Hoffnung, daß Dich diese Nachricht erreicht: Ich bin gerade in Hamburg und würde Dich gern besuchen. Ich wollte immer schon mal nach Ostfriesland.*

Jakob Jehlitschka!, denke ich, na klar, das wird mein *Metamorphosen*-Held! Wie schön sich manchmal alles fügt. *Einverstanden,* faxe ich.

*

Dritter *Metamorphosen*-Versuch, den ganzen Tag. Abends auf der Suche nach Geselligkeit an den Kamin. Gutgelaunt, denn morgen kommt Jakob. Und übermorgen Sidonie.

Am Kamin sitzt, zusammen mit Robert, Dora und Gabriel, eine Blondine um die Vierzig. Dauerwellen-Mopp, Wimperntusche, Lippenstift, Lederstiefel, quasselt ungehemmt im Anhaltiner Dialekt. Ganz offensichtlich keine Künstlerin. Gabriel stellt uns einander vor. »Gestatten, die Herrschaften: Anita Priller, Jungunternehmerin, möchte auf dem Domberg zu Quedlinburg ein Künstlerhaus nach Staverfehner Vorbild aufziehen und holt sich bei mir Rat. – Heinrich Steiger, unser Ehrenstipendiat seit ...« Sie unterbricht: »No, Henry Steiger, den werd ich ja wohl kennen!«

Wir fragen sie aus. Sie habe, erzählt sie, *früher* in einer Hausverwaltung gearbeitet, die nach der Wende abgewickelt wurde. *In der neuen Zeit* Kurse in Rhetorik und Marketing belegt. Die Immobilien in Quedlinburg kenne sie aus ihrer Verwalterinnenzeit, Gebäude gäbe es ja reichlich, sogar in Filetlage, doch ungenügende Nutzungsideen ... Jetzt habe sie ein Existenzgründungsdarlehen beantragt. Mir graust: vor der Sprache, vor der Forschheit, hinter der ich Panik spüre ... Flucht nach vorne, nichts im Kreuz, nicht mal einen abgestandenen Namen, der für kleine Rundfunkaufträge gut ist.

»Aber ... was interessiert Sie an der Kunst?«

»Das Geld!«

»Wie?« rufen wir gleichzeitig.

»Ja! Ich will das Haus auf kommerzieller Grundlage betreiben!«

»Das wird nie was«, bescheidet Robert knapp.

»Mit Schriftstellern wird es sicher nichts. Aber mit Bildenden Künstlern schon. Die sind einfacher.«

»Stimmt«, sagt Dora. »Denen muß man nur n Stück Holz hinwerfen, dann sind sie beschäftigt.«

»Eben! Wenn die bei uns ab und zu was anderes tun als onanieren, kommt ja auch was raus«, ruft die Unternehmerin.

Für einen Augenblick Stille.

Dann gluckst Gabriel: »Bei uns kommt immer was raus, Gnädigste.«

»Verwertbare Produkte!« jubiliert sie.

Dora und Robert stehen auf und gehen. Die Existenzgründerin steckt es weg, ihre Bäckchen glühen, sie scheint schon den einen oder anderen Klaren gekippt zu haben, sicher mit Gabriel. Der ist beschwingter als üblich, ich muß staunen. »Hurra, Gnädigste!« ruft er. »Zweifler werden niedergeritten! Kampflesben weggeräumt! Und die Empfindsamen können sich ihren Stolz ans Knie nageln!«

Hochanimiert! Brennt sein Feuerwerk ab, improvisiert Rezitative, singt Wagner: *der Mann dann fange die Maid, der am Wege sie findet und weckt* (natürlich die Kalauervariante: *wendet und fickt*), und die Existenzgründerin quietscht vor Vergnügen, ihr Rock rutscht hoch, sie ist zu allem bereit, aus Verzweiflung, denke ich, doch da sie nicht nur Gabriel, sondern auch mich ungehemmt anschäkert, schäkere ich zurück, schließlich, wann habe ich das zuletzt erlebt. Erst als Gabriel einnickt, wird mir bang. Seit halb zwölf bin ich allein Ziel der anhaltinischen Avancen, und um Tempo aus der Sache zu nehmen, erzähle ich von meiner Seniorenbahncard und den Depressionen.

»Merkt man Ihnen gar nicht an, Herr Steiger!« ruft sie feurig.

Ich merke es mir selbst nicht an. »Man merkt es nicht«, sage ich, »weil ich ein Antidepressivum schlucke. Leider macht es impotent.«

»Ach, das bilden Sie sich bestimmt nur ein!«

Sie wohnt im Hotel, ich bringe sie zum Ausgang, um die Glastür aufzuschließen. Als ich ihr eine gute Nacht wünsche, kneift sie mich plötzlich in die Hüfte und kichert: »Na?«

Erschüttert kehre ich ins Kaminzimmer zurück. »Was ist passiert?« fragt Gabriel schlaftrunken.

»Hast du mich nicht schreien gehört?«

»Du wirkst so munter!«

*

Jakob Jehlitschka ist fünf Jahre jünger als ich, debütierte aber im selben Jahr mit einem autobiographischen Büchlein über seine Großmutter, das bald Schullektüre wurde. Ich fand damals, daß er seinem rührenden, stolzen und traurigen Buch auf rührende und traurige Weise glich. Er hatte hervortretende braune Augen, die wie tastend ständig in Bewegung waren, und lächelte ständig mit großen, nach innen stehenden Schneidezähnen, was seinem Ausdruck etwas Verschrecktes gab. Er war groß und dünn, ohne Hintern, ohne Hinterkopf. Er selbst leitete seine Schüchternheit nicht von der kläglichen Physis ab, sondern von einer dramatischen Kindheit. Diese Kindheit machte ihn berühmt, solange er sie als Märchen erzählte. Aber der Reihe nach.

Die Großmuttergeschichte ging, kurzgefaßt, so: Jakobs böhmische Eltern verschwanden in den Wirren des Kriegsendes. Der Vater war verschollen, die Mutter floh nach Sachsen, wo sie zu einer Gefängnisstrafe verurteilt wurde. Der fünfjährige Knabe landete im Heim. Jakob litt, natürlich unter Einsamkeit und Verrat, dann unter Kälte und Hunger. Am meisten aber – das verriet er mir später, es stand nicht im Büchlein –, am meisten litt er unter der Grausamkeit seiner Mitschüler. Er habe nie begriffen, daß diese einsamen, verwaisten oder abgeschobenen Kinder nicht zusammenhielten, sondern einander folterten. Das ist das Thema seines Lebens geblieben.

Wann immer er sich davonstehlen konnte, ging der kleine Jakob in den Klostergarten und starrte durch ein Mauerloch auf die Felder hinaus, da der Anblick von Weite ihn tröstete. Einmal an einem kalten, trüben Tag erspähte er unverhofft durch dieses Loch seine tschechische Großmutter. Er rief, doch sie verschwand im Nebel. Er meinte zu sterben. Aber dann setzte er sich in Bewegung und rannte die Mauer entlang bis zur Pforte. Die Frau bog um die Ecke und schloß ihn in die Arme. Es war wirklich die Großmutter. Sie hatte die Adresse des Heims herausgefunden und war, krank und schwer, auf geschwollenen Füßen aus ihrem Dorf vom böhmischen Erzgebirgskamm herabgekommen, um den Enkel zu holen. Der Direktor verlangte Bescheinigungen, die sie nicht hatte, und dieses Gespräch war besonders lustvoll erzählt: Wie der Direktor zunächst herablassend, dann heuchlerisch freundlich, zuletzt schroff ablehnte, bis die Oma eine Teigrolle unterm Rock hervorzog und auf den Tisch hieb. Wieso hatte das geholfen? »Ach, Mächtige sind immer feige, je mächtiger sie sind, desto mehr.«

Stimmt das? Und konnte ein Fünfjähriger es verstehen? Woher kam die Teigrolle? Symbol? Für was? Diese Fragen leiteten später Jakobs zornige Phase ein, doch in der Märchenfassung zieht er ganz selbstverständlich mit Oma auf die tschechische Seite des Gebirges, und das Buch wird zur Abenteuergeschichte: Sie fahren auf der Ladefläche eines Lasters hinauf ins kalte Oberwiesental, übernachten bei ängstlichen Leuten, dann geht es per Pferdefuhrwerk nach Gottesgab, von dort zu Fuß unter dem Kamm entlang gegen den Wind, harter Schnee wie Nadeln im Gesicht, Zähne taub, Kälte zerschneidet die Finger, er schreit. Oma hüllt ihn in ihren Schal. Es folgen einige Jahre in diesem Ort mit Schneestürmen, Hochmooren und Falkenschrei, wo der kleine Jakob das Spitzenklöppeln lernt, um seine Oma, die Handschuhnäherin, zu unterstützen.

Am Schluß bringt die Oma das Kind zurück zur Mutter, die inzwischen aus dem Gefängnis entlassen wurde. In der Geschichte hat Oma Krebs und begreift, daß sie den Buben bald nicht mehr wird versorgen können. Sie liefert ihn bei der ungeliebten Schwiegertochter ab, vergießt Ströme von Tränen über seinem Scheitel, schultert ihr Bündel und entschwindet auf geschwollenen Füßen im Nebel, so wie sie aufgetaucht war.

*

Ich habe es nur quergelesen. *Erwachsene* Schriftsteller verachteten das Buch. Ich erinnere mich an eine Kneipenrunde in Berlin, Jakob zum ersten Mal an einem Tisch mit mehreren arrivierten Literaten, naiv und verschämt. Meine Kollegen aus dem Johannes R. Becher-Institut hatten schon allerlei publiziert und übertönten die Zweifel an der eigenen Bedeutung mit ironischen Klassiker-Diskussionen – *Was bleibt von wem?* Fast alle waren die üblichen moralischen Kompromisse eingegangen, mit den üblichen künstlerischen Verlusten. Der sarkastische Weinreich mit den starren hellblauen Augen hinter spiegelnden Brillengläsern hatte sich in einen windelweichen Radioredakteur verwandelt, der elegante Elkin mit dem sonor-skrupulösen Ton und den zartbitteren Stirnfalten in einen Akademiker von bemerkenswerter intellektueller Schlüpfrigkeit. Nur ich hatte meine Studentenrolle beibehalten: das rüpelige Originalgenie. Ich sage: Rolle, weil ich schon damals zu ahnen begann, daß auch ich Erwartungen erfüllte. Mein unpolitischer Mißmut wurde vom Publikum als Protest gelesen. Vielleicht beruhte mein Erfolg sogar darauf, daß ich Feiglingen Erleichterung verschaffte – am Ende noch mit Billigung des Regimes, das wußte, wie wichtig für den verordneten Optimismus das Ventil des Selbstmitleids war. Jedenfalls haben die Feiglinge, denen ich vor der Wende Erleichterung verschaffte, mich nach der Wende nicht mehr gebraucht. Ein Westpolitiker sagte so jovial wie verständnislos zu mir: »Jetzt leben Sie in Frieden und Freiheit, können Sie da nicht etwas fröhlicher dichten?«

Jakob traf ich zu Beginn meiner großen Jahre. Ich war selbstbewußt, Preisträger, Familienvater, stolz auf mein Ausdrucksvermögen. Paradoxes Glück: Als Dichter der Melancholie fühlte ich mich wohl, als Verzweifelter unabhängig. Privat hielt ich mit meiner Kritik am Regime nicht hinterm Berg. Leute wie Weinreich und Elkin, die als Studenten ähnlich geredet hatten, lächelten inzwischen geniert oder besorgt, je nachdem, wer mit am Tisch saß. Mir war's gleich, ich schimpfte und beobachtete dabei ihr Mienenspiel: den raschen Wechsel von Genugtuung und Erschrecken, Mitleid und Schadenfreude, Dankbarkeit und Heuchelei. Nur Jakob schien über meine Reden aufrichtig empört. Er war nicht nur wie wir alle Parteigenosse, sondern sogar Parteisekretär, er wollte die DDR verbessern durch Anstand und behutsame Kritik. Ich gab zu bedenken, daß Regierungen, die sich der Kontrolle der Untertanen entzögen, nicht therapierbar seien. Weinreich und Elkin verabschiedeten sich hüstelnd.

*

Jakob arbeitete als Geodät in der Stadt Zittau. Von Zittau, das über einem Braunkohleflöz liegt, hieß es, wer im Garten einen Baum pflanze, könne mit der gehobenen Erde seinen Kachelofen heizen. Inzwischen war die Stadt marode, von Tagebau eingeschlossen, eine traurige Insel in brauner Mondlandschaft. Jakob vermaß die Fördergebiete.

Einmal besuchte ich ihn dort. Die Honorare machten ihn unabhängig, aber er nutzte es nicht. Er lebte mit einer unwirschen älteren Frau im zugigen Kontor einer ehemaligen Tuchfabrik und wirkte tapsig und kleinmütig. Er schrieb nichts. Das triumphale Gebirge im Buch war anscheinend nie Wirklichkeit für ihn gewesen. Wogegen nichts einzuwenden wäre, wenn diese Phantasie ihn denn befreit hätte. Aber sie hatte ihn im Gegenteil zum Gefangenen gemacht.

»Wie, es gab gar keine böhmische Großmutter?«

»Doch, aber ... in einer Gegend, die gespickt war mit verlassenen Dörfern, Uranminen und Straflagern ... Darüber konnte ich doch nicht schreiben! Unser Haus grenzte ans Sperrgebiet ...«

»Ändert das die Geschichte?«

»Nein – ja ...«, sagte er gequält. »Sie war sehr komplex. Versteh doch – ich mußte mit der Zensur verhandeln – Kompromisse. So viele Kompromisse, daß ich selbst nicht mehr weiß …«

»Vielleicht bringst du's heraus? Warum fährst du nicht hin? Soll ich dich begleiten?« Böhmen interessierte mich, weil mein Vater als junger Mann dort zwei Jahre verbracht hatte. Jakob sprach Tschechisch und besaß ein Auto.

»Ernestine mag nicht, wenn ich wegfahre«, murmelte er.

»Lieber, wenn du in der gammeligen Oberlausitz festsitzt, bist du als Schriftsteller am Ende.«

»Ich bin sowieso am Ende. Ich hatte nie wirklich Talent.«

»Unsinn«, sagte ich ohne Überzeugung.

»Ach … meinst du wirklich?«

*

Meine Lüge setzte eine Entwicklung in Gang, die ich nie für möglich gehalten hätte. Zunächst mal erschütterte sie den Zittauer Hausfrieden, denn die Lebenskameradin wollte Jakob nicht ziehen lassen; er knirgelte, sie schimpfte, er begehrte auf, und plötzlich war die Trennung da – Jakob sagte später, daß ich seine *Raupenzeit* beendet hätte.

Wir starteten in seinem F8, einem Zweitakter, dessen Holzkarosse von einem Pilz befallen war, zur großen Böhmenreise. Zunächst gefiel mir die Route, doch bald ärgerte mich Jakobs Systematik. Er hatte Listen mit Sehenswürdigkeiten erstellt und verließ keinen Ort, solange nicht jeder Punkt abgearbeitet war. Unser erklärtes Ziel, das böhmische Erzgebirge, schien er sogar zu meiden, lieber vergeudete er Stunden, um im unaussprechlichen Ort F. das Geburtshaus des unbedeutenden Schriftstellers K. zu finden, dessen Werke er im ächzenden F8 mitführte, nur um sie vor der häßlichen Garage zitieren zu können, die jetzt auf dem Platz der abgebrannten Kate stand. An dieser Stelle gerieten wir in einen Streit, den Jakob verlor. Als wir Richtung

Erzgebirge fuhren, rief er fast lustvoll: »Du hast recht! Du hast recht! Unglaublich, was man mitmacht. Warum erdulden wir Sklaverei?«

Wir knatterten an Most vorbei, zehn, zwanzig, dreißig Kilometer Tagebau, qualmende Schlote, Dunst, eine stinkende Wüstenei. Hinter Chomutov im Ohretal bog Jakob nach rechts ab und fuhr durch immer dichteren Nebel bergauf, bis ein Gewitter den F8 von der Straße spülte.

Es gab keinen Schlag und keinen Sturz, wir merkten einfach, wie wir rutschten. Rausspringen? Was wäre schlimmer, naß in die dunkle Wildnis oder trocken in den Abgrund? Dann kam der Wagen zum Stehen, leicht schräg in einem, wahrscheinlich, Graben. Über und um uns dröhnender Regen wie ein Wasserfall.

Ich war so beeindruckt, daß ich nicht schimpfte. Auch von Jakob, dessen Sorge um die Karre Dauerthema war, kein Schrei, kein Gejammer, kein Fluch. Er drehte am Zündschlüssel, der Motor erstarb. Wir saßen fest. Wir schwiegen, weil wir im Lärm ohnehin nichts verstanden hätten. Hinter den beschlagenen Fenstern wurde es grau, dann dunkelblau. Wir würden die Nacht hier verbringen müssen. Ich stopfte den Mantel zwischen meine Schulter und die kalte Scheibe. Jakob aber, der zwanghafte Planer, geriet in eine seltsame Euphorie. Er lachte und redete vor sich hin, »unglaublich!« und: »Allerhand!«

»Manchmal hat man Glück!«, sagte er, als der Regen nachließ. »Ernestine hat sich in einen polnischen Fassadenkletterer verliebt, der die Mauern unserer Bude reparierte. Vielleicht hoffte sie, ich würde um sie kämpfen. Aber ich hatte nur einen Gedanken: möglichst schnell umziehen, damit ich sie nicht aufnehmen muß, wenn sie zurückkehrt.«

»Wie hast du das ausgehalten?«

»Ich habe mich immer gefügt. Entkam ich einer Bedrückung, geriet ich in die nächste. Es war ein Weg von Lüge zu Lüge. Die einzige, die mich nie verraten hat, war Omi.« Er schluckte. »Statt dessen habe ich sie – aber das –«

Es wurde eine Nacht der Beichte. Wir saßen eingezwängt in dem engen Wagen, ohne einander anzusehen. Der linkische Jakob, der immer an allem das Beste sah, offenbarte sich als fragiler Held unendlicher Gewissensdramen.

Der Anfang war mir bekannt: *Vati* verschwunden, *Mutti* im Knast – Jakob nannte sie wirklich so, wie um eine Vertrautheit zu beschwören, die es nie gegeben hatte. *Mutti* konnte mit ihm nichts anfangen, seitdem suchte er Anschluß um jeden Preis. Daß ein Preis zu zahlen war, begriff er rasch: Wer was gibt, will was dafür haben. Er gab Gehorsam. Er wurde enttäuscht. Jede Enttäuschung verstärkte den Gehorsam. Sein Musiklehrer, ein verehrungswürdiger alter Mann, der noch die Kaiserzeit erlebt hatte, gab dem halbwüchsigen Jakob den Auftrag, beim Schulfest auf dem Akkordeon zu improvisieren. Jakob, stolz auf das Vertrauen, baute zu Ehren seines Förderers die Melodie von *Deutschland über alles* ins Präludium ein, unauffällig, aber doch so, daß der es merken mußte. Plötzlich sah er: Der alte Herr starb vor Angst. »Tu so was nie wieder«, flüsterte der Alte später. Und dann etwas Überraschendes: »Sei klug wie die Schlange und ohne Falsch wie die Taube …« Was dachte Jakob? Er dachte: Feigling. Was tat er? Behandelte ihn noch ehrender als zuvor, damit der sich nicht schämen mußte. Schämte sich statt dessen selber. So ging es immer weiter. An der Hochschule wurde er Marxist. Zu seinen ersten Schreibversuchen ermunterte ihn ein Parteisekretär. Ein Idealist! Jakob war Feuer und Flamme. Der Idealist redigierte das Großmutter-Typoskript unter dem Gesichtspunkt der Nützlichkeit für die herrschende Partei. Die Lügen, die sich ergaben, ließ Jakob zu, obwohl er sie bemerkte. Er schämte sich für die Partei, und was tat er? Trat ihr bei. Was tat sein Förderer? Floh in die BRD. Jakob wurde selbst Parteisekretär. Er wollte es besser machen.

So ging es immer weiter, von einem Gewissenskäfig in den nächsten, in seltsam beseeltem Ton. »Wie ist meine Bilanz?« hörte ich Jakob fragen, wohl im Traum, denn es war in einer Wüste. Ich erwachte, weil mein Kopf gegen die Scheibe fiel.

Es wurde bereits hell. Vor uns schälte sich ein toter Baum aus der Dämmerung, rindenlos grau, Flechten wie Spinnweben zwischen den dürren Ästen. Etwas dahinter noch einer, dann ein weiterer, seitlich, wir standen am Rande eines Talkessels vor einem Heer kahler Stämme. Der Nebel verschwand wie ein Spuk. Hinter einem grätigen schwarzen Bergkamm wölbte sich die Sonne und löste sich vom zerstörten Wald als wabernde rote Blase.

*

In unseren letzten böhmischen Tagen war Jakob wie entfesselt, schwankend zwischen Grübelei, Empfindungslust und hysterischer Melancholie. »Wie ist meine Bilanz? Warum geht man, ohne zu sehen? Warum erduldet man Sklaverei?« Wir bezogen eine Pension in der Gegend von Přebuz und suchten nach dem Großmutterdorf. Jakob hatte einen Namen im Kopf, der nicht stimmte, und als Erinnerung zwei Fotografien. Eine stammte von 1937 und zeigte neben bepackten Handwagen Bauern mit stumpfen, traurigen Gesichtern. Das war Jakobs tschechische Familie, die von den Nazis vertrieben wurde. Die deutschen Nachbarn stehen im Halbkreis um sie herum, ausdruckslos. Das zweite Foto zeigte die Großmutter. Ein volles, erstaunlich strenges Gesicht. Der kleine Jakob hat einmal die alte Frau über ihren kümmerlichen Enkel sagen hören: *Ich muß Jakob liebhaben, weil niemand sonst es tun wird.* »Sie hatte ja recht!« erklärte er tapfer. »Auch wo sie hart war, hatte sie recht.« Sie sagte etwa: »Jakob, sieh mal nach dem Duschahof, die neuen Siedler waren schon lang nicht mehr da.« Die Duschas waren vertrieben worden, junge Leute aus der Karpato-Ukraine hatten den Hof übernommen. Ringsum standen damals Gehöfte und Dörfer leer, die deutsche Bevölkerung war weg, die tschechische dezimiert, die Regierung suchte überall nach Bauern, aber Siedler aus dem Flachland kamen im Gebirge selten zurecht, und natürlich gab es auch Gauner, die nur die Häuser ausräumten. Omi fühlte sich zuständig und rang die Hände.

Der Duschahof war einer der größten gewesen, mit zehn Stück Rindvieh; er lag sieben Kilometer entfernt bergab. Jakob hörte schon von weitem die Fensterflügel schlagen, der Wind fegte durchs Haus, die Häkelgardinen waren zerrissen. Jakob schloß die Fenster, wanderte durch die geplünderten Zimmer und fühlte sich eine halbe Stunde lang als Herr. Er kannte die Duschas und wußte, wo das Bonbonglas versteckt gewesen war. Die Plünderer hatten es nicht gefunden. Er aß so viele Bonbons, bis ihm schlecht war, und stopfte die übrigen in seine Taschen.

Als er zurückkam, antwortete er wahrheitsgemäß: »Die Siedler sind weg.«

»Was ist mit den Kühen?«

»Die haben gebrüllt.«

Er bekam die härteste Ohrfeige seines Lebens, wie eine Explosion.

Als wir von Přebuz aus Richtung Grenze fuhren, sagte er auf einmal in einfältigem Ton: »Also, was mir einfiel ... peinliche Sache ... Am Montag ist im Betrieb ein Parteiverfahren ... gegen den Genossen soll eine Parteistrafe ... Eigentlich will ich nicht ... Ähem, könnte ich nicht mit dir nach Halle ... einfach später aus dem Urlaub zurück?«

Ich wimmelte ihn ab, vielleicht etwas schroff. Jakob mit seinen Gewissensanalysen und moralischen Expertisen plötzlich als sozialistischer Spießer – aus wie vielen Farben ist der Mensch zusammengesetzt!

Diesmal aber gab es eine Peripetie: Er schlug die Hände vors

Gesicht und stöhnte. »Was bin ich für ein Sklave! Warum gibt es keinen Ausweg aus dem Kreislauf der Sünde?«

Sünde?

»Keinen Ausweg!« keuchte er, »... meine Omi ... verlassen ...«

Sein Gesicht wurde rot, er wandte sich ab und keuchte: »Die Hierarchie der Schmerzen!«

Das Folgende war ein Gegurgel. »Ohrfeigen« verstand ich, und: »Parteistrafen«, und natürlich: »Verrat«, »im Buch!« Wo sonst, dachte ich, wir leben doch davon, daß wir um unserer Bedürfnisse willen unsere Wahrnehmung verraten, und je besser Autoren Bedürfnisse als Wahrnehmung ausgeben können, desto dankbarer ist das Publikum ... Aber ich sah Jakobs zuckenden Hinterkopf und widersprach nicht, schließlich, er schämte sich, Scham ist heilig, und soviel habe ich dann doch verstanden: *Omi* war in einem Altersheim in Chomutov verhungert.

*

Nach dieser Reise begann Jakob zu kämpfen. Er wurde wieder Schriftsteller und vertraute immer unbedenklicher seinem Verstand. Die Lektoren fürchteten bald seine Kampfeslust. Zwanzig Jahre nach dem ersten schrieb er ein zweites Großmutterbuch, das dissonant und radikal war, ohne den Schmelz des ersten, doch lebendig durch Mut. Es erhielt keine Druckgenehmigung. Das Thema sei gültig bearbeitet, lautete die Begründung. Jakob selbst nahm an, daß für unsere Zeit des Stillstands die Oma zu aufmüpfig war. Tatsächlich hatte er ihr etliche regimekritische Sprüche in den Mund gelegt. Er ließ sie Brecht zitieren: *Am Grunde der Moldau wandern die Steine / Es liegen drei Kaiser begraben in Prag. / Das Große bleibt groß nicht und klein nicht das Kleine. / Die Nacht hat zwölf Stunden, dann kommt schon der Tag.*

Zu mir sagte er: »Ich bekomme jedesmal Gänsehaut, wenn ich das zitiere.«

»Am Grunde der Moldau wandert kein Stein, jedenfalls nicht in Prag. Und es kommt zwar der Tag, doch nach weiteren zwölf Stunden auch wieder die Nacht.«

»Seltsam. Und ich habe immer noch ne Gänsehaut. *Die riesigen Pläne der Mächtigen ... Und gehn sie einher auch wie blutige Hähne ...*«

Jakob wurde gezüchtigt, gab nach und schämte sich, schrieb ironische Briefe mit krachenden Sätzen – es entwickelte sich das übliche Drama des Moralisten, und es machte ihn unleidlich. Als ich das letzte Mal bei ihm zu Gast war, drehte er um zwölf Uhr mittags plötzlich das Radio auf. Die RIAS-Freiheitsglocke dröhnte durch das spartanische Junggesellenzimmer.

»Bist du verrückt«, fuhr ich ihn an, »bei offenem Fenster!«

»Wieso? Wer kennt die schon in Zittau!« höhnte er.

»Hör auf«, sagte ich, »das ist kindisch.«

»Keineswegs. Das ist erwachsen. Du hast immer geredet wie ein Antikommunist ...«

»Ja. Aber ich kann die DDR nicht ändern. Ich kann nicht mal mich selbst ändern.«

»Henry, die Leute halten dein Gejammer für Integrität. Gerade deshalb hätte dein Wort Gewicht. Denk doch zur Abwechslung mal nicht nur an dich!«

Ich hätte beleidigt sein können, doch ich mußte lachen. Letztlich waren wir arme, vergängliche Tiere. Jakob, der als Tier zu kurz Gekommene, nutzte die brachliegenden Leidenschaften, um seine unbedeutende Geschichte zur Freiheitsparabel aufzublasen. Wir verloren einander aus den Augen, wie man so sagt.

*

Erst nach der Wende traf ich ihn wieder. Er lebte inzwischen am Prenzlauer Berg, und da mein erster Weg nach der Trennung von Marita mich nach Berlin führte, ließ ich mir von einem Freund Jakobs Telefonnummer geben. Er lud mich sofort ein.

Schöner war er nicht geworden: immer noch gehemmt und wunderlich, immer noch Quellaugen. Dennoch wirkte er verändert, seltsam dankbar und froh. Zu froh für einen närrischen Idealisten. Hatte die Wende seine Sehnsüchte etwa erfüllt?

»Ja! Ich bin frei! Es ist mir nie so gut gegangen wie jetzt!«

Er war verliebt. Er saß mir in dieser winzigen Küche gegenüber, ein fünfzigjähriger Mann, der das dünne Haupthaar von links nach rechts über den Schädel kämmte und wie ein erschöpfter Krieger wirkte, weil er das ganze Wochenende damit verbracht hatte, seiner Angebeteten die Praxis fertig zu zimmern.

Praxis?

»Sie ist Medizinerin!« sagte er stolz.

»Und ausgerechnet jetzt eröffnet sie eine Praxis?«

»Wann, wenn nicht jetzt? Ihre Klinik wird abgewickelt ... Der richtige Impuls zur richtigen Zeit!«

Er hatte gehämmert und gesägt bis zum Umfallen, obwohl er handwerklich ungeschickt war. Stolz zeigte er mir die Schrammen an den Händen und das blutgetränkte Pflaster. »Sonntag haben wir die Nacht durchgearbeitet ... Birgit war dann fast froh, daß am Montag kein Patient kam.«

Inzwischen war aber Mittwoch, und noch immer war kein Patient gekommen. Jakob machte sich Sorgen. »Das kapitalistische Leben birgt Gefahren«, bemerkte ich. Er wurde blaß und lief ins Nebenzimmer, ich hörte ihn eine Nummer wählen und – offenbar mußte er nicht lange warten – säuseln: »Ich bin's, dein ... Quälgeist ... Ich wollte mich erkundigen ...«

Dann brummte er Trostworte.

»Ist sie hübsch?« fragte ich, als er zurückkam.

»Hübscher ... als ich.«

»Und? Mag sie dich?«

»Ich weiß es nicht.« Ein Schatten flog über sein Gesicht.

»Kommst du zum Schuß?«

Er antwortete nicht. Zwei Stunden später, wir hatten miteinander eine Flasche Wein geleert, sagte er gepreßt: »Ich will für jemanden sorgen ...«

Armes Schwein, dachte ich. Letztlich geht's dir auch nicht besser. Ich hatte wenigstens ein lebhaftes, wüstes Leben, auch wenn ich es ruiniert habe. Du hast nichts.

Das Telefon klingelte. Er flog ins Nebenzimmer, riß den Hörer von der Gabel und frohlockte: »Siehst du! Ich hab's gewußt! Innige Gratulation!«

Na, dachte ich, ein Patient macht noch keinen Sommer. Und schon gar keiner vom Prenzlauer Berg. Strucks rasante Gynäkologin hatte erklärt, daß man Privatpatienten brauche, um sich zu entwickeln; mit Kassenpatienten käme man auf keinen grünen Zweig. »Und?« fragte ich Jakob, als er zurückkehrte, »Was für ein Patient?«

Er strahlte: »Ein Cockerspaniel!«

*

Was ist meine Bilanz? Heute träumte ich, man hätte mir gekündigt. Alle waren sauer auf mich und tuschelten, ich verstand nur: Ich hätte etwas Schlechtes über Biber gesagt. Ich bekam einen Tobsuchtsanfall, schmiß mein Laptop zu Boden und ging. Später auf der Landstraße hatte ich eine Panne, und während ich ratlos neben meinem Porsche stand, kam ein seltsames Fahrrad an mir vorbei, eine Art Tandem, das aber parallel fuhr, also zwei Radler neben-, nicht hintereinander. Links saß ein Mann, rechts ein Kind, und beide sangen rhythmisch: *Heut bin ich arm von zehn bis vierzehn Uhr. Heut bin ich arm von fünfzehn bis sieb-*

zehn Uhr. Ich beugte mich wieder über den defekten Autoreifen, der gelblich gummiartig war und zu schmelzen begann wie Wachs.

Dann wurde der Traum versöhnlich. Ich fuhr nachts mit zwei Frauen auf einem Boot, beide waren nett zu mir. Leuchtkäfer fielen vom Himmel, den Frauen in den Schoß.

Zuletzt lag ich wie gefällt vor meiner Staverfehner Klause im Gras unter dem Sternenhimmel, sah hinauf in die flimmernde Pracht und dachte: Ja, unleidlich, warum? Ein kalter Wind strich über mich hinweg. Ich stand fröstelnd auf und ging ins Haus. Im oberen Stock brannte Licht, ich hatte wohl die Nachttischlampe angelassen. Schon von den oberen Stufen aus sah ich eine Frau in meinem Bett. Konnte das wirklich sein? Ein warmes, weiches, nacktes Weib! Wie herrlich! Wie köstlich! Ich kniete vor dem Bett. Ich griff nach der Decke. Ich weinte vor Dankbarkeit und erwachte weinend.

REGELN

Erst dann hat ein Mann seine Arbeit getan
Wenn Er für Sie erschossen werden kann.

Karl Mickel

Während ich wie ein alter Junggeselle Wäsche wasche und sie im Gemeinschaftswaschkeller zum Trocknen aufhänge, während ich den Müll zum Ascheimer bringe, leere Flaschen wegtrage, volle Flaschen kaufe, denke ich an die Frauen, die das jetzt nicht mehr für mich tun, und die vielen Freunde, die ich beleidigt habe. Ich beschließe: Wenn ich es schaffe, Jakob zu schonen, ist nicht alles verloren. Dann erträgt mich vielleicht auch wieder eine Frau.

Jakob trifft am frühen Dienstagnachmittag ein und ruft: »Wo ist denn der Wind?«

»Welcher Wind?«

»Der von der Nordsee!«

»Das sind noch fünfzig Kilometer.«

Er ist kräftiger geworden, aber immer noch krumm. Die traurigen Strähnen quer über den Kopf sind inzwischen grau. Gekleidet ist er, wie früher, viel zu warm: karierte Wollhosen, Jackett, enger Pulli. Sogar die plumpe Brille trägt er noch. Aber als ich ihn auf meiner Rasenterrasse mit Kaffee bewirte, verflüssigen sich seine Bewegungen, er streckt sich, lacht und wirft übermütig die Jacke über die Stuhllehne. Er lächelt breit mit einem neuen Gebiß und ruft, ohne zu nuscheln: »Schön hast du's hier!«

Wir tauschen Erinnerungen aus. Er lobt meinen zu DDR-Zeiten angeblich bewiesenen zivilen Mut. Ich argwöhne Hintergedanken und wiegle ab.

»Du warst früher so kämpferisch«, sagt er. »Ich habe dich bewundert.«

»Nicht lange.«

»Du hattest eine Schwächephase.«

»Die dauert an.«

Er beginnt, über Politik zu reden. Wo wäre da die Metamorphose, die ich beschreiben will? Er hadert mit dem Westen!, erfahre ich. Über die DDR sagt er: »Ein Machtmonopol ist immer verderblich. Zugrunde gerichtet hat uns der Mangel an Demokratie, nicht der Sozialismus.«

»Tut mir leid, das ist nicht mehr mein Thema.«

»Das sollte aber dein Thema sein.«

O weh, dafür habe ich ihn nicht eingeladen. Was stelle ich zwei Tage mit diesem Zwängler an? Ich spähe herum, ob sich nicht irgendwo zwischen den Bäumen oder auf dem Rückweg vom Edeka ein Kollege zeigt. Sidonie! Irene! Meinetwegen auch Robert. Am besten alle zusammen. Ich würde mit den Frauen spazierengehen, und Robert und Jakob könnten einander zerfleischen.

»Du bist unleidlich«, stellt er fest.

»Ja.« Klingt krächzend. Mein Mund ist trocken.

»Vielleicht sollten wir was essen?«

Ich hole Brot und Aufschnitt. Während Jakob ißt, öffne ich die erste Flasche Wein. Mein Ärger läßt nach, und ich beginne mich schuldig zu fühlen. Der geduldige Jakob. Essay. Rundfunk zahlt gut.

»Ich hörte, du seist Mitglied einer westdeutschen Akademie geworden – gratuliere«, sage ich schließlich, um ihm eine Freude zu machen.

»Vor drei Jahren. Du bist es gleich nach der Wende geworden. Wir sind dort Kollegen.«

»Ich war noch nie da. Die können mir auch nicht helfen.«

»Vielleicht kannst du denen helfen. Wer von der Demokratie profitieren will, muß sie verteidigen.«

»Was hat das mit Demokratie zu tun?«

»Auch im Westen erobern Apparatschiks die Schlüsselpositionen. Auch in der Akademie. Und auch dort mißbrauchen sie ihre Macht.«

»Bist du etwa vom Westen enttäuscht?« spotte ich.

»Ich bin nicht enttäuscht, ich bin entsetzt. Der Westen war gut, solange er mit uns konkurrierte. Kaum sind wir weg, entartet er.«

»Nicht übertreiben. Hier geht's ja um nichts.«

»Das ist das Erschreckende. Ohne Not werden unsere tollsten Errungenschaften preisgegeben. Die Freiheit der Künstler. Die Würde der Kunst. Der zivile Anstand.«

»Du übertreibst.«

»Hast du die Akademiepost nicht gelesen?«

»Nein.«

»Na, was sagst du zu dem: Unser Präsidium kam plötzlich auf die Idee, Dichterlesungen zu verbieten. An einer Akademie! Sie sind gar nicht befugt, etwas zu verbieten oder zu befehlen, es war dreister Funktionärsschabernack. Sie schrieben in ein Protokoll den Satz *Buchvorstellungen macht die Akademie nicht* und benahmen sich, als sei das ab sofort Gesetz. Der Auftrag der Akademie ist, die Entwicklung der Literatur zu fördern, doch wie können wir das, wenn wir keine Bücher vorstellen dürfen? Ich fragte also die Funktionäre, was sie sich dabei gedacht hätten, und sie gaben selbstherrliche und zynische Erklärungen. Ich zitierte die in einem Memorandum, um die Klasse wachzurütteln. Verblüffende Reaktion: Die Apparatschiks erklärten die Zitate für gefälscht! Das, was sie selbst geschrieben hatten! Sie logen wie ertappte Schulbuben, allerdings mit der Wucht ihres Amtes. Der Direktor beschimpfte mich, der Präsident verschickte manische Briefe – in fünfzig Jahren DDR habe ich keine so unflätigen Briefe gelesen wie von diesen West-Apparatschiks. Diese Regel habe es nie gegeben, das sei eine Erfindung dieses Jehlitschka, das Memorandum *ein Machwerk, das von falschen – gefälschten – Zitaten, aberwitzigen Unterstellungen, wahnhaften Verschwörungsideen und übler Nachrede strotzt, welche sich hart an der Grenze des Justitiablen bewegt* ... In dem Satz verrät er sich, nebenbei gesagt: Hätte ich wirklich Zitate gefälscht, wäre das nicht hart an der Grenze des Justitiablen, sondern justitiabel. Die Grenze zur Verleumdung überschritten hat er selbst.«

»Was hast du erwartet?«

»Das jedenfalls nicht. Unser Plenum findet nichts dabei, daß ihr Präsident Straftaten begeht! Ein Karnickelzüchterverein würde seinen Vorsitzenden bei weit geringeren Vergehen davonjagen, doch der Präsident einer Akademie darf sich aufführen wie ein Affe. Eine solche Vulgarität hat es bei uns nicht gegeben.«

»Bei uns hätte der Präsident dafür gesorgt, daß du in die Produktion geschickt wirst.«

»Machtsucht ist Flucht vor der Scham. Unkontrolliert führt sie zu Schamlosigkeit. Auch die BRD wird verwahrlosen, wenn die Elite sich nicht kontrolliert. Was taugt ein Kollektiv, das nicht mal einen machtkranken Emeritus zu bändigen wagt?«

Diese ganze Rede auf Sächsisch. »Gollegdief?« lache ich.

»Eine Demokratie, die nur funktioniert, wenn die oben freiwillig mitmachen, ist keine!«

»Hör auf, du Spinner.«

»Da waren wir im Osten mutiger«, grollt er. »Wir haben wenigstens gestöhnt.«

»Wir wurden offener drangsaliert, deswegen haben wir lauter gestöhnt. Im Westen betet man den Erfolg an, im Osten den Protest. Bei uns gehörte es zum guten Ton, als Intellektueller ein bißchen zu löcken. Doch wenn der Hammer geschwungen wurde, waren auch dort alle weg.«

»Nicht alle! Einige sind ausgewandert, andere haben widerstanden. Auch du, du warst doch mutig!«

»Ich war Alkoholiker.«

»Du bist es immer noch«, sagt er fast werbend.

»Vergiß es. Ich bin besiegt. Das hier ist nicht meine Veranstaltung.«

*

Zwischen den Bäumen breitet sich Schatten aus, aber der Himmel ist hell, die Luft warm, ein großzügiger Sommertag geht zur Neige, und mein Jakob, der gefürchtete Radikaltourist, sitzt immer noch auf der Terrasse und hat keinen Meter von Ostfriesland gesehen. Morgen will er loslegen, erklärt er, während unser Nachmittagsimbiß in den Abendimbiß übergeht. Ich bedaure, daß Sidonie sich nicht zeigt. Aber sie könnte sich noch zeigen, deshalb bin nicht schlecht gestimmt. An Jakob habe ich mich wieder gewöhnt. Er vertreibt mir die Zeit.

»Ich bin froh, dich in so relativ guter Verfassung zu sehen«, bemerkt er jetzt. »So schlecht, wie du behauptest, steht es nicht um dich.«

»Ich bin verliebt!« Stimmt das? Die idiotische Freude, es auszusprechen. Als trommelte mein Herz.

»Oha! Eine Kollegin?«

»Ja, hier im Haus.«

»Erwidert sie's?«

»Sie weiß es nicht.«

»Hm – laß mich raten ... zwanzig Jahre jünger ...«

»... könnte hinkommen ...«

»Ost oder West?«

»West.«

»Und da rechnest du dir Chancen aus?«

»Sie liebt die Poesie!«

»Klingt lüstern.«

»Ist auch so gemeint.«

»Was erwartest du dir?«

»Liebe! Ich entbehre sie. Niemand weckt mich. Niemand pflegt mich. Niemand macht mir Frühstück. Niemand sagt mir, welche Kleider ich anziehen soll.«

»Lotte liebt dich noch immer.«

»Die habe ich seit zehn Jahren nicht gesehen! Kürzlich habe ich von ihr geträumt, da wollte sie mich umbringen. Mit Leichengift. Halt, nein, mit einem Messer.«

»Sie spricht nicht schlecht von dir.«

Jakob hat immer dieselben Frauen gemocht wie ich. Einmal, als er noch ganz jung und verloren war, lud ich ihn zu Weihnachten ein. Er saß in Anzug und Krawatte bei uns, an den Füßen lächerlich dicke Puschen, und erzählte errötend von seinem Tanzkurs. Lotte befragte ihn ein bißchen, und er sah sie dankbar an wie ein Hund. Hat er wirklich Kontakt gehalten zu meiner inzwischen alten ersten Frau? Ist er am Ende gekommen, um für sie zu werben?

»Sie hat nie wieder geheiratet«, sagt er.

»Es geht nicht. Sexualität hat für mich was mit Jugend zu tun.«

*

Jetzt schnarcht er in der winzigen Gästekammer, die mit einer Pappwand von meinem Schlafzimmer abgetrennt wurde, so daß ich nicht Durchzug machen kann. Es ist unerträglich schwül, und ich wälze mich von links nach rechts, während er im Schlaf des Gerechten ein Wäldchen niedersägt. Ich gehe hinunter, öffne noch eine Flasche Wein und versuche zu lesen – Sidonies Roman, warum denn nicht. Die Buchstaben verschwimmen, und meine Beine werden schwer, als wollten sie abfallen. Ein Gefühl von Lähmung steigt in mir hoch, unheimlich und willkommen ... Mein Kopf fällt auf die Brust. Ich schrecke auf.

Wenn ich die Wendeltreppe hinaufklettere und mich hinlege, werde ich wieder wach sein. Also noch mal Sidonies Schmöker ... Eine unglückliche junge Frau will Opernsängerin werden – das ärgert mich. Warum Opernsängerin? Und warum so fanatisch? Jakob leidet an seinem Gerechtigkeitswahn, ich leide an meinem Ungerechtigkeitswahn, und die da leidet, weil sie Opern singen will. Die Welt ist böse, ja, aber ich habe genug von der bösen Welt, die Frau wird doch auch mal Sex haben wollen! Ich blättere ... Da! Ein Dirigent ist hinter ihr her. Ein Schürzenjäger, der sich nur nebenbei um die verquälte Anfängerin bewirbt. Die verbietet sich Hoffnungen, ist natürlich trotzdem geschmeichelt, und nach der letzten Vorstellung vor der Sommerpause läßt sie sich von ihm im Auto nach Hause bringen. Als sie sich verabschieden will, schaltet er den Motor aus und legt seine Hand auf die Schnalle des Sicherheitsgurts. Drei Stunden quatscht er auf Romy ein, sie soll ihn mit rauf in die billige Einraumwohnung nehmen. Sie verteidigt sich nach Kräften, er gefällt ihr natürlich, ist viril, beredt, genialisch, er kann was für sie tun, trotzdem ringt sie um Fassung, und erst um zwei Uhr nachts fällt ihr die entscheidende Frage ein: »Wohin« – es ist, wie gesagt, Spielzeitende – »wohin fahren Sie denn in Urlaub?« – »Ich? Na, wie immer mit meiner Familie nach Sylt«, und so weiter. – »Sehen Sie, Herr Tjeschky, und genau deswegen werde ich mit Ihnen nichts anfangen. Ich fahre nämlich zu meiner Patentante in die Oberpfalz, weil ich keine andere Zuflucht habe, und dort würde ich im kleinen Garten auf dem Liegestuhl sitzen und leiden, weil ich mich in Sie verliebt habe. Warum soll ich mir das antun?«

Ich stöhne. Der Dirigent läßt sie ziehen. Jahre später singt sie eine Hauptrolle in einer Berlioz-Oper unter seiner – tja – Stabführung. Die Heldin freut sich sogar darauf. Sie ist inzwischen verheiratet und denkt, ein guter Musiker war der Tjeschky immer, ich treffe ihn auf Augenhöhe … Warum können wir nicht Freunde sein? Ein Irrtum, stellt sich heraus: Der abgewiesene Mann muß Rache nehmen.

Will ich wirklich wissen, wie er Rache nimmt?

Ich gehe hinauf und lese im Bett weiter, vielleicht schlafe ich darüber ein. Überblättere ein paar Seiten … Der Dirigent hat inzwischen eine Affäre mit einer anderen Solistin begonnen, und sie nehmen die Heldin in die Zange. Die Rivalin mäkelt an ihrer Figur, der Dirigent läßt sie drei Stunden lang immer dieselbe Passage singen und schüttelt den Kopf. Sie will in einer Kadenz ein hohes Es singen, er will es ihr verwehren, schließlich hört er immer vor der Kadenz auf zu dirigieren, verschränkt die Arme vor der Brust und feixt. Er fordert im Betriebsbüro, der Heldin die Rolle wegzunehmen …

Was für ein Elend. Ich blättere zurück zu Romys Kindheit: Die Frau ist begabt, aufrichtig, voller Sehnsucht, aber ängstlich und traurig, kein Wunder: lieblose Eltern, der Vater geizig, die Mutter bigott … Immerhin, aus dieser traurigen Kindheit bezieht Romy ihren Kampfgeist, da sollte doch auch erotisch Pfeffer drin sein, Pubertät, aha … Jakob nebenan pfeift und knattert, wenn ich nicht gleich eine *Stelle* finde, muß ich ihn aus dem Fenster werfen. Romy hat jetzt einen Verehrer. Schulkamerad … wird der sie erlösen? Oh, er küßt sie! Nach der Disco, sie ist 16, er 18. Er gefällt ihr, er ist nett. Jetzt muß es weitergehen.

Es geht aber nicht weiter. Sie ist so entsetzt von dem Geklammer und dem Zungenspiel, daß sie sich losreißt und den Eltern alles beichtet – sie fürchtet, schwanger zu sein. Der Vater sagt: »Ich hab gleich gewußt, daß du ein Blaustrumpf wirst!« Die Mutter: »Als Frau muß man so was aushalten!«

Im Gästezimmer eine kleine Explosion, Grunzen, Stille. Dann knarrt die Tür, und Jakob kommt heraus. Wohl die Prostata. Aus Scham oder Diskretion ignoriert er die brennende Nachttischlampe und schleicht vorbei wie ein Gespenst.

Am Abend hatte er noch Jacob Grimm zitiert: *Das Befugtsein gehört denen, die den Mut dazu haben.* Und Hans Joachim Schädlich: *Die Herrschenden stellen tatsächlich eine strenge und laute Instanz dar, die den Schriftstellern ihre Aufgabe zuteilt. Sie besteht – grob gesagt – darin, den Herrschenden herrschen zu helfen.* Ja, kämpfe nur für unsere Würde, du stolzer Mann, aber vergiß nie, wie häßlich du bist. Plötzlich packt mich Erbarmen, mit Jakob, mit mir – so viele verpaßte Chancen. Jakob verachtet mich, Lotte trauert, Marita öffnet nicht mal mehr meine Briefe, und Sidonie schreibt so garstige Sachen.

Um nicht mit Jakob reden zu müssen, lösche ich die Lampe und ziehe die Decke über den Kopf. Schade, gerade jetzt, wo das Buch interessant wird … Romy ist nicht aufgeklärt, allen Ernstes – das gab es also im Westen noch in den Siebzigern, kaum zu glauben … Und ich soll mich mit Idiotenregeln an blöden Akademien befassen? Zuckend kippt mein Bein in einen Abgrund und reißt mich mit, der Rückstoß weckt mich, ich liege auf der weichen Matratze und doch überm Abgrund, wenn ich einschlafe, stürze ich – das Herz läuft leer … *Die Herrschenden stellen eine strenge und laute Instanz dar* … Versagt, verarmt, *und da rechnest du dir Chancen aus*? Ich irre durch die Akademie … Jakob vor einem Vortrag, sehr nervös, mit nacktem Oberkörper in einem Liegestuhl, zitternd. Im Zuschauerraum sitzen einjährige Babys, manche mit Brillen. Einige schlafen, aber die anderen lärmen ... es handelt sich um Kindertheater. Ein zehnjähriger Held taucht in eine Traumwelt ein, die aussieht wie kolorierte Jahrhundertwende-Postkarten: bräunlich, Seebadambiente, Matrosenanzüge, weißlackierte Laternen ... Er soll dort etwas in Ordnung bringen. Plötzlich stürzt die Kulisse ein. Zuerst denke ich, das gehöre zum Stück, doch allmählich bemerke ich die wieder echten Farben. Aus dem Bretterhaufen befreien sich Schauspieler, einer beginnt zu sägen mit einer gläsernen Säge – beim näheren Hinsehen ist's eine Metallsäge, das Blitzen des Glases ein Sonnenreflex. Ein paar Meter unter mir vergewaltigt Jakob Sidonie im Orchestergraben. Mein Körper stürzt vor mir in den Tag, ich komme zu mir aufrecht im Bett sitzend, mit nassen Schenkeln und nasser Brust. Die Tür zum Gästezimmer steht offen. Sonnenlicht flutet herein.

*

Jakob hat bereits draußen den Frühstückstisch gedeckt, trinkt Kaffee und liest in einem Ostfrieslandreiseführer; er sieht nicht aus, als habe er mich vermißt.

»Na?« sagt er. »Gestern ne Zusatzschicht eingelegt?«

»Dein Schnarchen hat mir den Schlaf geraubt«, fahre ich ihn an.

»Tut mir leid.«

»Über deine blöde Regel mußte ich nachdenken!«

»Es ist nicht *meine* Regel. Im Gegenteil.«

»Ja, aber die Konsequenzen!«

Er lacht ungläubig. »Deswegen bist du schlecht gelaunt?«

»Ja, über deine selbstherrliche Moral! Du forderst Mut von abhängigen Autoren und bekennst dich selbst nicht mal zu deiner Glatze und deinen künstlichen Zähnen!«

»Ich habe einen Plan gemacht«, erklärt Jakob friedlich und hebt sein Frieslandbuch in die Höhe. »Wir könnten über Suurhusen – das mit dem schiefen Turm – und das Emssperrwerk bei Gandersum nach Emden fahren. Eine brandneue Johannes-a-Lasco-Bibliothek gibt es dort, die zwei Bände aus der Bibliothek des Erasmus von Rotterdam besitzt. Johannes hatte ja damals Erasmus' Sammlung gekauft …«

Ich trinke Kaffee, um zu Kräften zu kommen, und streiche nervös ein Butterbrot.

»Dann die Museumsschiffe in Ratsdelft. Auf dem Feuerschiff Amrumbank zeigen sie eine schiffahrtshistorische Ausstellung mit dem Schwerpunkt Seezeichentechnik und Lotsenwesen.«

Sidonie tritt in den Garten. In Hosen, die nur bis zu den Knien reichen. Man sieht die runden braunen Waden, die festen nackten Füße. Ein helles T-Shirt mit irgendeiner Zeichnung … Sidonie in ihrem charakteristischen unregelmäßigen Gang trägt ein Buch durch den Garten und sucht nach einem schattigen Plätzchen, um sich niederzulassen.

»Da ist sie!« Ich versuche meine Aufregung zu verbergen.

Jakob wirft einen prüfenden Blick über die Schulter. »Vor zehn Jahren hättest du die nicht mal angesehen.«

Sidonie winkt. Ich winke zurück.

»Wie heißt sie?« fragt Jakob, während sie sich nähert.

»Sidonie Fellgiebel.«

»Was gefällt dir an ihr?«

»Fast alles. Schon der Name – weckt Assoziationen …«

»Sidonie!« stimmt er zu. »Wie Sidonie Nádherný, die Geliebte von Karl Kraus. Er besuchte sie auf ihrem Schloß und schrieb auf dem Steintisch im Park … Besitzt sie ein Schloß?«

»Ich meine den Nachnamen.«

»Du Schwein.«

Sidonie steht vor uns, gibt Jakob die Hand und sagt: »Sidonie Fellgiebel.«

Er errötet.

Aus der Nähe erkenne ich: Das Bild auf ihrem T-Shirt stellt eine

Giraffe dar, als Mosaik aus goldenen, rotbraunen und ockerfarbenen Flecken. Die rotbraunen Flecken sind mit Ocker, die ockerfarbenen rot gesprenkelt. Nur die goldenen sind ganz und gar golden. Die Giraffe reicht von Sidonies linkem Hüftknochen bis zum rechten Schlüsselbein, ihr langer Hals wölbt sich bezaubernd über die rechte Brust. Sidonie steht also vor uns in ihrer rücksichtslosen Unschuld, lachend in der Erwartung, uns auszusaugen, während wir auf das obere Drittel des Giraffenhalses starren.

»Meine Sidonie«, flöte ich, »magst du mit uns frühstücken? Komm, setz dich, ich bringe ein Gedeck ...« In der Küche, auf der Suche nach Geschirr und Brot, frage ich mich, warum ich flöten muß. Es ist meiner Würde abträglich, denke ich. Aber eine solche Lust, eine solche Lust. Ich möchte flöten wie die Amsel auf dem Dach.

»Sind Sie auch Dichter?« höre ich Sidonie fragen.

»Äh, Prosa. Das heißt, früher habe ich ...«

Ich lege klirrend das Gedeck aus. »Früher haben alle«, unterbreche ich. »Seine Gedichte waren miserabel. Die Prosa geht.«

»Sie lieben also, äh, die Poesie?« fragt Jakob.

»Schon ... Das heißt, bis vor kurzem hatte ich gar nichts damit zu tun. Erst durch Henry ...« Ein froher, dankbarer Blick für mich. »Es ist – so exakt und innig ... springt direkt in die Seele. Gerade hab ich wieder ...« Sie zeigt uns ihr Buch: *Weibliche Poesie von Sappho bis Mayröcker.*

»Ja?« frage ich zärtlich. »Was hast du gerade wieder ...?«

Sidonie zitiert mädchenhaft:

Ich färbte dir den Himmel brombeer
Mit meinem Herzblut.

Aber du kamst nie mit dem Abend –
... Ich stand in goldenen Schuhen.

Jakob nickt. »Else Lasker-Schüler.«

»Auf solche Einfälle käme ich nie!« schmachtet Sidonie. »Den Himmel brombeer färben. Wer kann das? Wieso brombeer? Trotzdem haut's hundertprozentig hin! Und: *Ich stand in goldenen Schuhen* – für Verliebtheit – sagt alles. Warum fallen mir keine Metaphern ein?«

»Vielleicht solltest du dich verlieben?« gurre ich.

Sie schüttelt den Kopf. »Auch dann würd's mir nicht einfallen.«

»Probier's aus!«

»Aber ich weiß ja gar nicht, ob ich das will!«

»Dich verlieben?«

»Nein, die Welt so sehen. So – idealisiert. Wenn ich denke, zum Beispiel – die *Rhapsodie* von Friederike Mayröcker ...«

»Ich lasse Dich nicht Du segnest mich denn«, murmelt Jakob.

»Genau!

Ich bete Dich an in allen Deinen Geschöpfen
in Deinen flüchtigen hellen ängstlichen blinden
einsamen holden Geschöpfen

Die Geschöpfe sind doch gar nicht hold! Aber es klingt so schön ...«

Wieder ein wonniger Blick für mich, den Schmetterlingsgenerator. Wir alten Sünder schmelzen dahin, und Sidonie, die junge Sünderin, schmilzt ebenfalls dahin, worauf wir beginnen, wechselseitig Gedichte aufzusagen und zu erzählen, von Anmut und Jugend. Unterdessen steigt die Sonne über die Krone der Linde und frißt Blatt für Blatt den Schatten.

Ich sehe Jakob in seinem Pullover und den Wollhosen schwitzend erzählen, wie er als junger Mann im Winter mit dem Rad über zugewehte Landstraßen zur Arbeit fuhr, »man sah nicht, wo die Straße endete, man mußte die Chaussee unter den Reifen erspüren«; ich höre beim Wort *erspüren* seine Stimme beben und unterbreche ein weiteres Mal. »Wenn wir heut noch nach Emden wollen, müssen wir los!«

Gleich geht's los, hat das Pferd im Traum gesagt.

Elf Uhr, und schon dreißig Grad.

»Vielleicht ... dürfen wir Sie einladen, uns zu begleiten?« Weiterhin mag Jakob dieselben Frauen, und daß Sidonie bei ihm einschlagen würde, wußte ich schon im Traum.

»Oder wir fahren bloß bis Leer?« frage ich. »Hast du Lust? Kleine Hafenrundfahrt mit der *Koralle*?«

»Nein, vielen Dank«, antwortet Sidonie, »zu heiß. Ich setz mich hier in den Schatten und lese Gedichte ...«

Auch mir bricht der Schweiß aus. Was soll ich in Emden?

Sidonie rät uns, helle und leichtere Kleider anzuziehen. Gerührt befragen wir sie: Ist Grün besser als Schwarz? Was für ein Grün – Dunkelgrün – Was gibt es noch – Paßt dir meine Hose? Jakob probiert, wir stöbern in Koffer und Schrank, kommen in heller Kleidung wieder raus und laufen verlegen um den Gartentisch herum.

PERSPEKTIVWECHSEL

immer nur sein eigenes opfer sein, wer hält das aus?
Thomas Böhme

Jakob ist in aller Frühe aufgebrochen. Wir trennten uns unzerstritten, das ist gut, denn es macht mich vor mir selbst verträglich. Dabei hat er verschiedene provozierende Dinge gesagt: *Verläßlichkeit. Kleine Schritte. Prinzipientreue.* Gut, daß er weg ist, die sozialdemokratische Nervensäge. Ganz zuletzt sagte er: »Perspektivwechsel, warum denn nicht?« Ich duckte mich, gefaßt auf den Anprall meiner Empörung, doch sie blieb aus.

Sich neu erfinden?

Und wenn einem nichts einfällt?

Abwarten. Gelten lassen. Nicht zerstören.

Ach Jakob, ich habe schon alles zerstört.

Nur das, was hinter dir liegt. Jetzt schau, was kommt.

Ich also im Garten, das Laptop vor mir auf dem Tisch; noch habe ich genug Schatten, um den Bildschirm zu sehen. Karatschinzew etliche Strophen. Notizen zu *Metamorphosen.* Vorsatz: vierundzwanzig gute Stunden. Warum nicht? Sommer. Hitze. Weite. Zeit zum Arbeiten. Genutzt.

Das einzige, was mich stört, sind die Dohlen, die zu Hunderten meine alte Weide besetzen. Gesprächsfetzen von Ast zu Ast, durch den riesigen Wipfel ein zerrendes Wabern. Ab und zu wirft sich der Schwarm in die Luft, dröhnt mit tausend Flügeln, zieht krakeelend Kreise und landet, zankend um Äste und Zweige, wieder über mir.

Verdüsterung: Mein letzter Winter in Halle. Auch dort vor dem Fenster Dohlen, in der Kälte gebläht wie schwarze Kugeln im nackten Geäst der Kastanie, eine Kulisse des Ruins. Der Boden eine silberne Platte. Irmi im braunkarierten Mantel balanciert über das Eis, verschwindet unter dem Fensterbrett, klingelt, steigt die Treppen herauf – der Lift ist defekt. Sie braucht lange, denn sie ist alt. Sie ist so alt wie ich.

Als ich vor Jahrzehnten um Lotte warb, war Irmi deren Kollegin, und ich stand sogar vor der Wahl: Lotte oder sie. Nach meiner Scheidung von Lotte stand wieder Irmi bereit, doch diesmal wurde es Marita. Irmi blieb auch dieser Paarung geneigt, wie ich annahm wegen mir: eine Bibliothekarin, Dienerin der Literatur. Doch in jenem Winter unter den Trauerdohlen kam Irmi als Botin von Marita: Sie solle mir ausrichten, daß meine Frau mich aufgegeben habe.

Ich schrie, ich weiß nicht, ob aus Schmerz über den Verlust oder aus Wut auf mich. Zu klar hatte ich Marita jahrelang beherrscht, zu sicher ihr durch Launen, Eifersucht und Werben jeweils die Gefühle entlockt, die ich brauchte. Während ich ihren wachsenden Widerstand mit immer neuen Finten besiegte, hatte sich meine Überlegenheit unmerklich in Abhängigkeit verwandelt. Jetzt öffnete sich der Boden unter mir. Ich schrie: »Marita soll selbst kommen!« – »Sie fürchtet sich.« – »Alles Einbildung, sie spinnt!« – »Nein, sie spinnt nicht«, sagte Irmi. »Vor Gericht wäre ich ihre Zeugin.« Ich brüllte, sie solle sich nie mehr blicken lassen.

Ich sah sie doch wieder, in Berlin. Ich saß mit einem Dramaturgen vom Deutschen Theater im Pressecafé am Alex, und plötzlich trat Irmi ein – es war die *Woche des Buches* im Mai. Irmi blickte scharf nach links, ich scharf nach rechts. Blöde Szene: Zwei alte Menschen, verbunden durch Irrtum und Versagen, einander in Irrtum und Versagen verlierend.

Perspektivwechsel. Was für ein Wort, habe ich zu Jakob gesagt. Die Perspektive ist der Mensch! Was wäre der Mensch, wenn er sie nach Gutdünken schleifen könnte wie ein Glas? Um Gutdünken gehe es nicht, sagte er. Sondern um den Mut, nach vorne zu schauen, anstatt chronisch wütend Verluste zu beschwören. Das ließ ich mir sagen und warf ihn nicht raus. Wenn ich ihn nicht rauswarf, wollte ich's hören. Ich muß nicht lange überlegen, warum ich's hören wollte.

Sidonie.

Perspektivwechsel, das wäre etwa, wenn der Weg nicht vom ostfriesischen Sommer in den Halleschen Winter hinabführte, sondern umgekehrt aus dem Halleschen Winter in den ostfriesischen Sommer herauf?

Sidonie nähert sich über die Wiese, wie zur Bestätigung! Ich sehe sie kommen, ich freue mich, ich fürchte mich, ich schwanke.

»Was hast du?«

Was habe ich …

»Du brütest.«

»Ja …« Ich reiße mich zusammen. »Diese Dohlen! Wenn ich daran denke, daß sie im Winter nicht wegziehen! Mit ihren häßlichen Stimmen!«

»Die haben eben immer was zu sagen.«

»Deprimierend.«

Sie lacht.

Ich lache auch. Laß uns ins Haus gehen, möchte ich sagen. Heute morgen, beim Erwachen, habe ich an dich gedacht.

»Bist du soweit?«

»Wie weit?«

»Wir müssen noch Belege kopieren.«

Der Antrag auf Gerichtskostenerstattung. Allein das Wort reißt sich wie eine Harpune in meine labile Moral. Ach, hundert Belege, wie denn, hat keinen Zweck … Wo ist Halt? Gäste des Künstlerhauses dürfen gratis an den Rathauskopierer, auch das eine Leistung des Erzengels Gabriel. Aber das Rathaus hat bestimmt schon zu.

»Warum sollte es zuhaben?« Sidonie arglos, direkt vor mir. Ich möchte nach ihr greifen. »Bleib hier. Ich mach dir Kaffee, wir können ein bißchen plaudern …«

»Erst das Rathaus.«

Gute Stunden … Das Rathaus hell und modern, ein properes Westrathaus mit höflichen Angestellten – auch das eine Zumutung, aber: Perspektivwechsel. Versuch: Ich stehe als Gast der ostfriesischen Regierung in diesem zufällig reichen Provinzrathaus, ehrenwerter Großkünstler einer nicht durch meine Schuld gescheiterten Republik der Träume. Sidonie, die Kleinkünstlerin, reicht mir nacheinander die Belege und heftet sie gewissenhaft wieder ein. Der Kopierer, hüfthoch, cremefarben und bei aller Masse elegant, kommt mir mit seinen Schächten und Klappen, den Sortierarmen und Knöpfen und Lämpchen wie ein Raumschiff vor. Er arbeitet frappierend schnell, saugt die Blätter ein, fotografiert sie mit einem kurzen *Plop* und spuckt sie wieder aus, Original und Kopie in der richtigen Folge sortiert. Ein typischer selbstgefälliger Wessi-Angeberapparat, dabei kann er längst nicht alles: Papiere, die kleiner sind als A5, muß man einzeln auf eine Glasplatte legen und dann noch einen schweren Deckel schließen, damit man nicht von grünen Blitzen geblendet wird. Viele meiner Papiere sind klein, kleine Zettel für kleine Honorare. »Das muß so ein Gerät doch können!« schimpfe ich.

Sidonie lacht mich aus. »Du weißt nicht, wie gut du's hast!«

O doch, das weiß ich. Aber ich weiß auch, wo's hakt. »Die DDR war scheußlich«, sage ich, »aber sie gab wenigstens nicht vor, etwas anderes zu sein. Hier glänzt alles. Alles ist ganz äußerlich, dabei kein Verlaß …«

»Weil du die Quittungen auf's Glas legen mußt?« spottet Sidonie.

»Nein, überhaupt! Warum zum Beispiel lädt uns der Staat großartig in dieses Künstlerhaus ein und verlangt dann monatlich siebenunddreißig Mark Telefongrundgebühr? Das ist mehr, als ich privat in Speyer zahle! Warum müssen wir Gäste die Telefonanlage abstottern? Und dann noch jede Einheit extra?«

»Deine Sorgen möcht ich haben.«

»Du darfst froh sein, daß du meine Sorgen nicht hast, meine Liebe«, höre ich mich scharf sagen. Um Himmels willen, Perspektive –

»Die Ansprüche sind halt verschieden«, schlägt sie vor.

»Du hast recht, Liebste!« Plötzlich dieses Wort wie Gold, hüpft von meinen Lippen und strahlt zurück in meine eigene Brust. Verschiedene Ansprüche ... das freilich muß ich überhören, aber ... Ansprüche ... Denn man muß aussprechen dürfen, daß ... »Ist dir aufgefallen, wie schlecht unsere Bibliothek ausgestattet ist?«

»Unsere Bibliothek?« Das fragt sie gedehnt, wie um Zeit zu gewinnen.

Tatsächlich habe ich sie in der Bibliothek erst einmal gesehen. Sie suchte Stefan Zweig. Ich fragte, warum. Den läse sie gern, antwortete sie ein bißchen errötend, wobei mir die Auskunft peinlicher war als ihr.

»... ich finde die Bibliothek eigentlich ganz o.k.«

Muß ich eine Frau lieben, die *eigentlich ganz o.k.* sagt? Ja, ich muß sie lieben. Ich muß lieben. Aber nicht hirnlos. *Die Ansprüche sind halt verschieden* – mit mir nicht. Wer anspruchslos ist, bleibt ein Dilettant. »Eigentlich ganz o.k.«, schnaube ich, »das heißt gar nichts. Diese Bibliothek ist eines Schriftstellerhauses unwürdig!«

Wir gehen zusammen zum Künstlerhaus zurück, Sidonie sagt

nichts mehr, sondern summt vor sich hin, ich muß damit rechnen, sie beleidigt zu haben. Als sie sich trollen will, halte ich sie auf. »Aber jetzt erlaube mir, dich zum Kuchen einzuladen!«

Der Kuchen ist Industriestreusel in einer Aluminiumpfanne, in knisterndes Zellophan geschweißt. Ist das gut, ist das schlecht? Es ist billig. Sidonie reißt ihn aus der Packung – das erregt mich – und legt ihn auf einen angeschlagenen Künstlerhausteller. Sie deckt ziemlich hübsch draußen den Gartentisch, während ich Kaffee koche. Häuslichkeit … Zugehörigkeit … angenehm. So sollte es immer sein.

»Ich will nicht drängeln, aber …«

»Nein, drängle nicht!« bitte ich. »Das Vorspiel gehört manchmal zum Schönsten!«

»… aber ich kriege ab ein Uhr Besuch.«

Der Satz trifft mich wie eine Ohrfeige. »Was heißt ab eins …«

»Na, ab eins muß ich in meiner Bude sein, damit ich aufmachen kann …«

»Wem!«

»Leopold! Der Komponist, mit dem ich das Musical mache!«

»Und der kommt … hierher?«

»Hab ich dir doch gesagt!«

Ich hatte es vergessen. Oder gar nicht erst gehört. Schimpfen steht mir nicht zu, aber es ist … es ist doch …

»Es ist nicht leicht zu verkraften.«

»Henry!« lacht sie. »Du bist verrückt!«

Immerhin wirkt sie geschmeichelt.

*

Jetzt fühle ich mich heimatlos. Keiner beschäftigt sich mit mir, keiner versteht meine Sorgen. Beim Tischabräumen scheint das Geschirr doppelt schwer.

Müde bin ich; zwei Nächte schlecht geschlafen. Ich lege mich auf's IKEA-Studentensofa, der grobe Cord drückt mir Muster in die Wange, bin zu müde, mich umzudrehen. Fünf Minuten Ruhe. Kühler Hauch auf meinen Lidern, eher Schatten als Schlaf. Eine Mücke kreist über meiner Schläfe. Was ist besser, Tag- oder Nacht-Alpträume? Nachts werde ich von Kampfhunden zerfleischt. Tags fürchte ich physischen Verfall. Ich habe ganz dünne Oberschenkel. Wenn ich mich im Spiegel erblicke, brauche ich einen Schnaps.

Erwache in der Dämmerung – früh oder spät in der Nacht? Ich fröstele ... Oha, fast acht – muß mehrere Stunden weg gewesen sein. Schlaftrunken ins Bad. Wasser ins Gesicht. Vor die Tür. Der Horizont weit und durchsichtig, kirschrot. Vom Haupthaus her Gesprächsfetzen ... Ja, dort sitzen sie unterm Schirm vor der aufgeheizten Westwand, Teekerzen flackern, Gläser klirren ... ich gehe hin. Es sieht gemütlich aus, aber nicht ausgelassen.

»Da bist du ja!« ruft Sidonie. »Wir dachten, du seist ausgeflogen, weil kein Licht brannte.«

Ist das nicht Heuchelei? Vorn auf dem Parkplatz steht der Porsche. Oder dachte sie, ich bin in der Kneipe? Was wäre besser? Anders gefragt: Was wär mir lieber? Daß Sidonie heuchelt, oder daß sie mich in der Kneipe wähnt? Freut sie sich, daß ich nicht in der Kneipe war? Sollte sie sich nicht Sorgen machen, daß ich tagsüber schlafe? Ich hole aus dem Kaminzimmer einen Stuhl und will ihn neben sie schieben. Aber da ist ein Fremder ... natürlich, Leopold. Er steht sogar auf und begrüßt mich höflich per Handschlag. Er sagt, mit dem »r« rollend: »Freut mich sehr ... Sidonie hat von Ihnen geschwärmt!« Hat sie das wirklich getan? Und es macht ihm nichts aus? Nun, warum sollte es? Ein graziler junger Mann mit feingeschnittenem Gesicht und prominenter Nase; größer als ich, schöner, jünger ... Ich kann ihm kaum in die Augen sehen. Ich ziehe mit meinem Stuhl um den Tisch herum und quetsche mich zwischen Irene und Performance-Gideon. Auch dort sitzt eine unbekannte Person ... eine Frau. Immerhin. Sie stellt sich als Alice, Freundin von Irene, vor. Eine junge Schweizerin, die nach Parfüm duftet, eine echte Schönheit mit akkuraten Renaissancezügen und einer Bauhausfrisur, links kurz, rechts lang. Ja, zu Besuch. »Leider nur zwei Tage.«

»Leider?« Alle interessieren sich für Alice, weil sie so schön ist.

Ach, bekennt sie, sie wäre lieber Künstlerin, arbeite aber, da die Kunst ihre Frau nicht ernährt, in der Werbebranche – das sei gefährlich ...

»Was verdienst du?« fragt Gideon.

»Tausend Franken am Tag.«

Alle schreien vor Entzücken.

»Warum gefährlich?« fragt Robert.

»Du kannst das nur machen, wenn du dich identifizierst. Zuletzt habe ich mich mit einer Dose Tomaten identifiziert.«

Die Dichter rätseln darüber, wie man sich mit einer Dose Tomaten identifiziert. Was kann eine Tomatendose sagen, um gekauft zu werden?

»Öffne mich!«

»Sei mein Basilikum!«

Und alle raten der schönen Alice, von der Kunst die Finger zu lassen.

Ich halte das für Angeberei. Sie erzählen von Gefahren, Natascha lebt von neunhundert Mark im Monat, bei Bernd war der Gerichtsvollzieher und so weiter, aber sie fühlen sich auserwählt, mir machen die nichts vor. Auf einmal merke ich, wie jung sie sind.

*

Schlecht geschlafen. Während ich Frühstückskaffee koche, höre ich draußen Stimmen, Sidonies farbigen Mezzo, Leopolds schlanken Baß. Durchs Fenster sehe ich die beiden über Papiere gebeugt, sie kritzeln Worte und Noten, lesen einander vor, lachen über Einfälle. Offenbar sind sie mit irgendeiner Lösung sehr zufrieden, sie lehnen sich zurück und strahlen einander an. Leopold breitet die Arme aus: »Mei, habt ihr's gut! So wie ihr arbeitet, möcht ich gern Urlaub machen!« Er wendet sein schönes Gesicht dem Himmel zu und zeigt lachend ein makelloses Gebiß. Von Sidonie sehe ich nur den Hinterkopf, doch ihre Miene spiegelt sich in seiner. Was für ein Idyll. Das müssen die mir wirklich nicht vorführen vor meinem eigenen Haus. Ich reiße die Tür auf.

»Guten Morgen!« Sie wenden sich mir zu. Zwei glatte junge Gesichter, voller Unschuld und Anmaßung.

»Guten Morgen.« Meine Stimme rauh.

»Wenn du hier arbeiten willst, räumen wir den Platz!« ruft Sidonie bereitwillig. »Wir haben nur die Zeit genutzt, solange du schliefst!«

Solange ich schlief.

*

So verlaufe ich meine Tage zwischen Dorf und Haus. Kleine Wege. Ich laufe in einer Art Betäubung als kybernetische Schildkröte von der Wohnung zum Edeka, wo ich Rotwein Brot Beutelsuppe kaufe, und zurück vom Edeka zum Schafstall. Ich laufe vom Schreibtisch drinnen zum Plastetisch draußen, je nach Wetter, mache Notizen zu den *Metamorphosen,* erarbeite Strophe um Strophe Karatschinzew. Mehrmals täglich laufe ich außerdem vom Schafstall ins Haus zur Faxbox. Ich habe Aussicht auf vier Lesungen in Sachsen und Brandenburg, mein Feind Krzykowski hat mir die beschafft: *Henry, da ist noch ein Zuschuß übrig, den wir ausgeben müssen, die neue Kameralistik, hehehe* (sächsische Meckerlache) – *also das wäre Erkner, und in Frankfurt/Oder beim Lyrikfest hat einer abgesagt, da ist ein Platz frei geworden ...* Unverschämt natürlich, aber fünfhundert Mark pro Auftritt, da bleibe ich höflich. Plötzlich meldet sich sogar Aue, irgendwer dort hat mich nicht vergessen ... Alles muß schnell gehen, das Ganze steigt Ende nächster Woche. Ich verhandle ein bißchen, um Krzykowskis Notlage auszunutzen, die Folge ist dichter Faxverkehr.

Der Weg zur Faxbox verbindet mich mit der Welt.

Fast jedes Mal treffe ich irgendwo auf Leopold und Sidonie. Sie hocken zusammen auf der Bank vor dem Haupthaus oder in der Bibliothek über Texte gebeugt, oder sie stehen in der Musikbox am Klavier, er klimpert Phrasen, sie sucht Wörter, die zum Klangwert passen. Die Melodien sind hübsch ohne Entwicklung, Sidonies Text angemessen. Das Bild der beiden so anmutig wie kindlich, sogar ein bißchen feierlich: Ich spüre ihre Dankbarkeit, unter so guten Bedingungen etwas schaffen zu dürfen. Ich sehe ihre Empörung voraus, wenn sie erkennen, daß sie vergeblich geschaffen haben. Sie werden nicht einsehen, daß ihr Werk überflüssig war, sondern die Ungerechtigkeit der Welt beklagen. Doch noch ist es nicht soweit. Ich beneide sie. Gerade haben sie eine tolle Idee, springen in die Luft und umarmen einander. Es sieht harmlos aus. Es muß harmlos sein, sonst hätte Leopold nicht so herzlich zu mir gesagt: *Sidonie schwärmt von Ihnen.* Hat sie das wirklich getan? Hat sie es gemeint? Süße Sidonie. Und das, obwohl Leopold rote Unterhosen trägt! Als er sich streckte, rutschte die Jeans an seinem schmalen Hintern, und ich sah den roten Saum. Ein bißchen verdächtig ist das doch. Er schläft ja bei ihr, die Klausen haben keine Gästezimmer. Schlummert er wirklich in roten Unterhosen brav auf der Ikea-Liege, während Sidonie sich in den Schlaf lacht?

Auf späten Faxwegen treffe ich vor dem Haus oder im Kaminzimmer die Kollegen, manchmal auch die erweiterte schreibende und bildende Runde. Wenn sie draußen sitzen, bleibe ich nur stehen und prüfe, ob sich's lohnt: Zwei Wortführer der Runde verkrafte ich schlecht. Der eine ist Robert. Die andere Schirmmützen-Dora. Nur wenn jemand kocht, geselle ich mich dazu. Selten halte ich's länger aus.

Bei einer Käse-Lauch-Hackfleisch-Suppe bin ich sitzen geblieben, obwohl Robert über die Wende redete. Was ist die Wende? dachte ich, während ich gierig diese von Gideon gekochte Suppe verschlang. Jeder hat seine eigene Wende. Ich bin damals mit den Demonstranten bis vor die Leipziger Stasizentrale gezogen, aber nicht eingedrungen, obwohl es hieß, in den Höfen würden auf Scheiterhaufen Akten verbrannt. Ich fürchtete das Gedränge. In meiner Erinnerung sehe ich Stasileute in Zivil über die Dächer flüchten. Ein Dröhnen liegt über der Szenerie. Meine Beine gehen steif wie die eines Roboters, trotzdem fühle ich mich leicht. Alle Lichter im Gebäude erloschen – draußen drücken Demonstranten heruntergebrannte Kerzenstummel an die Fassade, die Stummel bleiben kleben, das Wachs fließt sacht brennend die Wand hinab, keiner schreitet ein, der bewaffnete Posten, der sonst vor der Runden Ecke patrouillierte, ist verschwunden. Dann erscheint ein Feuerwehrmann mit ungewöhnlich hohem Dienstgrad und löscht die Flämmchen; man frotzelt ihn an, er antwortet ironisch. Was für ein System? frage ich mich heute. Was für eine Staatssicherheit? Das waren ja nicht nur Schlapphüte, die hatten militärische Einheiten! Nun aber keine Gegenwehr, keine Schüsse, kein Putsch. Der revolutionäre Moment: wenn, laut Lenin, die unten nicht mehr wollen und die oben nicht mehr können. Unglaublich. Die Stasi macht das Licht aus und denkt, hoffentlich geht uns keiner an die Gurgel. Und wir Bürger lesen die nächsten fünfhundert Jahre Stasiakten.

*

Schreibtisch, Edeka, Faxbox, Schreibtisch, und an einem Abend keiner da, nicht mal in den Fenstern Licht – unheimlich ... Als ich im Haupthaus den Lichtschalter suche, tritt mir aus dem Dunkel Gabriel entgegen, frisch geduscht und duftend, in heller Safarikleidung, mit herzzerreißend tapfer athletischem Schritt.

Er holt tief Luft und atmet pfeifend aus. »Henry!« sagt er, »Es ist furchtbar!«

Er umarmt mich.

»Gut, daß ich dich treffe ... Ich will nicht allein sein ... Kommst du mit auf ein paar Kurze?«

Genau das habe ich vermeiden wollen, Krankengeschichten, am Ende Sterbegeschichten ... Ich blicke mich hektisch um, doch keiner kommt, mich zu retten. Wenigstens hat Gabriel eine legendäre Grappasammlung. Ich folge ihm also bang durch Kaminzimmer und Büro. Eine Tapetentür führt in ein separates Treppenhaus, wir steigen in den ersten Stock über knarrendes Holz.

Gabriel nennt seine Wohnung ein Gesamtkunstwerk. Sie ist perfekt ausgebaut, zweigeschossig; die jahrhundertealten Dachbalken liegen denkmalschützerisch frei, mächtig, rissig, dunkel. Es gibt eine moderne Küche mit einer halogenbeleuchteten Theke, die übrige Einrichtung hat Anna beigesteuert. Mit bebender Stimme weist Gabriel auf das Geniale dieser Antik-Modern-Kombination hin und stellt einzelne Stücke vor: den Kabinettschrank aus Nußbaum und die Amsterdamer Uhr aus dem 18. Jahrhundert. Den Empirespiegel. Die Konsole, Louis Philippe, 1860/70. Den Jugendstil-Teppich. An den Wänden hängt moderne Kunstgrafik. Der Kontrast zur verlotterten Junggesellenbude von damals könnte größer nicht sein.

»Anna«, erklärt Gabriel feierlich, »hat einen neuen Menschen aus mir gemacht.«

Er holt seinen edelsten Grappa aus einem beleuchteten Barschrank und gießt ein. »Auf Anna!«

Noch einen.

Zwischen den nächsten Runden erzählt er die Geschichte der einzelnen Bilder.

Grappa Nummer sechs.

»Ich habe getan, was ich konnte«, sagt er gepreßt. »Als es losging mit den Hirnmetastasen, dachte ich, ich könne sie hier pflegen. Ich habe sie die Treppe runter- und raufgetragen. Dann war sie halbseitig gelähmt und konnte sich nicht mehr selbst waschen, sie sackte auf der Bettkante zusammen wie Pudding.«

Grappa Nummer acht. Die Minute der Wahrheit.

»Ich wünschte, sie würde gehen!« keucht Gabriel. »Sie bekommt kein Essen mehr, nur Wasser und Schmerzmittel, man läßt sie sozusagen verhungern. Aber sie ist unglaublich – zäh. Nur noch Haut und Knochen ... Hände wie Vogelkrallen ... aber sie geht nicht. Sie meint, sie müsse sich Sorgen machen – um mich!«

»Was sagen die Ärzte?«

Noch ein Grappa.

»Die Ärzte sagen, von ihrem Gehirn funktionieren noch fünfundzwanzig Prozent, und es werden täglich weniger ... auch ihre Seele ... instabil. Gestern nacht ließ sie mich anrufen – sie selbst kann nicht mehr wählen und kaum sprechen. Sie fürchte sich, ließ sie mir sagen, ich möge kommen. Ich kam. Es ist eine Stunde Fahrt. Als ich eintraf, war sie bereits weggetreten. Ich habe ihre Hand gehalten, später im Gästestuhl geschlafen – miserabel. Am Morgen sollte sie mich als erstes sehen. Aber sie wachte auf und begann zu schimpfen: Ich würde sie nerven, wann haute ich endlich ab ...«

Er schluchzt.

»Ich konnte nichts machen. Ich fuhr heim. Du weißt, eine

Stunde Fahrt. Hier auf dem Anrufbeantworter war eine Nachricht der Krankenschwester: Anna habe mich sprechen wollen, sie sei gemein zu mir gewesen, es tue ihr leid; sie habe geweint. Ich rief sofort an, um sie zu trösten. Und da, tatsächlich, konnte sie ein paar Worte hauchen. Ich soll alle Möbel in den Keller räumen, wegen der Luftangriffe.«

Luftangriffe? Ich bestaune die Metapher. Mein Gott, was für eine Quälerei. Mit einem Viertel Gehirn kann sie noch leiden, fürchten, beleidigen, bereuen und weinen.

*

Kaminzimmer. Dora zum ersten Mal mützenlos, mit ganz kurzem weichem Haar, erzählt, daß sie nach ihrer Brustkrebs-OP mit dem Chefarzt ein Gespräch über Schnittformen geführt habe wie unter Künstlern. Das Geschwür war rund gewesen. Aus dem Bauch hatte der Arzt ein ellipsenförmiges Stück Gewebe entnommen, um es in das Loch einzusetzen.

Warum ellipsenförmig?

Das eben sei das Thema gewesen. Er hatte Zeichnungen gemacht, auch hierin ein Künstler, sich dann aber bei einer OP-Naht um drei Millimeter vertan. Er habe das zugegeben, sagt Dora stolz.

Ich stehe auf. Ich muß das nicht wissen. »Hey, du Rausgeher! Du bist doch befreundet mit Gabriel!« ruft sie. »Da kannst du nicht so zimperlich sein!«

»Ging es um Gabriel?« frage ich.

»Es geht um alle, die auf der Liste stehen.«

»Alle stehen auf der Liste«, wirft etwas altklug Sidonie ein. Keiner beachtet sie.

»Es geht um Anna«, sagt Dora. »Sie steht oben auf der Liste. Ich komme danach. Deswegen weiß ich ein bißchen Bescheid.«

Dora also versorgt uns mit harten Fakten: Wenn das Gehirn

befallen sei, gehe es schnell. Da sei Gabriel in der Pflicht. Und ich solle ihn gefälligst mahnen.

»Du überschätzt mich.«

»Gabriel muß sie nach Hause holen!«

»Das geht nicht«, sagt Bernd mitfühlend. »Er hat es ja versucht ... Er liebt sie ... Es schmerzt ihn ...«

»Sentimentalität! Er verzichtet auf nichts. Vor einem Jahr war ich schon mal hier, eine Freundin besuchen. In der Kneipe trafen wir Gabriel, der nicht wissen konnte, wer ich war. Er streifte an mir vorbei und sagte: Entschuldigen Sie, Gnädigste, daß ich Sie angebumst habe, aber ich tue es gerne! Ich fragte zurück: Sind Sie der Dorftrottel?«

»Er ist überfordert«, spricht Irene mild.

»Was heißt überfordert? Typisch männliche Feigheit, entschuldigt, Jungs! Während ich im Krankenhaus lag, sind mehrere Brustkrebsfrauen von ihren Männern verlassen worden. Einer ließ die unversorgten Kinder im Stich. Die siebenjährige Tochter rief weinend im Krankenhaus an: Mammi, der Pappi ist weg! Und die schwerkranke Frau begann herumzutelefonieren nach jemandem, der sich um die Kinder kümmert, und litt noch, daß sie ihn verloren hatte! Ich sagte zu ihr: Kein Verständnis! Rauch den Typen in der Pfeife! Quetsch ihn aus! Bluten soll er!«

*

Ich habe mich mit einer halben Flasche Wodka in den Schlaf geschossen, komme im Dunklen zu mir, beschämt, Schläfen wie Gummi, Pochen im Hirn. Die roten Ziffern der Uhr zucken vor meinen Augen.

Es muß tiefe Nacht sein, doch immer noch ist es heiß, trotz der aufgerissenen Fenster. *Jahrhundertsommer,* sagt jemand. *Wo bleibt die frische Seeluft?* Draußen sitzen welche. Ich hatte das Geplapper in meine Träume eingebaut. Ich schleppe mich ins

Bad und dusche lauwarm. Dann geht es besser. Hinaus. Auf der Terrasse die erweiterte Runde, Bild und Schrift, mit Kerzen und Wein.

Performance-Gideon ist da, Video-Bernd, Ekel-Robert, Irene mit ihrem Engel, Riesen-Natascha. Sidonie und Leopold fehlen. »Sind die abgereist?« frage ich verwirrt.

»Leopold hatte einen Einfall«, summt Irene, »den prüfen sie gerade am Klavier.«

Man schiebt mir ein Glas Rotwein zu.

Diesmal reden sie über Geld. Wessis reden dauernd über Geld.

»Ich bereue nichts«, sagt Irenes Engel, der in einem Souterrain mit Nachtspeicherofen lebt. »Nur mein Vater bereut's.«

Die herrliche Natascha hat von ultramodernen Farbkopierern gehört, die Banknoten unerkennbar fälschen.

Robert: »Ach nein, die haben längst Erkennungsprogramme. Wenn die nen Geldschein auf der Glasplatte sehen, kommt ne Schrift: *Mit mir nicht!*«

»Ach, schade«, sage ich.

Natascha: »Vielleicht gibt es schon Anti-Erkennungs-Programme?«

Dora: »Im Osten.«

Robert: »Genau. Den Henry, mit seinem Untergrundcharme, schicken wir in die Szene. Der kann sich da auf Sächsisch rantuscheln.«

Gideon, unruhig: »Wer als Künstler mit fünfzig seine Schäflein nicht im Trockenen hat, ist arm dran. Die Kontakte, die man in Jahren aufgebaut hat, schwinden durch Tod Rente Abberufung; nur die wenigen oben im Licht können sich halten.«

Auch der flotte Gideon sitzt im Schatten, begreife ich. Dort, wo ich herkomme, war ich im Licht, aber Schäflein hatte ich nie, nicht mal nasse. Bin ich besser dran als Gabriels Anna, die neben ihrer trockenen Schafherde versinkt?

Alles lacht, ich habe verpaßt, worüber. Sie fühlen sich wohl. Bernd sagt genießerisch, es sei hier wie damals in seiner Studenten-WG. Robert nennt es Kinderferienlager. Ich bin kein Kind. Nur, wo soll ich hin?

Im Traum suchte ich mit jemandem – einer Frau – den Direktor eines großen Gebäudes. Welchen Direktor – Gabriel? Und was für ein Gebäude? Ein Hafengebäude vielleicht, Möwen schrien, jemand fragte: *Wo bleibt die frische Seeluft?* Schließlich standen wir in einem großen Zimmer, und zwar beim Sex, aber eine Katze krallte sich in meinen rechten Knöchel, ich wagte den Fuß nicht wegzuziehen aus Angst vor noch stärkerem Schmerz. Etwas später, ich stand immer noch im Zimmer auf einem Bein mit der Katze am Fuß, schaute Sidonie herein. Ich fragte gequält: »Ist das vielleicht deine Katze?« Sie antwortete: »Nein, so kleine Katzen habe ich nicht.« Im Türrahmen erschien ein Tiger und strich ihr um die Beine.

*

Dora, die sich auch einen Monat nach der letzten Chemo noch schlapp fühlt, soll eine Kur antreten, in St. Peter Ording. Zum ersten Mal höre ich ihre Stimme flattern. Deshalb werde ich dem Vorsatz untreu, sie zu meiden. Vor dem Haus diesmal nur eine kleine Runde mit Leopold, Sidonie und ausnahmsweise Irene. Obwohl es dunkel ist, haben sie den großen beigen Sonnenschirm aufgespannt. Die Linde über ihnen wirft ihre Samen ab, winzige Paukenschlegel, ich bilde mir ein, sie leise pochen zu hören.

Sidonie und Irene stellen mitfühlende Fragen. Was passiert bei einer Kur?

»Anwendungen!« erklärt Dora matt. Massagen Bäder Packungen, langweilig, ein dichtes Regime. Und alles ohne Rücksicht auf die Gezeiten! Sie mußte den Ärzten erst klarmachen, daß der Rhythmus der Nordsee die therapeutischen Maßnahmen bestimmen müsse. Das Schauspiel von Ebbe und Flut sei schließlich das Heilsamste: die See, die gurgelnd durch die Priele schieße und schäumend meterhoch steige. Ihr saugendes Verschwinden. Unversehens hat Dora sich in Rage geredet.

Über die Ärzte: »Na ja, Mittelmaß. Wer wird schon Kurarzt?«

Über die Mitpatienten: »Langweiliger geht's nicht. Man denkt, nur die dööfsten Leute kriegen Krebs!«

Von Krankheit zu Künstlerthemen ist es nur ein kurzer Schritt, zu groß die Schnittmenge: Krise, Panik, Risiko, Armut, Ungerechtigkeit, ich höre nicht mehr hin. Ich schaue Sidonie an, manchmal erwidert sie meinen Blick und lächelt – das belebt mich, ja, und weckt das Bedürfnis, die entscheidenden Maßnahmen einzuleiten. Leopold reist morgen ab. Und wenn ich von meiner Osttournee zurückkehre, wird auch Dora weg sein. Gottseidank. Denn die agitiert fast ununterbrochen gegen die bösen Männer.

»Die erotische Durchschnittskarriere des Bildenden Künstlers ... wollt ihr's wissen?«

Alle wollen es wissen bis auf den schönen Leopold, der aufsteht und sich anmutig verneigt: Er gehe lieber Klavier spielen, es werde ihm hier zu gefährlich.

»Da gibt's die erste Frau oder Freundin für die schweren Anfangsjahre«, spricht Dora schneidend, »gern Köchin, Sekretärin oder Arzthelferin. Die unterstützen, betreuen, bekochen und bewaschen den unsicheren Neuling, bis erste Erfolge eintreten. Es folgt die jüngere bürgerliche Frau, die das aufstrebende Genie bewundert und ihm Kinder schenkt. Zuletzt noch mal ganz was Junges, gern Studentin. Gern aus dem Fach, damit's interessanter ist. Der Altersunterschied hebt Konkurrenzreflexe auf.«

Der Altersunterschied hebt Konkurrenzreflexe auf. Stimmt.

»Zu solchen Arrangements gehören immer zwei«, bemerkt Irene.

»Ja, aber einer mit einem viel längeren Hebel, nicht wahr.«

Anzügliches Gelächter. Die Frauen, sieh an.

Ich schaffe es nicht, wegzugehen. Ich rauche. Ich kriege Wein. Dora schüttelt den Kopf über die dummen Frauen, die für die Männer Haushalt Buchhaltung Korrespondenz erledigen, ihre Termine verwalten, ihre Fahrkarten buchen, ihnen die Pillen zwischen die Lippen schieben, ihre Launen ertragen, sie letztlich auch noch drauflassen und als Samenbank dienen …

Nun, sie haben ja auch was davon, denke ich. Aber sage es nicht. Wundere mich, wie unbefangen Sidonie sich amüsiert. Hätte sie für feinfühliger gehalten.

*

Traum: Durch ein unendlich breites Flußbett schieben sich Eisschollen. Ich habe mich auf die Böschung gerettet, konnte sogar an einem Tau ein Schiff herausziehen. Das Schiff ist ein Dreimaster mit gerefften Segeln, bauchig, von der Größe vielleicht eines Wohnwagens, aus frisch lackiertem, goldbraun schimmerndem Holz. Es ist hübsch. Ich bin stolz, daß ich es gerettet habe. Ich genieße den Blick: die Weite, das mächtige Schauspiel der stoßenden, sich bäumenden und aufeinanderstürzenden blauen und weißen Blöcke, eine riesige treibende Landschaft im hellgelben Licht. Plötzlich merke ich, dass der nasse Schnee unter mir schmilzt, das Schiff beginnt zu rutschen und zieht mich mit. Schon ist der Rand der Böschung meterweit entfernt, über mir Rufe: »Achtung, das Schiff!« Keine Chance, ich lasse es los, es saust hinab und wird von den Schollen zermalmt. Auch ich sinke, im sulzigen Schnee kein Halt, ich rufe um Hilfe, hat niemand ein Seil?

*

Auf dem Rückweg vom Edeka sehe ich Dora, die ihren Rollkoffer zur Bushaltestelle zieht. Von mir aus braucht sie nicht wiederzukommen, die Megäre. Trotzdem später schlechtes Gewissen, daß ich nicht behilflich war, denn sie wirkte geschlagen: schleppender Gang, violette Augenringe im hellgrauen Gesicht. In dem Moment fürchtete ich ihre Wehrhaftigkeit weniger als den Tod, von dem sie gezeichnet schien.

Haltloser Tag.

Am späten Abend die Runde vor meinem Haus.

»Wer? Übergriffig?« Gabriel aus dem Dunkel, erregt, mit raschem Schritt. »Ihr Lieben, darf ich mich zu euch setzen?«

Wir heißen ihn willkommen. Er zieht aus der Safarijacke eine blanke Flasche und freut sich, daß es uns gibt.

»Hast du Sidonie gesehen?« frage ich.

»Sie bringt den Musiker zum Zug. Tja, am Nachmittag waren sie noch zugange.«

»Was heißt das?« Alarmiert, hoffentlich merkt man's nicht.

»Sie las ihm Verse vor. Das Schicksal aller Begatter: Man muß immer erst zuhören, bevor man drüberdarf.«

Seine Zunge ist leicht, doch sein Auge trüb. Er schenkt jedem Mann einen Klaren ein, die Frauen lehnen ab. Dem Klaren läßt er mehrere weitere folgen, ohne ruhiger zu werden.

Endlich kommt auch Sidonie, beschwingt. Leopold sitzt im Nachtzug nach München, ein gutes Zeichen: Als Liebhaber wäre er doch tags gefahren. Sidonie setzt sich neben mich und streicht mir über die Schulter. Flammen.

»Na, Henry, warste schon dran?« fragt Gabriel. »Wann darf ich denn mal?«

Ich sehe Sidonie sprachlos. Ihr Glanz erlischt.

»Hätte ich dran sein dürfen, würde ich dich jetzt niederschlagen«, antworte ich, insgeheim froh, daß das Theorie ist. Ich spüre seine Raserei und weiß, er ist stark.

»Mein Ritter«, sagt er zärtlich. »Schön, daß es dich gibt. Komm, trink mit mir noch n Klaren …«

Sich selbst gießt er einen doppelten ein. Wir trinken auf Anna, seine Augen werden feucht.

»Zufrieden, Sidonie?« frage ich.

»Ja!« Sie bewegt vor sich alle zehn Finger, eine Geste des Tippens, oder des Klavierspielens. »Obwohl man natürlich nie weiß …«

»Talent ist Fleiß«, kommentiert Bernd freundlich.

»Der Schweiß ist das Weinen der Muskeln«, Gabriel, väterlich. »Soll ich dir die Schultern massieren? Na los, alle Schriftsteller haben verkrampfte Schultern.« Er kommt erstaunlich geschmeidig auf die Beine, stellt sich hinter Sidonie und massiert mit seinen fleischigen Händen ihre Trapezien. Es scheint ihr zu gefallen, sie entspannt sich und brummt.

Auf einmal beugt er sich über sie und packt ihre Brüste. Sie befreit sich heftig. Er nimmt grinsend Platz. »Konnte nicht widerstehen, Gnädigste, fühlt sich einfach zu gut an.«

Sidonie in Erniedrigung; es steht ihr nicht, aber wem steht es? Ihr fehlen die Worte, was die Sache noch schlimmer macht. Ich möchte ihr beispringen; doch auch mir fällt nichts ein.

Gabriel hebt das Glas: »Kommt, ihr Lieben, trinken wir auf meine Anna!«

Sidonie hat ihre Sprache wiedergefunden. »Und was würde deine Anna sagen, wenn sie wüßte, wie grob du Stipendiatinnen anmachst, während sie auf den Tod liegt?« Nicht brillant formuliert, doch als Protest angemessen, ich stimme insgeheim zu.

Gabriel fährt von seinem Stuhl hoch. Mit dem Pegel kann der noch springen. Er baut sich auf und stößt hervor: »Meine Haupttriebfeder ist die Lust. Das haben wir beide immer gewußt und genutzt, und wenn irgendeiner das versteht, dann sie. Was aber die Grobheit anbetrifft: Ich weiß, was ich tue, und wie ich rede. Ich rede deutlich und bin stolz darauf. Ich kenne in Ostfriesland Dutzende von Kulturdamen, die vielleicht kultivierter und gebildeter sind als ich, aber gerade die wissen, wer ich bin, und ich kann sie alle haben – jederzeit! Denn ich bin der größte Vögler von Ostfriesland!«

Das ist eine zu gewagte These, als daß jemand sie aufgriffe. Man sitzt stumm, vielleicht beeindruckt. Oder amüsiert? Ich spüre nur die Stille, während ich mit dem Brechreiz kämpfe. Warum reagieren? Bleib sitzen, Henry. Schweige.

Ich ohnmächtiger Ochse. Wieder ein Tag des Versagens: Ich überließ die kranke Dora ihrem Koffer, soff eine halbe Flasche Wodka, kann Sidonie nicht beistehen, Gabriel nicht widerstehen, ein sprachloser Dichter, eine Null. Ich habe mein Recht, an diesem Platz zu sitzen, verwirkt. Ich stütze mich auf den Tisch. Komme auf die Füße. Stehe, endlich, immerhin. Alle starren mich an. Was soll ich sagen? »Ja, die Männer«, sage ich. »Immer die Größten, immer die Schärfsten, laufen nie davon, bereit zu jedem Streit … kein Triumph zu vulgär, keine Ehre zu billig, keine Kameraderie zu dumpf. Einigkeit und Harmonie untereinander, aber von den Frauen brauchen sie nur die Fotzen … Gratuliere. Und dann mußte ich mir auch noch diesen unglaublich schönen, sympathischen, eleganten Komponisten von Sidonie ansehen; wie die miteinander am Tisch saßen und Noten schrieben, und wie da oben das Licht an- und ausging; ich … Ach, o Gott … Aus. Entschuldigung, jetzt muß ich weinen. Ich gehe. Aus. Entschuldigung.«

Da aber meine letzten Worte in Lachsalven untergegangen sind, setze ich mich wieder.

*

Wir sind Wahnsinnige. Wären wir's nicht, wir würden nichts schaffen. Wir entwerfen Modelle des Lebens, die gut oder schlecht sind, farbig oder schwarzweiß, fein oder grob, doch eins müssen sie liefern, sonst will uns keiner: die Illusion von Bedeutsamkeit – der Menschheit, des einzelnen, des Ich. Das Vergängliche ist kein Gleichnis, es ist vergänglich, sonst nichts. Was wir Dichter stiften, sind Märchen. Nur wenn die überzeugend bedeutsam sind, pompös, schmeichelhaft nach der jeweiligen Mode, können wir unsere Existenz auf sie gründen. Der Haken: Wir müssen selbst daran glauben. Und wer das tut, ist verrückt. In der Jugend treibt uns natürliche Kraft; kluge Bewegung verlängert den Schwung in die guten Jahre. Auch ich hatte im Wahn meine beste Zeit. Ich habe meine Frauen ausgesogen und meine Kinder verlassen, und alle bewunderten mich trotzdem, weil meine Vision auch ihnen Wichtigkeit verlieh. Dann kam mir die Überzeugung abhanden; mein *Glutkern,* wie ein Kritiker es einmal nannte, erkaltete und floß aus mir hinaus, als kalte Säure, wie meine Bewunderer, als Sirup, wie meine Feinde sagen. Zurück blieb die Hülle, ein häßliches, peinliches Relikt.

Einst stürmten wir bergauf, jetzt trotten wir bergab, dichtete Robert Burns. Läßt sich daraus gar nichts machen? Beim Bergabgehen hat man den weiteren Blick, würde Jakob sagen. Man kämpft nicht mehr um Atem und Höhe. Man kann den Reiz der umliegenden Hügel genießen, während man sich dem Nebel nähert im Tal. Man sieht die Gesichter derer, die entgegenkommen: ihre frohe Erwartung. Ihre Besessenheit.

Robert zum Beispiel. Ich muß ihn endlich lesen, um ihn verachten zu können. Er hat mir ein Buch und ein Manuskript geliehen. Der Moment ist günstig: Ein milder, nicht heißer Nachmittag, ich sitze allein vor dem Schafstall auf meiner Terrasse unter der Linde, bewacht von Dohlen, weitläufig umrahmt vom Haupthaus, dem Wäldchen, dem Parkplatz, der brüchigen Ziegelmauer, wie in einem weiten, sonnengetränkten Terrarium. An diesem milden Nachmittag zwischen Lichtflecken und grünem

Schatten läßt sich's ertragen, doch nur als das, was es ist: das Gehäuse eines Nachmittags. Die Wände des Terrariums sind durchsichtig, doch physisch durchdringen wir sie nie. Literatur ist scheinbar ein Fenster in alle Zeit, lesend phantasieren wir uns durch die Epochen und fühlen uns in unserem lichten kleinen Würfel als Zentrum der Welt. Aber wie kurz nur und wie beschränkt, wie lächerlich kurz.

Roberts Buch heißt: *Vermessungsversuch zu Zeiten der Pest* und ist ein historischer Roman, zwei Jahre vor der Wende erschienen. Akkurat, oberschlau, konturenarm – ein richtiges Intellektuellenprodukt, dazu DDR-typisch um Ausdruck zwischen den Zeilen bemüht. Robert spielt mit Wahrheiten, die er nicht aussprechen darf, deutet an, reizt, ironisiert, muß dieselben Brechungen bei den Lesern voraussetzen, weil er ein anderes Publikum nicht hat, was die Sache hoffnungslos selbstreferentiell macht. Er hat künstlerisches Temperament, deswegen legt er all seine Geschicklichkeit in diese Balanceübungen, schlägt Funken aus dem Grau, zieht aus der Erbärmlichkeit Genuß, zelebriert seine ohnmächtige Überlegenheit zu Füßen der übermächtigen Idiotie. Welche Vergeudung. Diese Literatur war bereits verstümmelt, bevor sie zur Welt kam. Und der Mann wird nie mehr anders schreiben können, schon aus Stolz nicht. Er ist das Opfer seines Anstandes geworden.

Ich will das nicht lesen. Einen Blick noch werfe ich auf ein Manuskript, das er letztes Jahr geschrieben hat. Diesem Text fehlt die kleinteilige Finesse des alten, er ist sogar vergleichsweise anarchisch. Geblieben aber ist die Attitüde des Indirekten. Vor der Wende ist der Autor implodiert, nach der Wende explodiert. Vorher knebelte, nachher vergaß man ihn. Er macht seine Witze, die keiner hören will, arbeitet virtuos mit Assoziationen, Andeutungen, forcierter Ironie, schlägt Funken aus dem Grau, zelebriert seine ohnmächtige Überlegenheit zu Füßen der übermächtigen Idiotie und so weiter, wie gehabt.

Doch Moment: Jetzt gibt es eine Überraschung. Der Nachwendeheld ist kein historischer, sondern ein aktueller, und ihn hat die Frau verlassen. Vitales Problem! Während er mit der Narrenkappe durchs Land zieht und sich von seinen eigenen Witzen ernährt, scheitert er auch in dieser Hinsicht. Er besucht seine früheren Flammen, die keine Zeit für ihn haben, weil sie mit Versicherungsanträgen beschäftigt sind und die alten Eltern im Heim besuchen müssen. Einmal hilft ihm aus Sympathie seine Lektorin – mit der Hand, weil sie dem Gatten nicht untreu werden will; für den Autor Anlaß zu ein paar überdrehten Treuereflexionen. Idiot. Soll er sich doch freuen. Wie froh wäre ich, Wenn Mir Jetzt. Er indessen *hirscht* weiter, schon ziemlich *außer sich* – Achtung, Kalauer –, bis sich im Augenblick höchster Not eine Kellnerin seiner erbarmt. Er ist dermaßen dankbar, daß er schwört, niemals mehr im umgekehrten Falle eine Frau *auf dem Trockenen* sitzenzulassen. Achtung: Kalauer. Wer soll das verlegen? Wer lesen?

Nun, mich interessiert es brennend. Obwohl mir Ironie bei dem Thema mißfällt. Und das unrhythmische theoretische Vokabular schon gar: Einheitserfahrung, Entbehrungserfahrung – du liebe Güte, was soll das? *Die Brust und der Mund, das ist eine Einheit: die erste prägende Einheitserfahrung der Kindheit. Wenn man merkt, daß die Brust nicht immer da ist, wird das die erste Entbehrungserfahrung; eine prägende. Plötzlich muß Mann quäken, damit die Brust zum Mund kommt. Und das bleibt von da an so.*

Jetzt wird mir die Lektüre so peinlich, daß ich ins Haus gehe: Man sieht mich ja hier von allen Fenstern aus, mich allein mitten im Terrarium quäken. Noch ein Entbehrender. Mich faßt Erbarmen bei dem Gedanken an all die Irren, die durch das Terrarium schwirren, all diese lebenden und toten und nahen und fernen Besessenen, Robert und Leopold und Gabriel, sogar Jakobs Apparatschiks, überall Anmaßung und Drang und Lächerlichkeit. Kein Erkenntnisgewinn. Wer im Bilde bleiben will, muß mitwirbeln. In dieser Hinsicht allerdings doch noch ein Ergebnis: Auf Robert werde ich ein Auge haben müssen. Der ist ja so bedürftig, der würde sich auch an Sidonie vergreifen.

Keine Zeile mehr von ihm. Auf der Couch versuche ich mich noch ein bißchen an der ruppigen Prosa von Sidonie. Sidonies Wahnsinn ist übrigens noch ganz unverbraucht. Ich habe sie über ihre Kollegen sagen hören: »Die stecke ich alle in die Tasche!« Sie ist ehrlich erstaunt, daß ihr ungeniertes Gesellenstück nicht drei Preise abgeräumt hat. In diesem Punkt könnte es schwierig werden. Also wenn wir heiraten, müssen wir ihre Produktion aus unseren Gesprächen ausblenden.

III

REISEN

nicht mehr mit blindheit geschlagen.
unterwegs sein und sehn: ein helleres licht

Wulf Kirsten

Weil ich nicht mehr schlafen kann, breche ich früh auf; es ist bewölkt, immer noch warm, doch trüb. Koffer ins Auto, noch mal zur Faxbox, falls es Absagen gibt, nein, keine Absage, es geht los. Im Windfang steht plötzlich Gabriel vor mir, der von draußen kommt, das Gesicht zerfurcht, tränennaß. »Tot!« flüstert er erstickt. Wir fallen einander in die Arme. »Es tut mir leid!« stammle ich. Vor den entscheidenden Dingen wortlos, der Tag beginnt mit einer Niederlage. Und birgt nur eine Chance: Abfahrt. Bliebe ich, müßte ich mit Gabriel dreißig Klare trinken. Wir umarmen einander nochmals. In seiner Verwirrung küßt er mich auf den Mund.

*

Im Auto höre ich Bruckners Achte. Der erste Satz schneidet in die Seele, der zweite sendet elektrische Wellen durchs Zwerchfell, dennoch, die in Schmerz wie Sehnsucht überbordend genießerische Musik paßt nicht zu Ostfriesland, seinen fahlen Farben, den akkuraten Kanälen, den scharfen Klinkern der nüchternen Dörfer. Ich schalte aus und gebe mich der Flut der Bilder hin, die mit der Flut der Erinnerungen verschwimmt. Ich bin immer gern gereist. Es lenkte mich von mir ab. Und auch wenn ich in jeder Ablenkung auf mich selber stieß, empfand ich die Umwege als Erlösung.

Aber was bleibt?

Meine tschechischen Abenteuer mit Jakob? Das waren Jakobs Abenteuer, nicht meine.

In Bulgarien war ich – was bleibt davon? – allein. Ich erinnere mich an einen Blumenstrauß, der mir von Germanistikstudentinnen überreicht wurde. Ich hatte nie Blumen bekommen, ich wußte nicht, wie man damit umgeht, und eines dieser Mädchen besorgte tatsächlich an der Rezeption des Interhotels eine Plastevase und beschnitt die Stengel in meinem Bad. Ich überredete sie zu einem Kaffee, dann zu einem Spaziergang im Park. Wir saßen auf einer Bank, doch die schöne junge Marija wollte bloß Gedichte hören, eins nach dem anderen, mit einer Dringlichkeit, die erotische Versuche ausschloß. Vor Verwirrung vergaß ich meine eigenen Gedichte und zitierte Brecht und löste sogar mit der Ballade vom ertrunkenen Mädchen Verzückung aus.

Was bleibt von Finnland? Das Blockhaus eines finnischen Hölderlin-Forschers am Polarkreis. Ich kam hungrig abends an, aber der Forscher wollte sich, während draußen in der Dämmerung die Elche brüllten, gleich über Hölderlin unterhalten statt zu kochen. Dann kam die Ehefrau nach Haus, eine sehr schöne Frau, auch sie dachte nicht ans Kochen, sondern wollte erst in die Sauna.

Nach der Wende war der Osten interessanter als je zuvor; ich bereiste ihn mit neuen Augen. Rumänien sah aus wie im Krieg. Schwerbewaffnetes Militär am Flughafen, endlose Kontrollen, alle blickten sich beim Reden um. Ich erinnere verlassene Häuser, gigantische leere Paläste. Ceauşescu hatte interessanterweise eine Schwäche für Gott. Er ließ ganze Kirchen absägen und fünfhundert Meter weiter aufstellen, aber dann fehlten Zeit und Nägel, sie am neuen Ort zu verankern, und keiner wagte sich mehr in ihre Nähe. Kräne verrosteten und fielen auf die Baustellen. Der Dichter Florescu lud mich zu sich nach Hause ein. Er hatte in der Umbruchszeit ein verlassenes Generalshaus bezogen, eine monströse Operettenvilla, und Florescus Großmutter aus dem Dorf stand schwarzgekleidet mit Kopftuch im Garten und briet überm Feuer Paprikaschoten. Bukarest lag im Dunkeln, weil der Strom ausgefallen war. Abenteuerlich wurde die Rückfahrt, denn Florescus Lada hatte nur noch einen Scheinwerfer, und wir fanden die Ausfahrt im Kreisverkehr nicht. Wir fuhren im Kreis, schließlich hielten wir an und tappten im Dunkeln nach dem Bordstein.

Angeblich sehnten sich alle nach Ceauşescu. Ich erinnere mich an ein idiotisches Revolutionsvideo, hysterische Transparente, eine Opernsängerin, die *Aida* schmetterte – absurder Revolutionsbluff. Ein Taxifahrer, der mich zu Ceauşescus Grab fuhr, sagte, er sei eigentlich *Securitate*-Mann und nur zufällig vorübergehend außer Dienst, wir würden ja sehen.

Litauen besuchte ich, nachdem es gerade selbständig geworden war. Im Flughafen mußte man sich Visa geben lassen, aber dort war nichts vorbereitet, an einer Reihe simpler Holztische saßen konfuse, aber stolze Litauer. Die Prozedur dauerte vier Stunden. Blasierte, feingekleidete Westeuropäer brachen in der Schlange zusammen. Schon bei der Ausreise war es besser organisiert. Die Grenzbeamten trugen inzwischen amerikanische Uniformen.

*

Auf Zwischenstop in Fulda überrascht mich Regen. Fulda kannte ich bisher nicht, es ist eine wohlhabende Residenzstadt mit mächtigen Barockkirchen, westgemäß proper und aufgeräumt. Ich ärgere mich über die hohen Parkgebühren, freue mich, durch die Perfektion provoziert, an einem überquellenden Müllkorb, erschrecke über den Eintrittspreis des Fasanerieschlosses, erschauere im Wind und bemerke erst jetzt die dunklen Wolken.

Alles ist erfüllt von leichtem Regen, eine Pause in diesem aufdringlichen Sommer ausgerechnet jetzt, da ich die Deckung des Künstlerhauses verlassen habe. Ich finde Schutz in einem Kunstpostkartenladen. Ein schicker Laden, betreut von einer gepflegten Dame.

Ich werde eine Postkarte an Sidonie schreiben! Die Idee erwärmt mich. Ich nehme mir Zeit. Eine Postkarte an Sidonie will ja sorgfältig gewählt sein: ästhetisch belangvoll, dabei nicht hochgestochen, beziehungsreich, doch nicht anzüglich. Ich bin der einzige Kunde und störe niemanden. Die Verkäuferin fragt wohlwollend, ob ich was Bestimmtes suche. Nun, das kann ich ihr nicht erklären, doch rührt mich die Zuwendung dieser eleganten Dame, und gerührt also wende ich mich ihr zu. Sie mag in meinem Alter sein, blondgefärbt, sorgfältig geschminkt, mit hellbraunen Rehaugen. Sie trägt eine Jacke aus champagnerfarben schimmerndem Stoff mit breitem Revers ohne Knöpfe; unter den fließenden Schößen sehe ich ein fein gewebtes Hemd im selben glänzenden Ton, alles sehr edel, bis auf die fleckige, lockere Haut. Ein erregendes Parfüm. Wie schön – Kultur, Geschmack. Sicher hat sie Antiquitäten zu Hause, Parkett, vielleicht Silberbesteck. Sie zieht mich in ein persönliches Gespräch, angeblich hat sie gleich gesehen, daß ich Künstler bin. Sie hebt die Hände, ich sehe zwei aneinandergelötete Ringe – *Ring der Witwe* glaube ich zu erinnern, den kannte ich bisher nur aus der Literatur. Eine wohlhabende alleinstehende, kontaktfreudige Dame – vielleicht ist hier meine Zuflucht? Es bedeutet natürlich, daß ich Sidonie in gewisser Hinsicht untreu würde, andererseits weiß ich ja nicht, ob die mich überhaupt will, und in dieser ungewissen Hinsicht bleibe ich treu. Nur mit der Postkartenwahl gerate ich durcheinander und muß fast froh sein, daß jetzt ein anderer Kunde das Geschäft – im Westen sagen wir *Shop* – betritt.

Der andere Kunde riecht streng und hat Tränensäcke wie glühende Ballons unter den Augen. Mit zerstörter Stimme redet er von einer Verabredung mit dem Chef, fragt, wann der wiederkomme, will ebenfalls wiederkommen, geht aber nicht, sondern wedelt mit einem zerschlissenen Ausstellungskatalog aus den siebziger Jahren, in dem eine Grafik von ihm sei. Er schlägt das Heft auf, die Seite segelt zu Boden, er birgt sie schwankend und stößt sie der zurückweichenden Frau unters Kinn. Sie beschwichtigt – wie höflich und einnehmend doch diese bürgerlichen Damen sind! Endlich geht der Kerl durch die Tür hinaus, kehrt zurück und gurgelt, geht und kommt nochmals gurgelnd und geht, wir sehen ihm ängstlich nach. »Es ist eine Tragödie«, hüstelt die Dame, »Der Mann hat sogar Abitur!«

*

In der Nähe der ehemaligen Grenze verdüstert sich mein Gemüt. Ich beschwöre die umständlichen Übertritte von früher herauf, meine Bangigkeit, die Euphorie; ich war mir meiner Privilegien bewußt und fürchtete doch immer, sie zu verlieren. Ich erinnere mich an die schäbigen Betonbauten auf unserer Seite, den tristen *Konsum,* in dem ich als Proviant Fünfzig-Gramm-Wurstdosen kaufte, bevor ich an den bunten Anlagen des Westens vorüberfuhr. Unsere strengen Grenzer, Kommandos: »Brille obnähmen!« Augenkontakt, Schäferhunde, endlose Schlangen. Heute sind die meisten Gebäude verschwunden, fast hätte ich die Grenze verpaßt, und das schmerzt mehr als ihr Anblick, dessen Unschädlichkeit ich auskosten will. Alles scheint verschluckt vom dunklen, dschungelhaft nassen Thüringer Wald. Fünfundvierzig Jahre Idealismus, Verrat und Paranoia verpufft wie ein Spuk.

*

Als ich von Schneeberg her über die Hügelkuppe vor Aue komme, reißt die Wolkendecke, der zerklüftete Kessel ist auf einmal erfüllt von Licht. Die Fabrikgebäude an den Hängen schimmern weiß, zwei Schornsteine, die aus dem Tal gen Himmel ragen, leuchten orangefarben auf. Schon rollt der Wagen ins Zentrum hinab, aber der Anblick bleibt hängen: meine düstere Stadt, mit diesen riesigen glühenden Ausrufezeichen eine fast mystische Szenerie. Unten spinnwebfeiner, silbriger Regen.

Zwischen diesen Gründerzeitbauten bin ich aufgewachsen, in einem Fachwerkhaus im Hinterhof. Eine Durchfahrt mit geriffelten metallenen Radspuren, mehr Tunnel als Torbogen, führte unter dem Bürgerhaus hindurch. Unser Haus klebte an der Brandmauer. Im Erdgeschoß wohnte der Hausmeister, der nebenbei Schuhmacher war; zum ersten Stock führte eine Holzstiege. Mein Vater verließ das Haus morgens mit seiner ledernen Aktentasche. Er schlich durch Hof und Tunnel und tat einen langen Schritt auf die Straße. Dort im Licht streckte er sich, warf den Kopf in den Nacken und ließ die Selbstgewißheit eines Verführers in seine Züge fließen. Vater arbeitete als Vertreter. Ich habe diese Verwandlung nur einmal beobachtet und war doch sicher, daß sie jeden Tag stattfand; er wiederum, als sei sie ihm durch mich bewußt geworden, wußte meine Zeugenschaft fortan zu vermeiden.

Mein Vater war ein verurteilter Betrüger. Alle anderen Männer der Familie – Großvater und Urgroßvater, Onkel und Vettern – waren Bergleute gewesen, die ihre Groschen zusammenlegten, damit er, der Begabte, eine höhere Schule besuchen konnte. Er studierte auch und wurde Lehrer, aber dann ließ er sich was zuschulden kommen und schied aus dem Staatsdienst aus. Von den Großeltern, die ein paar Kilometer weiter in Schlema wohnten, habe ich nie ein Wort des Vorwurfs gehört. Allerdings besuchte er sie nicht; nur mich schickte er hin. Ich schlenderte an der Mulde entlang oder trödelte übers Hohe Holz, eilig hatte ich es nie. Mein Großvater litt an der Staublunge, er keuchte, würgte und spuckte furchterregend. Manchmal übernachtete ich dort, und jedesmal rang er so laut, fast jaulend um Atem, daß ich entsetzt war. Ich schlief in der Küche auf der Bank und hörte durch die Wand alles, einmal auch seinen erstickten Schrei: »Hilfe!«, und dann das Schluchzen und die Küsse meiner Oma, die ihn trösten wollte. »Mein Armer!« rief sie, auf Sächsisch natürlich: »Mein Oarmer!« Am Morgen, als ich zermürbt in den Hof stolperte, kam er, die Nachthemdbrust gelbrot gesprenkelt, aus dem Klo und lächelte mir verlegen aufmunternd zu.

Später sollte ich ihn auf einem Spaziergang begleiten. Er stützte sich mit der Rechten auf einen Stock und mit der Linken auf meine Schulter; ich war vielleicht neun und fürchtete mich. Aber dann wurde er ruhiger, wir gingen langsam, immer wieder verschnaufend, hinunter zu den Kuranlagen, durch die auch damals, ein Jahr vor Kriegsende, noch Kurgäste flanierten. Dort setzten wir uns auf eine Bank. Das Wetter war warm und diesig, etwas neblig sogar, doch Großvater wendete den Kopf hin und her nach allen Seiten und schien jedes Bild zu genießen. Schließlich sank sein blasser, milder Blick auf mich. »Wie'ch so alt war wie du, da konnt iech's net erwardn eizefoahrn.« Er schüttelte lächelnd den Kopf wie über einen schlechten Scherz. Am Horizont sah man Schneeberg, die herrliche Stadt; auf ihrer Kuppe als Silhouette St. Wolfgang wie eine Zitadelle. Schneeberg war imposant mit seinem weißen Rathaus und dem viereckigen Turm, dem weiten Marktplatz, den prachtvollen, verschnörkelten Fassaden, Touristen riefen Ah und Oh, und all das verdankte sich dem Silber und Erz aus den Bergen. Aber der Reichtum dieser Berge war verseucht, weshalb Schneeberg auch der Name einer Krankheit wurde, die drei von vier Bergleuten tötete; die Schneeberger Pracht war erbaut auf den zerfressenen Lungen, den vergifteten Adern und den blutenden Kehlen der Bergleute. Mein Großvater hatte die meisten seiner Kumpel überlebt.

»Guud, dass iech so zeidich bergferdich war«, sagte er. Bergfertig ist ein Bergmann, der nicht mehr kann. Großvater war mit dreißig soweit gewesen, seitdem rang er nach Luft. Was hatte er von seinen Jahren?

Er hatte Licht. Das habe ich erst später verstanden: den Lichtkult der erzgebirgischen Bergleute, die monatelang keine Sonne sahen, sie fuhren im Winterhalbjahr bei Dunkelheit ein und bei Dunkelheit aus. Deshalb das Theater um Schwibbögen, Pyramiden und Kerzenkarussells, der ganze mir so verhaßte Erzgebirgskitsch. Großvater bot seine graue Wange der Sonne dar und lächelte: »Heerste de Veechel?« Ja, jetzt hörte ich sie: ein millionenstimmiges Geflöte und Gezwitscher aus dem fetten Laub der Wälder, aus allen grünen Büschen und Hecken des Schlematals.

Vor zwanzig Jahren war ich das letzte Mal dort. Nach dem Krieg hatten die Russen die Verwaltung übernommen und suchten mit Dringlichkeit Uran für ihr Atomprogramm. Zehntausende Bergarbeiter trieben Schächte durch die Hügel, förderten Millionen Tonnen Erz und taubes Gestein, rissen mit immer potenteren Maschinen die Erde auf, warfen sie samt Baum und Strauch beiseite und karrten den Abraum darüber. Halden und Schlammteiche bildeten eine Mondszenerie, die ganze Straßenzüge verschlang. Durch Großmutters Küchenfenster sah man den steinigen Hang eines künstlichen Bergs, auf den Förderbahnen über stählerne Schienen Geröll schaufelten.

Ich hatte als sozialistischer Jungdichter mit meiner Bergmannsfamilie punkten können. Sogar meinen Zynismus nahm man hin, er wurde meiner Jugend gutgeschrieben. Meine Dichtung, sofern sie mir was bedeutet, hat mit dem Erzgebirge nichts zu tun. Das Erzgebirge nutzte ich, weil die proletarischen Anklänge bei den Funktionären Erfolg hatten, und da mir der Funktionärserfolg peinlich war, tat ich es insgeheim parodistisch. Ich spielte mit dem Kitsch wie dem Pathos, variierte ironisch unvermeidlich *Glück auf, der Steiger kommt*, und bei Kollegen machte ich Eindruck mit meiner pornographischen Ode *Der Tiefe Blühend Glücksstollen im Hinteren Grund*, in dem zur Illustration eines ziemlich rasanten Akts ausschließlich Bergwerksbegriffe verwendet wurden, von *Mundloch* und *Gezähe* über *Schmalzgrube, Vortriebsleistung* und *Schwanzhammerwerk* in die *untertägigen Weitungen*. Die Ode wurde sogar vertont, durch den Staatskomponisten Riglewski. Der rhythmische, im Gestus kämpferische Choral mit seinem süßen, sich gleichsam auflösenden Schlußakkord war als Musik so überzeugend, daß ein erregter Zensor seinen Einspruch wegen »Dekadenz« zurückzog. Ich bekam Preise und fuhr ins Ausland, und auf solch einer Fahrt, zwischen Staatsbesuch und Preisverleihung, machte ich in meiner Heimatstadt Station. Eigentlich war es der Höhepunkt meiner Karriere. In Nordkorea hatten mich tausend Junge Pioniere am Flughafen empfangen und, während ich über einen roten Teppich schritt, *Der Tiefe Blühend Glücksstollen im Hinteren Grund* gekräht – in koreanischer Übersetzung. In Dresden würde ich den *Großen Sächsischen Kulturpreis* entgegennehmen. Der Zwischenhalt in Aue galt weniger den Verwandten als meiner Selbstvergewisserung. Ich wurde in Ehren empfangen und übernachtete im *Blauen Engel*, um nicht die Schlafcouch meiner verbitterten Schwester Elsa beziehen zu müssen.

Am nächsten Vormittag holte ich Elsa in ihrem Wohnblock ab, und wir fuhren zusammen ins zerwühlte Schlema, das ich nicht wiedererkannte. Ich suchte den alten Gummibahnhof, fand mit Mühe zwischen den Halden die alte Lutherkirche und fluchte. Elsa saß feixend neben mir und schien die Irrfahrt zu genießen.

Endlich schloß ich vor dem braunen Häuschen jener Schreckensnächte meine kleine Großmutter in die Arme. Mein Erscheinen belebte ihre Erinnerung, und sofort flossen Tränen, nicht über meinen Erfolg, sondern über Großvaters langes, gräßliches Sterben. Ich hatte aus Korea ein Rollbild mitgebracht, das eine dekorative Flußlandschaft zeigte, und aus dem Berliner Intershop zwei Packungen Jacobs Krönung, eine Sarottischokolade, eine Stange Camel und ein bernsteingelbes Parfüm in einer Flasche, die wie eine Handgranate aussah. Wir tranken Kaffee und aßen Eierschecke, Elsa erzählte von ihrer Misere, und Großmutter vergoß Tränen über Onkel Bernhard, der letzte Woche ebenfalls an der Schneeberger Krankheit gestorben war. Ich blickte verstohlen in einen kleinen quadratischen Spiegel und sah einen kräftigen Mann mit straffen Wangen und selbstbewußten Zügen, der fehl am Platz war.

»Was haltet ihr von einer Spritztour?« fragte ich.

Großmutter stimmte unerwartet froh zu: Sie wollte der Witwe von Onkel Bernhard Ostereier vorbeibringen, die sie selbst bemalt und umhäkelt hatte. Wir fuhren also im Lada nach Schneeberg hinauf zu Onkel Bernhards Häuschen. Tante Frieda, mit einem schweren Kropf, der ihr über den Kragen quoll, begann sogleich mit stummer Hingabe die kahlen Sträucher in ihrem Gärtchen zu schmücken. Sie bat uns nicht herein, und wir froren im über den Bergrücken strömenden Wind. Ich erinnerte mich, daß Tante Frieda mich schon früher einmal nicht hereingebeten hatte. Damals hatte ich sie, als Kind, noch mit Vater besucht. Es war ein Bittgang meines Vaters gewesen, oder der Versuch einer Abbitte, deren Grund ich nie erfuhr. Vater ging langsam und in sich gekehrt neben mir, dabei auf seltsame Weise Rumpf und Schultern wie probeweise verrückend, als suche er in seinem Körper Raum für eine andere Seele. Auch damals war es kalt gewesen, und trotz der Kälte erwartete uns Tante Frieda nicht in der Stube, sondern vor der Hauswand sitzend in einem bis zur Kehle zugeknöpften Mantel. Mein Vater ging hin und kniete vor ihr nieder. Sie blickte zur Seite.

Himmel, war Schneeberg im April noch kalt! In Halle hatten vor zehn Tagen die Kirschbäume geblüht. Was wollte ich hier? »Machen wir einen Spaziergang?« fragte ich.

Wir gingen ein paar Schritte vor die Stadt. Oma hing an meinem linken Arm, Elsa klebte hungrig und mißgünstig an meiner Rechten. Um sie nicht zu Wort kommen zu lassen, redete ich hauptsächlich mit Oma, die aber inzwischen müde und verwirrt war und mehrmals fragte: »Hammer itze schuu Mai?«

Als wir von Schneeberg aus nach Schlema hinabblickten, sagte Elsa langsam auf Hochdeutsch: »Vergiß nicht, daß du dein Glück unserem Unglück verdankst.«

»Welches Glück«, antwortete ich spröde.

Ich hatte viel erreicht, aber glücklich war ich nicht: Ich hatte Frau und Kinder verlassen, wurde von zwei Geliebten unter Druck gesetzt und von Alpträumen gequält. An diesen Verhältnissen war ich nicht unschuldig, aber am Unglück meiner Verwandten schon. Hatte etwa ich Großvater und Onkel Bernhard in die Zeche geschickt? Sie hatten sich krummgelegt, damit mein begabter Vater aufs Gymnasium konnte. Aber war ich schuld, daß er ihr Opfer nicht wert gewesen war?

Elsas Pech hatte damit begonnen, daß sie zehn Jahre älter war als ich. Sie war begabt und wurde gefördert, aber da sie dringend von der Familie fortwollte – später erfuhr ich, daß Vater ihr nachgestellt hatte –, brach sie die Realschule ab und wurde Sekretärin. Da sie einsam war, suchte sie Anschluß und fand ihn ausgerechnet beim BDM. Da sie tüchtig war, machte sie dort Karriere, was ihr nach dem Krieg schadete. Da so viele Männer ihres Alters im Krieg geblieben waren, fand sie keinen. Es gab eine deprimierende Affäre mit einem verheirateten Meister der Blaufarbenwerke Niederpfannenstiel, danach nichts mehr. Lauter historisches Pech. Doch was konnte ich dafür?

Sie betrachtete mich mit glitzernden Augen, irgendwie verzehrend.

Andererseits hatte sie, da sie weiterhin begabt und tüchtig war, dann doch noch in der Hauptverwaltung der SDAG Wismut eine Art Karriere gemacht. Sie hatte eine Zweiraumwohnung mit Telefon und besaß ein Auto, keinen Lada wie ich, aber einen Trabi, sogar einen 601, der erst zwei Jahre alt war.

»Welches Unglück«, fragte ich.

Sie antwortete nicht. Wir blickten in das geschundene Schlematal hinab, auf seine Halden und Spitzkegel und Dreckhaufen und zerwühlten Wege, ich sah Staubwolken auffliegen und meinte, das Brummen der Bagger und das Knirschen der Förderanlagen zu hören, tatsächlich aber war es still bis auf das leise Rauschen des Windes zwischen den niedrigen Häusern und die Fehlzündungen eines Mopeds aus den Gassen hinter uns. Großmutter blickte hoch und fragte: »Iss denn nu schuu Mai?«

»Nein«, sagte ich, »es ist Mitte April.«

Sie seufzte: »De oarmen Veechel!«

*

Seitdem bin ich nicht hier gewesen. Weshalb hätte ich kommen sollen? Um mich meines Selbstverlusts zu vergewissern? Nein danke. Ich komme für eine Lesung, die angesetzt wurde, damit irgendein Kulturbudget nicht verfällt; ein alter Feind aus dem Ministerium tut mir einen boshaften Gefallen. Immerhin bin ich im *Blauen Engel* untergebracht, der weiterhin als erstes Haus der Stadt gilt. In meinem Zimmer liegt eine Nachricht, daß Frau Ute Mingel mich um 19 Uhr im Kulturhaus *Aktivist* in Schlema erwarte. Wer ist Ute Mingel? Der Brief enthält einen Grammatik- und zwei Kommafehler. Ich aber spüre keine Empörung. Ich will nur das Geld kassieren und fort.

Der *Blaue Engel* ist eine halbe Baustelle, aber er steht an seinem Platz; diese Kontinuität rührt mich. Er steht am Altmarkt unten im Zentrum der Stadt an der Kreuzung Schneeberger und Wettiner Straße. Der Geruch nach Braunkohle und Zweitaktergemisch ist schwächer geworden, dafür hat sich der Verkehr verdreifacht, Kolonnen großer und kleiner Westautos stauen sich an der Ampel vor meinem Fenster und fahren bei Grün gleichzeitig los. Das Dröhnen füllt die Schlucht aus Gründerzeitfassaden.

Raus hier. Ich suche das Haus meiner Kindheit. Es stand in der Nähe des Hotels *Zum Muldental,* einem Jahrhundertwendekasten im altdeutschen Stil mit Erkern und Türmchen, vor dem sich Schwarzwasser und Zwickauer Mulde vereinigen. Das Hotel steht leer. Mein Elternhaus verfallen. Im Hof liegen Steinhaufen und Scherben. Ich suche im Schutt nach Splittern unserer Fachwerkhütte, aber sie wurde unter den Ziegeln der Brandmauer begraben.

Zurück, um in der Bierschwemme etwas zu trinken. Zum Kulturhaus *Aktivist* in Schlema muß ich dann ein Taxi nehmen.

Der Taxifahrer erzählt, daß Schlema wieder ein Kurort werden soll. Ich lache ihn aus. »Ward schu waarn!« meint er. Vom *Aktivist* aus, das am Hang liegt, sieht man allerdings nichts, weil ein energischer Schauer niedergeht.

Ich betrete das Haus mit nassem Mantel, nassem Haar. Eine irgendwie aufgedrehte Putzfrau richtet mir aus, daß die Veranstaltung drüben im *Bruchschuppen* stattfinde. Dort gebe es auch Bewirtung.

Der *Bruchschuppen* ist wie ein alter Bergstollen mit dicken Holzbohlen ausgekleidet. Leer bis auf mich und die Kellnerin. Ich trinke zwei Gläser *Kumpeltod* und lese eine Broschüre über Schlema. Blühendes Landschaftsprogramm, wie der Taxifahrer gesagt hatte: Berganlagen würden zurückgebaut, Kegel abgetragen, das Deformationsgebiet der abgesunkenen Talmitte aufgefüllt, Halden befestigt und begrünt, der Kurbetrieb könne schon in drei Jahren wiederaufgenommen werden. Ich verweile bei dem Wort *Deformationsgebiet.* Ich übertrage es probehalber auf mich und warte wieder vergeblich auf eine Regung des Protests. Inzwischen ist es fünf vor halb acht, der Raum immer noch leer, aber aus dem Vorraum höre ich zwei Stimmen, darunter eine männliche. Ich denke, wenn ein Mann kommt, kommen mindestens drei Frauen. Die Männerstimme, stellt sich dann aber heraus, gehört Frau Mingel, die ich sofort die Aktivistin nenne: eine schrankartige Frau mit dickem Nagellack an den Pranken. Sie tritt Schlag halb acht ein, zusammen mit einer sehr alten Dame. Beide begrüßen mich mit Handschlag und setzen sich vor mich.

Ich lese zunächst späte Gedichte, weil mir die Auer Dinger längst peinlich sind, aber dann denke ich, wer weiß, vielleicht hat die alte Dame Humor, tatsächlich lächelt sie ab und zu an den richtigen Stellen. Also trage ich doch noch Erzgebirgsreminiszenzen vor, zumindest die ironischen, und bringe als Höhepunkt, während die Aktivistin mit dem Schlaf kämpft, *Der Tiefe Blühend Glücksstollen im Hinteren Grund.*

Klarer vierhändiger Applaus.

Die alte Dame bemerkt: »Do is viel Wahres draa!«

Frau Mingel übergibt mir mein Honorar mit einer Miene, als halte sie es für übertrieben. Ich frage, ob sie ein Taxi rufen könne, das mich ins Hotel bringt. Frau Mingel drängt mich kurzerhand der alten Dame auf.

Die alte Dame ist vierundachtzig, übergewichtig und kurzatmig. Auf dem Weg zu ihrem Auto bleiben wir mehrmals stehen, damit sie verschnaufen kann. Sie habe bis vierundvierzig in Aue gelebt, erzählt sie, und sei dann zu den Schwiegereltern nach Nürnberg geflohen. Nein, sie sei eigentlich keine Leserin, keine Zeit. Mit zweiundfünfzig sei sie verwitwet, vier Kinder, da war einfach zu viel zu tun. Der Mann sei mit siebenundfünfzig gestorben, von der Kriegsgefangenschaft bei den Russen habe er eine Gastritis mitgebracht, die nie mehr heilte und dann auf die Lunge übergriff. Aber den Kindern gehe es gut, fünf Enkel, ein Urenkel. Da ein Sohn jetzt als Landschaftsplaner bei der Wismut arbeite, habe sie Gelegenheit, die alte Heimat zu besuchen.

Als wir vor ihrem Polo stehen, zeigt sie mir den Autoschlüssel: Im konkaven Plasteanhänger das Foto eines Babyköpfchens. Der kleine Anton, achtzehn Monate. Weil ich die Lesebrille schon verstaut habe, halte ich ihn mir direkt vors Auge. Auf Antons Rückseite das Gesicht eines Rauhaardackels. »Dess«, kichert die alte Dame, »is die klaane Susi.«

Vor dem *Blauen Engel* sagt sie: »Itze denken Se sicher schlaacht iber Aue.«

»Aber nein. Ich bin ja von hier.«

»Ach, Se sei von hier? Wie war noch emol dr Name?«

*

Im Hotelfernseher dann ein Kitschfilm. Ein alter Egoist und Misanthrop soll erlöst werden, wenn er jemandem eine Freude macht. Zunächst mißtrauen ihm alle, doch nach einigen leidlich komischen Episoden wird er geläutert. Ach Gott. Wie soll ein Menschenfeind jemanden finden, der sich von ihm erfreuen läßt? Da ziehe ich den Fliegenden Holländer vor, der bloß geliebt werden muß, damit er erlöst wird. Klappt zwar nicht, aber er kann wenigstens nichts dafür. Sidonie! Ich werde sie anrufen und sagen, daß ich mich nach ihr sehne.

Aber warum? wird sie fragen. Das traue ich ihr zu. Was soll ich antworten? Daß sie mich erlösen soll? Ich meine ihre gutgelaunte Stimme zu hören: Warum sollte ich? Ja, warum sollte sie? Was habe ich zu bieten? Unbekümmerte Sidonie, nichts weist bei ihr auf romantische Neigungen hin, ich sehe nicht die geringste Affinität zu Dämonie.

Abgesehen davon: Was gebe ich schon für einen Dämon ab,

mittlerweile. Ich bin so demoralisiert, daß ich sogar jemandem eine Freude bereiten könnte. Ja, merke ich anderntags beim Frühstück im *Blauen Engel,* die Ära der schweren Kunst ist für mich vorbei. Ich wünsche mir einen operettenhaften Ausklang. Vielleicht sollte ich, bevor ich nach Zwickau fahre, bei Elsa vorbeischauen? Der Gedanke rührt mich. Meine arme, bittere Schwester. Sie lebt seit einem Schlaganfall vor zwei Jahren in einem Heim. Wahrscheinlich hat sie nicht mal mitgekriegt, daß ich hier bin. In meinem Adreßbuch finde ich das Heim sogar. Und Erich kommt sowieso erst abends nach Hause.

Ich besuche Elsa.

Das Heim ist in einer aufgelassenen Jahrhundertwendefabrik unterm Auerhammer untergebracht, rosa gekachelt, mit breiten Gängen aus grauem Estrich. Es riecht nach Urin. Aber die Zimmer sind groß und hoch. Elsa teilt ihres mit einer buckligen Greisin, die, als ich eintrete, den Finger an die Lippen hebt.

Elsa liegt, nur halb zugedeckt, auf einem hohen Bett und schläft. Ihr Nachthemd ist weiß, mit Spitzen, ihr Morgenmantel aus dunkelrotem Samt. Ihr Gesicht erstaunlich glatt, dabei wird sie einundsiebzig. Volle Wangen. Blondiertes, frisiertes Haar. Um das Bett herum ein paar Möbel, die ihre eigenen zu sein scheinen. *Deformationsgebiet. Glücksstollen. Einfahrt in den Hinteren Grund.*

Es ist fast still hier, kein Radio plärrt, nur eine Fliege wirft sich gegen die Scheiben. Elsa schlummert auf ihrer hohen Matratze dem Dunkel entgegen. Ich überblicke den Rückbau eines, wie mir erst jetzt bewußt wird, leidenschaftlichen Lebens, erkenne Samt, Spitzen und Dauerwelle als Requisiten letzter Privatheit nach einem lebenslangen Kampf um Autonomie. Den löchrigen Kelim, auf den Elsa so stolz war. Einen Biedermeier-Sekretär. Ein Bücherregal. Ich lese die Buchrücken. Alle Gedicht- und Prosabände von Heinrich Steiger sind dabei. Das trifft mich unerwartet. Ich habe bei Elsa immer Feindschaft vorausgesetzt. Warum? Aus schlechtem Gewissen? Natürlich hatte ich das. Und sie – hat sie mich wirklich gelesen? Mir wird warm. Mir wird kalt. Ich überlege, ob ich ein Bändchen rausziehen und nach Lesespuren oder Anstreichungen blättern soll. Unterlasse es, da die Nachbarin mich fixiert. Ich stehe immer noch da, den Blumenstrauß in der Hand, und bin verlegen; ich lese die weiteren Buchrücken und staune: Nur gute Literatur! Fast nur Lyrik, klassische und moderne. Warum hat sie *mich* mitgenommen? Sieht sie mich in dieser Reihe? Oder aus Verbundenheit? Welcher Verbundenheit? Wofür?

Elsa schlägt die Lider auf. Ihr Blick ist verschwommen. Allmählich kehrt, wie aus dem Jenseits, ihr Bewußtsein zurück. »Ach herrje – Henry?« Ihr Mund bleibt schief, halbgeschlossen, die Stimme klingt brüchig.

»Elsa.« Ich nähere mich dem Bett und küsse ihre Wange. Sie streichelt mit der lebendigen Hand die kühlen Kelche der Tulpen. »Half mer emol auf!« Ich ziehe sie hoch und setze mich neben sie auf die Bettkante. Sie betrachtet mich prüfend so, wie ich vorher sie betrachtet habe, und greift nach meinem schmutzigen Kragen. Große Schwester. Ja, sieh mich an, deinen erfolgreichen jungen Bruder, der zum Penner geworden ist. Unwillkürlich streiche ich mir übers Gesicht: Bartstoppeln. Ungekämmt. Ich spüre Schlafsand an der Nasenwurzel, Krümel an meinen Fingern, Feuchtigkeit. Freu dich, Elsa. Wenn es mir in zehn Jahren so geht wie heute dir, hab ich Glück gehabt.

»Freust du dich?« frage ich.

»Ich?« Sie mustert mich erstaunt, dann zunehmend lebhaft, und beginnt zu lächeln mit ihrem halben Mund: »Haa!«

*

Ich war ein schlechter Vater; was überhaupt habe ich eigentlich gut gemacht? Für Berna war ich sogar ein katastrophaler Vater, kein Wunder, daß sie von mir nichts wissen will. Aber Erich hält Kontakt und lädt mich immer wieder ein.

Als Kind entwickelte er eine fast religiöse Scheu vor mir, warum nur? Ich habe sie nicht beansprucht und fühlte mich ihrer nie wert. Bis er vier war, hatte er Vertrauen. Er tapste im Sommer morgens um halb fünf ins Wohnzimmer zu unserem Ausziehsofa und rüttelte an meiner Schulter: »Vati! Vati! Es ist *Morgen*!« Mich rührte das, die Neugier, die Freude, aber ich mißgönnte sie ihm auch, denn ich hatte das nie gedurft. Einmal – Lotte war nicht da, ich hatte schwer getrunken und wollte schlafen – stieß ich ihn so heftig beiseite, daß er vor Schreck laut schrie, ich aber hatte rasende Kopfschmerzen und versetzte ihm noch einen Schlag; vorher hatte ich gedroht, wahrscheinlich lallend. Er kroch auf allen vieren wimmernd hinaus. Eine Weile noch hörte ich ihn draußen laut weinen, bevor ich wieder in giftigen Schlaf fiel.

Das war das Ende seines Vertrauens, doch nicht seiner Sehnsucht. Er hing fast ängstlich an mir, als läge es nur an ihm, den Vater zu behalten oder zu verlieren. Er beobachtete mich mit seinen hellen Augen, wartete auf Augenblicke guter Stimmung, freute sich auf ein Zeichen meiner Aufmerksamkeit, ging stolz und glücklich mit mir in den Zoo. Als vier Jahre später Berna kam, übernahm er Verantwortung für sie wie ein kleiner Vater, offenbar um mich zu entlasten. Berna war ein mürrisches Kind, und er versuchte sie aufzumuntern: »Schau, Berna, es ist schon *Morgen!* Wenn du brav bist, dürfen wir Vati besuchen!«

Mich störte der Trubel, die enge Wohnung, die quäkigen Stimmen, der geringe Horizont. Ich bekam den Heinrich-Heine-Preis, beantragte ein Schriftstellerstipendium und verbrachte ein halbes Jahr auf Schloß Wiepersdorf, wo ich wie befreit arbeitete und unter den anderen Künstlern fast sofort eine Geliebte fand. So nahm das Verhängnis seinen Lauf, Lotte und die

Kinder zu Besuch im engen Zimmer, ich schickte alle zu dem nahe gelegenen Tümpel baden und schlich zu meiner Geliebten, um mit ihr den Geschlechtsverkehr auszuüben. Ich erinnere mich an Lottes Verwirrung und an Erichs verschleierten Blick. Erich warf den Kopf beiseite, wie um eine Fliege zu verscheuchen, und sagte: »Komm, Mutti!« mit einer kehligen, tapferen Stimme, die ich noch nicht gehört hatte. Ich wußte, ich war ein Sünder. Ich schrieb heftige Gedichte voll Rausch und Reue, und als die Wiepersdorfer Tage endeten, stand meine Ehe vor dem Scheitern. Ich kann nicht sagen, daß ich viel zu ihrer Rettung unternommen hätte. Später handelten Lotte und ich Kinderbesuche aus, ein fürchterliches Schachern voller Eifersucht und Haß. Ich brach viele Vereinbarungen. Manchmal kam Erich von selbst vorbei, und das ist ein Rätsel: Er war erst neun und mußte durch die halbe Stadt. Um sich die Angst zu nehmen, sang er vor sich hin, am liebsten den *Kleinen Trompeter,* einmal hörte ich selbst das dünne Stimmchen zwischen Haus 121 und 122: *Schlaf wohl, du kleiner Trompeter, / wir waren dir alle so gut! / Schlaf wohl, du kleiner Trompeter, du lustiges Rotgardistenblut.* Er klingelte an der Wohnungstür, ich öffnete und stand da als der Verräter, der ich war, unrasiert, Schnaps im Blut, Verse im Kopf, vor mir mein verlorenes Kind. Meist war ich so verlegen, daß mir die Worte fehlten. Wir schauten uns an, und nach einer Weile drehte er sich um und ging. Nur einmal bat er würdevoll um Einlaß, das war an einem frostigen Februartag. Ich trat beiseite. Er ging an mir vorbei direkt ins Bad, von hinten sah ich erst seine knallroten Ohrläppchen und dann den nassen Fleck zwischen seinen Beinen. Er hatte eingepullert, aus Angst, weil es so kalt und dunkel war.

Danach kam er nicht mehr. Ich schrieb ihm gelegentlich, meist in Gedichtform, dabei erzählend über mich, denn wie es ihm ging, wußte ich ja nicht. Für meine Verhältnisse war ich konsequent, ich wollte ihn ein bißchen zurückgewinnen, und nach drei Jahren erhielt ich tatsächlich Antwort: »Vielen Dank Vati für deine Gedichte. Ich sammel sie und wenn ich Groß bin werde ich ein buch daraus machen.« Mein Sohn ein Legastheniker. War ich auch daran schuld?

Als er halbwüchsig war, nahm ich ihn gelegentlich auf Ausflüge mit. Wir bereisten mein Erzgebirge, alles außer Aue und Schlema. Ich zeigte ihm die vom Bergbau zerstörten und die berühmten zerfallenden Städte, Marienberg, Freiberg, Annaberg, ich erzählte ihm alles über Minen und Kumpels und Silikose und Mettenschichten, schenkte ihm ein Räuchermännchen *(Wenn das Räuchermannl nabelt).* Ich suchte in diesen Versatzstücken mich selbst, wie ich mich in allen Versatzstücken suche, und auch er suchte mich, aber er stellte keine Fragen, er ließ einfach den Blick nicht von mir. Abends gingen wir in die Kneipe, ich trank Wein, er Faßbrause – das war unangenehm, immer spürte ich seine hellen, ausdruckslosen Augen. Ich dachte, warum soll er nicht besser werden als sein Vater? Und war keineswegs froh, sondern seltsam aufgewühlt – als gönnte ich ihm diese moralische Freude nicht, ebensowenig wie früher, als er: »Vati, Vati, es ist *Morgen*!« rief, der kleine Intrigant.

Er hat sich im Leben zurechtgefunden, ein solider Junge, der als Kunstmaler gut genug Blumen und Hirsche kann, um eine Familie zu ernähren; vielleicht unterrichtet er auch irgendwo. Seltsamerweise ist er nahezu verstummt, weshalb ich in seiner Gegenwart immer zuviel rede. Auch die Frau ist langweilig. Vor fünf Jahren war ich zuletzt dort, kein Wunder, daß ich das Haus nicht erkenne. Ich irre durch die Plattensiedlung, zuerst im Auto über Beton, wuppwuppwupp, dann zu Fuß, in der Abenddämmerung bei Nieselregen sehen alle Blocks gleich aus, niemand unterwegs, den ich fragen könnte. Aufatmend entdecke ich eine Telefonzelle. Sie funktioniert sogar. »Ich komme runter«, sagt

Erich. »Ich kann dich von hier sehen. Du mich auch. Es ist die einzige Wohnung, wo Licht brennt. Sechster Stock.«

Er nähert sich mit einem Regenschirm, steht vor der Telefonzelle, lächelt vorsichtig und gibt mir die Hand. Er führt mich in sein Heim, der große, inzwischen etwas dickliche siebenunddreißigjährige Mann beschirmt seinen besiegten Peiniger. Ich krümme mich vor Scham. Schweigend hasten wir durch den Regen. Im düsteren Treppenhaus schütteln wir uns wie Pudel. Die Wände sind vollgekritzelt, die Briefkästen stehen offen, auf der Kellertür hat jemand Zahnpasta verschmiert. Die Siedlung sei weitgehend verlassen, erklärt Erich, während wir die sechs Stockwerke erklimmen. WBS 70, ab dem siebten Stock war ein Lift vorgeschrieben, deswegen baute man nur sechs; als ich Erich das letzte Mal besuchte, bedeutete das nichts, diesmal bleibe ich auf jedem Treppenabsatz stehen, um meine Kurzatmigkeit zu verbergen. Während wir stehen, stelle ich Fragen. Unsere Unterhaltung ist wie immer zäh.

»Wo sind die Leute hin?«

»In den Westen.«

»Warum?«

»Keine Arbeit.«

»Du bleibst?«

»Ich arbeite.«

»Aber in diesem Haus?«

»Ich hab ein Atelier in der Stadt.«

»Und deine Familie? Fühlt die sich hier wohl?«

»Hoffentlich.«

Erichs Wohnung hat vier Räume und wenige Möbel, er selbst hat alle Wände mit Blumen und Vögeln bemalt. Die Schwiegertochter drückt mir einen feuchten Säugling in den Arm und läuft in die Küche; sie mochte mich nie. Zwei größere Enkel kommen aus dem Zimmer, eins versteckt sich hinter dem anderen und späht kokett hervor.

»Lukas! Linda! Kennt ihr mich noch? Ich bin der Opa!«

Sie schütteln die Köpfe und lächeln ungläubig. »Du bist der Opa?«

Das Balg auf meinem Arm beginnt zu plärren. Ein Hund rennt mir gegen das Knie. Linda fragt: »Das soll der Opa sein?«

Lukas, prüfend: »Der Opa ist der Opa!«

Linda: »Opa?«

»Ja?«

»Warum hast du keinen Bart?«

»Ich hatte noch nie einen Bart.«

»Vati hat gesagt, wir dürfen dich am Bart ziehen!«

Sie scheinen nicht zu wissen, daß sie in einem Geisterhaus leben. Gutgelaunte, erwartungsvolle Kinder! Daß Opa keinen Bart hat, haben sie schon vergessen, sie malen ihm jetzt ein Bild. Großzügigkeit der Jugend. Ob ich eine der vielen freien Vierraumwohnungen in diesem Block beziehe? Dann hätte ich zumindest Anschluß. Ich könnte Lukas unterrichten ... in Orthographie ... Ich könnte mich an Erich halten. Vielleicht mündet das hundertjährige vielfältige und unsinnige Leiden der Familie Steiger doch noch in irgendein Glück, ein Kleinbürgeridyll, unterhalten ausgerechnet durch meinen gequälten Sohn? Ist das sein Triumph über mich, der von dem Glück nichts hat, freilich daran auch kein Verdienst? Sind wir wirklich nur auf der Welt, damit das Leben weitergeht, wie Flechten auf einem Felsen?

Erich hört mich so geduldig an, wie das bei dem Durcheinander möglich ist. Um uns quieken drei Kinder, toben zwei Hunde. Das schwarze Spanielbiest Bella hat, obwohl nur zu Gast, dem Dobermann Dobby sein Spielzeug geklaut, einen zerbissenen Stoffelefanten, und Dobby ist einerseits zu ritterlich, um sich das Ding zurückzuholen, andererseits nicht souverän genug, es dabei bewenden zu lassen, er jault anklagend. Es gibt auch eine indignierte Katze namens Claire mit eng beieinanderliegenden blauen Augen, die pfeift wie ein Vogel. Nach einem fast menschlichen Klagelaut – *üüüü* – glissando diminuendo, als würde sie in Ohnmacht fallen – beginnt sie, sich rhythmisch zu krümmen, und kotzt auf den Teppich. Niemand wischt es weg. »Sie verträgt die Unruhe schlecht«, erklärt Erich.

Ich gehe auf den Balkon, um zu rauchen. Erich folgt mir. Wieder schüttelt mich die Heimatlosigkeit, aber mehr noch das Bedürfnis nach Ruhe. Deswegen klage ich nur maßvoll.

Sylvia taucht kurz auf und knallt einen Aschenbecher auf den rostigen Balkontisch. Ich bemerke, daß Erichs wasserhelle Augen sich mit Ausdruck füllen, wenn er sie ansieht, ausgerechnet sie, die gehetzte Sylvia mit den abgebissenen Fingernägeln. Kaum dreht er mir das Gesicht zu, leert sich sein Blick wieder, als verberge sich seine Seele reflexhaft vor mir. Ich kenne ihn gar nicht, merke ich. Jahrzehntelang brachte er mich in Verlegenheit durch seine Sehnsucht, jetzt schüchtert seine Unnahbarkeit mich ein.

»Mach dir um uns keine Sorgen, wir kommen zurecht«, sagt er.

Ein Kind heult. Er lauscht nach drinnen.

Claire, die Katze, springt auf den Tisch neben den Aschenbecher und pfeift: *üüü!*

»Sie hat Hunger«, erläutert Erich. Zu Claire sagt er: »Erst frißt du deine Kotze auf!«

Nach längerem, vorwurfsvollem Zögern folgt sie dem Befehl.

Ich zünde mir eine neue Zigarette an.

»Wir müssen Berna besuchen«, sagt Erich.

»Ach so, Berna, wie geht es ihr«, frage ich bang.

»Sie braucht Hilfe.«

»Wann hätte sie keine gebraucht.«

»Wann hätte sie welche bekommen.«

Für einen stummen Mann war das ziemlich schlagfertig. »Es

würde ihr wenig Freude machen, mich zu sehen«, sage ich erschrocken. Berna haßt mich, zu Recht. Gott sei Dank löst dieser Gedanke etwas bei mir aus, etwas Entlastendes – Selbstmitleid, »Wirklich«, sage ich mit bebender Stimme, »als ich sie das letzte Mal anrief, fing sie an zu schreien. Es würde ihr den Rest geben, mich zu sehen.«

Von drinnen Geheul. Erich stürzt in die Wohnung. Ich rauche die Zigarette zu Ende und danach noch eine, bis der Lärm nachläßt.

Linda hat sich im Klo eingesperrt und den Schlüssel abgezogen, kann nicht mehr raus. Erich sitzt mit gespreizten Beinen auf dem Boden, die Schulter am Rahmen, und spricht mit weicher, tiefer Stimme durch die Tür. »Wo ist denn der Schlüssel? Du hast ihn doch nicht aus dem Fenster geschmissen?«

Gedämpftes Wimmern: »Na-aein!«

An der Wand sehe ich ein Foto meiner Lotte, das einige Jahre alt sein muß: Als glühende Oma hält sie den verquollenen Zwerg Lukas im Arm. Neben ihr hockt ein Mops mit Fledermausohren, offenbar der Vorfahr des augenblicklich hier tobenden Getiers. Mich schwindelt angesichts dieses Wirbels von entstehendem, brüllendem, vergehendem Fleisch.

»Linda«, spricht Erich deutlich durch die Tür, »der Schlüssel ist also bei dir im Badezimmer. Siehst du ihn?«

Schluchzen: »Jaaaa …«

»Hast du ihn in der Hand? … Heb ihn auf. Siehst du, auf der einen Seite ist ein Loch, auf der anderen ein Bart …«

Hat sich auch seine Zunge vor mir verborgen?

Lukas kommt barfuß aus dem Kinderzimmer, ein gewelltes Papier in den Händen. Er schaut schüchtern auf mich, doch ängstlich auf den Vater: Sein Wasserfarbenbild für den Opa braucht Vatis Segen. »Nicht Wasserfarben«, kommentiert Erich, immer noch mit dem Ohr an der Tür auf dem Boden sitzend, überraschend streng, »Aquarellfarben heißt das! Na, da hast du aber das kälteste Blau genommen, das es überhaupt gibt. Wie kannst du das am besten korrigieren? Und warum gehört dorthin eine Komplementärfarbe?«

*

Berna hatte endlich Arbeit gefunden und gleich wieder verloren: Kündigung während der Probezeit. Bernas ganzes Leben verläuft im Takt von Kündigungen und unglücklichen Lieben, leider. Einst hat auch Berna zur Kunst gestrebt und ein paar Jahre lang als Schauspielerin in der Provinz erstes Fach gespielt, bevor sie sich mit allen überwarf. Jetzt arbeitet sie, wo man sie nimmt, ist unzufrieden, rechnet immer mit dem Schlimmsten und beschwört es herauf. Erich referiert in gedämpftem Ton: Berna klage gegen die jüngste Entlassung und habe sich hoffnungslos in den Rechtsanwalt verliebt. Ich werde den Teufel tun und hinfahren, es würde alles noch schlimmer machen.

Was ist schiefgelaufen? Ich habe sie nie mißhandelt oder geschlagen. Sie interessierte mich einfach nicht. Ich haßte das Radio am frühen Morgen, nachdem ich bis in die Nacht gearbeitet hatte: *5 vor 7 Augen reiben / nicht mehr länger liegen bleiben, / weil der junge Morgentag / keine Trauerklöße mag.* Berna öffnete die Schlafzimmertür und drehte die Lautstärke hoch: *Pfiffikus ist auf der Stelle / auf der Kinderadiowelle / und wünscht euch einen frohen neuen Tag!* »Radio aus!« brüllte ich, aber die Familie schien sich verschworen zu haben. »Tür zu!« Nichts half. Ich verschloß die Tür, legte mich wieder hin, wünschte mich fort.

So wie heute morgen: den Frühlärm verschlafen, und als ich aufstand, war die Wohnung leer. Erich hatte gesagt, daß er zeitig mit dem Bus ins Atelier fahren würde, aber die Familie hätte da sein müssen. Sie war es nicht: Frau, Kinder und Hunde ohne Vorwarnung entwichen. Ich erwartete sie mit gemischten Gefühlen, hoffte vergeblich auf ein Frühstück, kochte endlich Kaffee und aß ein Butterbrot, bis Katze Claire auf den Tisch sprang und mich anstarrte. Als sie zu pfeifen begann, brach ich auf. In meiner Tasche fand ich den verspeichelten Stoffelefanten, um den die Köter gestern gezankt hatten. Einer von ihnen, wohl der freundliche Dobermann, hat ihn mir zum Abschied geschenkt.

Ich schleuderte den Elefanten beiseite. Dann war ich aber doch so gerührt, daß ich mein Honorar aus Schlema, die ganzen fünfhundert Mark, auf dem Küchentisch zurückließ mit einem Zettel, es sei für Berna.

Gutes Gefühl, trotz allen Versagens: ein Opfer gebracht. Wenig geklagt. Endlich wieder um mich selber drehend. Ich fahre rauchend im Porsche gen Norden, die Wolkendecke öffnet sich, Sonnenstrahlen schlagen durch die grüne Landschaft einen schrägen, dampfenden Schacht. In mir zittert eine ganz unglaubliche Hoffnung. Gestern abend, nachdem ich mit Erich zwischen den verwaisten Blöcken die Hunde ausgeführt hatte, rief ich von der Telefonzelle aus Sidonie an. Sie wirkte nicht überrascht; oder war sie beschwipst? Versehentlich ein Praliné gegessen? Sie kicherte.

»Glaubst du, daß man eine zweite Chance verdient hat?« fragte ich.

»Na klar!«

Es ist töricht, und sie meint es auch nur theoretisch, aber ich liebe sie dafür.

*

Für meine ersten drei Brandenburg-Lesungen bringt man mich auf einer halb renovierten kleinen Burg im Städtchen Strekosa unter, an der Spree. Die Burg ist ein Museum, das um sein Überleben kämpft, deshalb vermietet es ein Zimmer, für das niemand sonst Verwendung hat. Das Zimmer ist dunkel und schmal mit einer Liege, die fast seine ganze Breite einnimmt; man erreicht es von einem fensterlosen Gang aus, der zum Versammlungsraum des Gemeinderats führt. Die Toilette liegt einen Stock tiefer, die Dusche am anderen Ende des Burghofs.

Auch hier gibt es kein Frühstück. Ich beschwere mich bei der Verwaltungsdirektorin, die mir unumwunden erklärt, ich möge mich im Sporthotel auf der anderen Spreeseite verpflegen; außerdem sei das Rauchen in allen Räumen wegen Denkmalschutz untersagt. Eine Direktoren-Strulle mit harten roten Bäckchen, wie aus dem Armee-Klubhaus entsprungen – hätte ich nicht kurz zuvor im Versammlungsraum neben meiner Klause ein Faxgerät entdeckt, hätte ich randaliert. Nun schreibe ich per Hand ein Fax an Sidonie, und schon breiten sich Wärme und Zuversicht in mir aus. Sogar Begehren, ein sacht wachsendes geduldiges, ungewohnt sanftes Begehren. *Liebe Sidonie,* schreibe ich, *ich sehne mich nach Eurem Fehnschloß auf der Warf … Die Reise entspricht bisher nicht meinen Erwartungen, und es liegt nicht daran, daß diese etwa exklusiv waren …*

Die Lesung am Abend in Erkner verläuft undramatisch. Wenige Zuhörer. Ein Funktionär ehrt mich nostalgisch verschlagen, hinterher wird getrunken, und als ich nach Mitternacht in der Burg abgeliefert werde, taumle ich gleich zum Faxgerät, ob Antwort da ist. Tatsächlich!, mein Herz hüpft, da liegt sie, zwischen zwei Amtsfaxen, unschuldig, gewissermaßen leuchtend:

Lieber Henry, halte durch und komm gesund wieder! Wir vermissen Dich. Meine einzige Abwechslung ist ein elektronischer Zehnfingerschreibmaschinenkurs, den mir Robert verschafft hat, aus der DDR, das ist doch auch Lyrik, oder?

alf das as las ja kafka
die feile des ali sei lila
als ilse las lief lili ski

WIR VERMISSEN DICH, rekapituliere ich glücklich eins ums andere Mal, als ich im Bett liege, aber dann läßt ein anderer Satz mich hochfahren. Barfuß im Schlafanzug noch mal rüber zum Fax. *Wie kommst Du an einen Schreibmaschinenkurs von Robert?*

Na, er hat ihn auf mein Laptop überspielt!, antwortet sie am Morgen.

Das Wort *überspielt* alarmiert mich. *Muß ich mir Sorgen machen?*

Um Robert? Allerdings, scherzt Sidonie. *Er joggt bei der Bruthitze durch die Marschen, gefolgt von Mückenschwärmen. Und übrigens, ich mache Riesenfortschritte:*

> *olga liebt dieses wolgalied*
> *kollege oswald will das sowieso*
> *der erlöser erlöse alle er sei der erlöser der seele der elfriede*

Sidonie, unser Faxverkehr hält mich am Leben. Ich habe mich sogar rasiert. Und nachher lasse ich mir die Haare schneiden.

Was bin ich lächerlich. Was wäre ich ohne diese herrliche Lächerlichkeit. *Donnerwetter*, faxt sie zurück. *Jetzt kann ich mir ein Bild machen.* Und dann kommt ein ziemlich verwegener Satz: *Ich habe mich ja immer gefragt: Was macht ein einsamer Dichter auf Tournee, wenn er unruhig wird?*

Was macht ein Dichter, wenn er unruhig wird?

Er schiebt alles in die Kunst, hätte ich fast geantwortet. Ich tu's natürlich nicht. Erstens halte ich Sidonie für zimperlich, oder wünsche sie mir zimperlich. Entzimpert werden soll sie von mir allein, aber nicht per Fax. Außerdem stimmt es nicht, ich schiebe derzeit meine Unruhe nicht in die Kunst, sondern in meine, sagen wir, Träume.

Sidonie! faxe ich. *Auch einsame Dichter auf Tournee haben Glücksmomente. Heute früh fragte mich die Direktorin, eine richtige Kampf-Elfe der NVA, warum ich keine Performance mache.*

»Was meinen Sie mit Performance?« fragte ich.

»Ja, ich war in Kassel, da wanderte ein weißgekleideter Mann mit Hut durch die Straßen, und plötzlich liefen 50 Leute hinter ihm her, und das war eine Performance.«

Du siehst, meine Landsleute machen sich Gedanken; was bedeutet, daß die Kunst in meiner Heimat noch nicht am Ende ist. Morgen lese ich hier in der Burg zusammen mit ein paar knüppelharten DDR-Autoren, mit Steffen Rohr, den wir nur Kanonen-Rohr nannten, und Albert Rassel, seinerzeit als NVA-Rassel bekannt. Übermorgen aber geht's nach Frankfurt an der Oder, ebenfalls eine Gemeinschaftsveranstaltung, mit vielen Dissis ...

Was sind Dissis? faxt Sidonie.

Dissis sind Dissidenten, im Unterschied zu den Dogmatikern, den Doggis, will ich antworten. Aber plötzlich ist der Versammlungsraum abgeschlossen, und ich komme nicht ans Fax. Ich suche die Verwalterin, die auf Dienstreise ist, und rüttle an der Tür des Sekretariats, an der ein Zettel klebt: *Wegen Krankheit bis 15 Uhr geschlossen.* Ich wandere wie ein Tiger durch den Hof, bereit, jeden anzuspringen, der einen Burgschlüsselbund haben könnte.

Dann wird mir meine Lächerlichkeit bewußt, und ich beschließe, den Ort anzusehen. Es soll dreißig Grad warm werden heute, noch haben wir erst zweiundzwanzig, ich laufe also an Ententeichen entlang ins übersichtliche Zentrum. Strekosa hat allerhand zu bieten, lese ich im Reiseführer: eine berühmte vierschiffige Hallenkirche der Backsteingotik; eine ehemalige Mönchsherberge, in der Theodor Fontane eine Brotsuppe aß ...

Der Ort, der sich Stadt nennt, ist wie alle Städte hier teils verfallen, teils Baustelle, und hat nur im Zentrum ein paar perfekt renovierte Gebäude, zu denen wie überall das Rathaus und die Sparkasse gehören. Der Konsum heißt jetzt Aldi, der Wurstbräter Ali, das ist ein Türke mit Drehspieß. Der Marktplatz ist aufgerissen, orangeweiße Absperrbänder flattern im Wind, Arbeiter legen ein Kopfsteinpflaster an, ein Preßlufthammer dröhnt, Sand fliegt, gutes staubiges Brandenburg. Ich besuche die riesige Kirche, in der noch heute alle Einwohner Platz fänden, und wandere zur Mönchsherberge, die geschlossen ist. Auf dem Rückweg zur Burg finde ich sogar einen Friseur, *Tina's Haarstudio.* Ich schaudere kurz vor dem angeblichen DDR-Apostroph, kann ihn selbst nicht mehr lesen, ohne mich zu schämen, und schäme mich meiner Scham. Trotzdem gehe ich hinein, da ich's Sidonie versprochen habe. Dunkle Bude, Treppe rauf, muffig, Tapete mit Stockflecken, wirkt eher wie eine Geldwaschanlage. Oben aber in einem kleinen Zimmer gibt es tatsächlich einen Stuhl, einen Spiegel und eine Tina, die mir die Haare schneidet und sich dabei mit ihrer Hüfte an mich preßt, was ich so erotisch finde, daß ich Tina auffordere, immer kürzer zu schneiden. Hinterher meint sie: »Wenn Sie gleich gesagt hätten zwölf Milimeter, wär's schneller gegangen.« Es kostet neun Mark fünfzig, ich gebe fünfzig Pfennig Trinkgeld und fühle mich als Held.

Held auf der Straße! Natürlich einsam, keiner kennt mich, niemand redet mit mir. Zurück zur Burg. Zweistufensprünge in den ersten Stock. Versammlungsraum noch immer geschlossen! Bestürzt ins dunkle Zimmer, unerträglich. Hinaus in den Burghof. Alle Plakate buchstabiert. Mit Grausen und Entzücken erkannt: Diese Burg ist das Zentrum der Strekosaer Kultur! Mit Grausen und Entzücken einen Brief an Sidonie geschrieben, auch wenn ich ihn noch nicht abschicken kann:

Liebe Sidonie, diese Burg ist das Zentrum der Strekosaer Kultur! Hier gibt's nicht nur Freitagabend Tanz, nicht nur Sams-

tagnachmittag Operette, nein, auch Gundermann, der singende Tagebau-Kranfahrer, tritt demnächst auf mit seiner Band »Seilschaft«, und die Woche drauf der Showmaster Quermann (»Herzklopfen kostenlos«), ein fettleibiger Entertainer mit vernuschelter Stimme, eine Art DDR-Juhnke. Die Clowns Mensching und Wenzel, der eine seriöser Lyriker, der andere Agitschleuder, und beide links von links. Alles alte DDR-Ikonen, von mir totgeglaubt! Sind wieder da, und sicher werden sie bald miteinander die Brandenburg-Hymne singen, die da lautet: »Steige hoch, du roter Adler!«, ganz schöne Schweinerei, was?

*

Um 15 Uhr ist die Sekretärin wieder gesund und öffnet den Versammlungsraum. Während ich mein Fax in die Maschine schiebe, tritt ein Pulk älterer Herren ein, der lokale Schriftstellerverband, der mich sogar erkennt und wehmütig begrüßt, man bietet mir einen Stuhl an, obwohl ich nicht Mitglied bin, und ich, weiterhin entsetzt und entzückt, beobachte das Defilee der alten Helden: Marius Kley, in einem Dederon-Ringelpullover der 60er Jahre, war zu DDR-Zeiten ein ehrenwerter Schriftsteller, der sich gelegentlich sogar mit der Staatsmacht anlegte. Jetzt drängt er sich verschämt und geistesabwesend in diesem Bezirks-VS mit dem halbverrückten Tim Sprotte, dem Ex-Ministralen Tauentzien und anderen Betonköpfen; wohl um überhaupt eine Heimat zu haben. Betretene Altgenossen und abgewickelte Freigeister am Existenzabgrund.

Weltmännisch wirkt nur NVA-Rassel, ein echter Armeeoffizier: entspannt, kontaktfreudig, übrigens ziemlich elegant westlich gekleidet. Kanonen-Rohr im Pilotenjäckchen, Koteletten, kräftiger Baß, führt die Versammlung. Es geht um die unaufhörlich sich verschlechternden Bedingungen für Künstler in den neuen Bundesländern.

»Genossen!« sagt Rohr, die Anrede ein sichtlich genießerischer Scherz. »Wir wissen jetzt, wie die Freiheit aussieht. Früher mußte jedes eingesandte Manuskript vom Verlag binnen zwei Wochen bestätigt und binnen zwei Monaten bewertet werden, sonst galt es als angenommen. Heute wird die Einsendung überhaupt nicht mehr bestätigt, und auf die Bewertung kann man Jahre warten; hat man Glück, trifft nach Monaten ein hektographiertes Ablehnungsschreiben ein ... Früher hatte jeder Verlag zwanzig Lektoren, die jeweils nur fünfzehn Autoren zu betreuen hatten, von denen jeder alle zwei Jahre ein Buch schrieb. Die Lektoren begleiteten die Autoren zu Lesungen, brachten ihnen Blumen ans Krankenbett, hörten sich ihre Sorgen an. Jetzt sind sie überlastet und unwirsch. Eine Lektorin hat fünfzig Autoren am Hals, kümmern kann man das nicht nennen, abgesehen davon, daß Westlektoren ohnehin schwach in Orthographie sind ...« Man schmunzelt. Man seufzt. Eine gelähmte Solidarität breitet sich aus, kein Funke Revolution, eher wehmütige Selbstgerechtigkeit, in der man, unter seinesgleichen, sich ein bißchen gehenlassen kann.

In der Kaffeepause raunen sie über den Kollegen Kostja Schmidt, der gestern als IM enttarnt wurde. Kollege Rassel hat es in der Zeitung gelesen. Deshalb fehlt Schmidt heute, er hatte kommen wollen. Wo mag er sein? Vertrieben, verreist, abgetaucht, erhängt? Wie geht man damit um? Solidarisieren, kondolieren, ignorieren? Ich spüre fast körperlich das Hauptlaster der Schriftsteller, die Feigheit. Kannst dich begraben lassen, Schmidt, denke ich, von denen hörst du keinen Mucks. Sie seufzen. Sie tuscheln. Wann ist der nächste dran? Wer wird es sein? Wohin sich retten? Auf einmal begreife ich, warum sie mich hier dulden. Einer sagt zu mir: »Ich weiß, als P.E.N.-Mitglied hast du dich immer überlegen gefühlt.«

»Wieso?«

»Na, ihr wart ja die Elitekünstler, die Moralisten …«

Ich wiegle ab. Schon zieht er zwei Bücher aus der Aktentasche und bittet mich, ihn dem P.E.N. vorzuschlagen. Ich bin froh, als das Ende der Pause ausgerufen wird.

In der Versammlung wird über Kostja Schmidt nicht gesprochen. Themen sind wieder Druck, Verlag, Verdienst. Zwei der alten Genossen haben, von welchem Geld auch immer, einen Verlag gegründet. Die werden umschmeichelt. Sinn dieser Notgemeinschaft ist Publizieren um jeden Preis. Wer kann es ihnen verdenken? Ein Fisch, der nicht schwimmt, ist kein Fisch, ein Autor, der nicht schreibt, ein Nichts.

Später liest eine seinerzeit linientreue Romancière namens Taubenfeld einen Text vor, den sie kühn *Novelle* nennt. Handlung: Eine Frau wird von der Härte der kapitalistischen Welt auf den Strich getrieben. Erzählt wird aus der Sicht des Sohnes. Der Knabe beobachtet, wie Mutti, die zunächst nur an der Tankstelle arbeitete, anfängt, spätabends Männer zu empfangen … am Ende erhängt er sich hinter der Datsche am Apfelbaum. Das Ganze literarisch ohnmächtig, laienhafter Sozialkitsch, einer Autorenrunde eigentlich nicht zuzumuten. Alle müßten aufschreien, aber nein, sie lauschen mit demonstrativer Leidenschaft.

Ich meinerseits horche leidenschaftlich auf ein Lebenszeichen des Faxgeräts und schreibe, während die Kollegen schimpfen, auf meinem Briefblock an Sidonie: *Ich kann die Kollegen verstehen. Früher behaupteten wir unsere Wahrnehmung, wir boten die lautere Deutung im Gegensatz zur ideologischen etwa der Presse. Allein das Gedicht als solches war ein subversiver Akt. Die Stasi las gebundene Sprache als Code, und so bedeutete schon die Gebundenheit fürs Publikum Aufklärung und Unabhängigkeit. Jetzt ist es umgekehrt. Gedichte gelten nichts mehr, und unsere Prosa ist ideologischer als die der Presse. Ideologie ist aber der Tod der Literatur. Du würdest sofort merken, daß diese Taubenfeld-Novelle pures Handwerk ist, Unterhaltung zwischen Harry Thürk und Johanna Spyri. Klar, die Leute mögen das, vielleicht, weil sie die Versatzstücke wiedererkennen. Äußerlich stimmt es ja auch, nur die innere Wahrheit fehlt. Es ist wie im Försterroman: den Förster gibt's natürlich, der mit dem Dackel loszieht, und die Pipe brennt, und den Hirsch schießt er auch …*

In diesem Augenblick betritt der Lektor Grüneis den Raum. Ein dünnhaariger, weichgliedriger Mensch mit tausend feinen Fältchen im Gesicht und einer zärtlichen Stimme, dabei von bedeutendem Auftreten. Während er auf Wildlederschuhen um das Hufeisen aus Tischen schleicht und jedem die Hand drückt, erstirbt die Diskussion, alle schauen auf ihn, der weiterschleicht, als merke er es nicht. Jetzt steht er hinter mir und flüstert, indem er sich über meine Schulter zum Block auf meinem Tisch hinabbeugt: »Na Henry, schreibste jetzt Romane?«

*

Auch auf dieses Fax keine Antwort. Als alle Schriftsteller abgereist sind, halte ich's in der Burg nicht mehr aus. Und draußen an den Teichen schenkt mir der Abend noch eine Überraschung.

Sidonie, auf dem Weg zur Kneipe spürte ich im Fuß einen so jähen Schmerz, daß ich auf die nächste Bank fiel. Da dachte ich an Dich und verzichtete auf die Kneipe. Ich lauschte dem Quaken der Enten und schlug nach den Mücken. Und dann fing ich ein Gespräch mit einer uralten Frau an, die neben mir auf der Bank saß. Sie erzählte unversehens ihr Leben, und weil das eine Geschichte für Dich ist, habe ich zugehört.

Die Frau war siebenundachtzig, ein Häufchen Knochen und gerade noch funktionsfähiger Organe, das Auge matt, das Haar spärlich, ein paar weiße Strähnen um einen kahlen Kopf mit wunder Schläfe. Der Kopf wirkte so deformiert wie die ganze

Gestalt. Sie konnte nicht mehr gehen, deswegen saß sie auf dieser Bank in der Hoffnung, daß jemand aus dem Altersheim sie abholte. Wir machten uns bekannt. Ich schriebe in Gedanken ein Gedicht, sagte ich nicht ganz wahrheitsgemäß. Frau Scheuer schien, noch auf der Schwelle zum Jenseits, beeindruckt.

Warum spricht man beim Anblick nur junger Menschen Tiere Blumen vom Wunder des Lebens? Ist nicht auch diese Frau eins? Da pumpt ein müder Muskel noch ein bißchen wäßriges Blut durch mürbe Adern und belebt ein Gehirn, das achtzig Jahre Geschichte und Schicksal aufgenommen hat; ein Bewußtsein, das demnächst zerfallen wird, aber bereit ist, uns noch einen letzten Blick darauf zu gewähren, bevor die Tür zufällt.

»Nach Strekosa bin ich gekommen, da war ich vier.«

Die Burg war damals Kriegsgefangenenlager. Russische Soldaten malten auf die östliche Burgmauer eine große Ikone, die noch zwanzig Jahre später als Attraktion galt. Leute kamen angereist, um sie zu sehen, auch das Kind war hingerissen. Was zeigte das Bild? »Das weiß ich nicht mehr. Einen Engel oder so. Aber sehr schön.«

Kurz vor Kriegsende fiel der Vater.

Mit fünfzehn wurde sie Zimmermädchen im Hotel zum Schwan. Sie erinnert sich an den Mann, der immer mit dem Ponywagen zum Bahnhof fuhr, um mögliche Gäste abzuholen. Aber der wurde es nicht. Sie fand einen anderen Mann.

Wie fand sie ihn?

Sie tanzte mit ihm auf einem Betriebsfest, und danach lud er sie ein paarmal in die Gaststätte Ewald zum Bier ein.

Weshalb hat sie ihn genommen?

Sie weiß es nicht mehr. Sah er besser aus als andere? Nein. War er besonders nett? Nein. War er gütig? Sie denkt nach. »Nein.« Er war eben da, er suchte eine Frau, sie suchte einen Mann.

Von Beruf war er Holzfäller. Sie bekamen vier Kinder. Glück?

»Wieso Glück? Das machte man damals so.«

Kann sie sich an irgendein Glück erinnern?

Der Mann habe erzählt, wie schön es sei, wenn sie winters im Wald ein großes Lagerfeuer machten. Die Arbeiter zogen ihre gefrorenen Socken aus und hängten sie – nicht zu nah – neben das Feuer, und später, wenn sie sie trocken wieder anzogen, das war das höchste Glück.

Deutlicher erinnert sie sich ans Unglück. Die Nazizeit zum Beispiel. Es gab einen jüdischen Händler, bei dem durfte man nichts mehr kaufen. Die Schwiegermutter ging noch hin, sie selbst nicht mehr.

Warum nicht?

»Ich hatte Angst.«

Wovor?

»Schwierigkeiten.«

Mit der SA?

»Mit den Deutschen.«

Wer hätte sie verpfiffen?

»Es standen ja immer Männer vor dem Geschäft.«

Was für Männer? Von wo?

»Strekosaer.«

Dann wurden die Juden weggebracht. Wohin?

»Man sammelte sie und brachte sie nach Strackow, da war ein Lager. Wenn es bei Ostwind aus Richtung Frankfurt so eigenartig roch, ein bißchen nach Hufschmied, wußte man, das Krematorium hat Hochbetrieb.«

»Das wußten Sie?«

»Jeder wußte das.«

»Also hat es Ihnen jemand erzählt. Haben Sie es weitererzählt?«

»Darüber sprach man nicht.«

Inzwischen war Krieg. Der Ehemann wurde eingezogen, er

kam zweiundvierzig schwerkrank zurück. Frau Scheuer arbeitete bei der Post, um die Familie zu ernähren, so daß sie nicht bei ihm war, als er starb.

Als die Bombenangriffe begannen, sollten Frauen und Kinder evakuiert werden, aber es fuhren keine Züge mehr. Frau Scheuer setzte ihre vier Kinder und sieben Sachen auf einen Handwagen und zog aufs Land zu Verwandten. Aber die Verwandten hatten selber keinen Platz und auch nichts zu essen, deshalb kehrte die Familie in die zerstörte Stadt zurück, gemeinsam mit anderen abgewiesenen Evakuierten. Ihnen entgegen kam eine Handwagenkolonne. »Die wunderten sich: Alle ziehen fort, und ihr kommt her? – Ja, sagten wir, wo sollen wir sonst hin?«

In der Stadt war inzwischen die russische Armee.

Familie Scheuer bezog wieder ihr Häuschen. Die Fenster waren eingeschlagen oder herausgebrochen, doch die Mauern standen, und das Dach hielt dicht. Zu den wenigen Männern, die in der Stadt geblieben waren, gehörte der Schwiegervater, der wollte beim Wiederaufbau helfen.

Es kam anders. Am Morgen wurden alle Männer von den Russen zum Aufräumen auf den Marktplatz bestellt. Auch der Schwiegervater ging hin, mit seinem Uniformmantel aus dem ersten Krieg, und wurde, so wie alle, verhaftet. Man brachte sie in Kellern unter.

Warum im Keller?

»Eine Nachbarin fragte: Hörst du die Nachtengel schreien?«

Nachtengel?

Die Gefangenen wurden nachts gefoltert.

»Tja, leider«, murmelt Frau Scheuer, »dann war wieder nichts.«

Was, nichts?

»Wir Frauen standen wieder alleine da.«

In ihrer Ratlosigkeit bat sie die Mutter um Hilfe, »aber die wußte nicht mehr richtig Bescheid.«

Was heißt das?

Die Mutter reiste aus Storkow mit der Bahn an, auf dem Rücken eine Kiepe voll Gänsefedern für die Kinder.

Warum Gänsefedern?

»Ja, eben.«

Eines Tages, als Frau Scheuer von der Arbeit nach Hause kam, sah sie die Mutter vor dem Haus Löcher graben, um Bäume zu pflanzen. »Damit nachher alles weitergeht.«

Frau Scheuer zog allein die Kinder auf, »die mußten da durch, ob sie wollten oder nicht.« Sie überlebten und lernten Berufe, heirateten. »Jetzt sind sie alle fortgeflogen.«

Sie blieb allein.

»Letztes Jahr ungefähr« kam sie ins Heim. Sie erinnert sich, daß sie zu Hause auf dem Boden lag und schrie und keiner kam. Danach überredete die Krankenschwester sie, ins Heim zu gehen. Kann sie sich dort mit Leuten unterhalten?

»Ja, aber es werden weniger.« Überraschend: »Wir gehen ins Nichts.«

»Wenn Sie Ihr Leben wieder leben dürften, würden Sie das wollen?«

»Unter den Bedingungen nicht.«

»Unter welchen Bedingungen hätten Sie es gewollt?«

Frau Scheuer wird unruhig. »Habe ich was Falsches gesagt?«

*

Auf dem Weg nach Frankfurt an der Oder meine ich plötzlich zu zerfallen. Das heißt, ich habe mehrere Gefühle, die zunächst noch sich ergänzen: Ich bin feierlich gestimmt, lebhaft entsagungsvoll, wehmütig erleichtert, zuversichtlich furchtsam. Ich flechte in Gedanken zwischen Frau Scheuer und Sidonie ein buntes, pastellenes Band aus Tapferkeit und Schicksal, Zartheit und Mut. Ich bin sogar ein bißchen erregt. Dann zerreißt das Band. Meine Gedanken beginnen zu springen, daneben, erreichen nichts, alles auseinander, kein Halt. Als platzten die Bilder, als strömte Blut über meine Netzhaut, ich muß bremsen, weil ich die Straße nicht mehr sehe. Frau Scheuer – ins Nichts, Sidonie gleichgültig, wie konnte ich annehmen, ihr liege was an einer halberloschenen Greisin vom Müllhaufen der Geschichte? Auch heute keine Nachricht. Warum läßt sie mich im Stich? Warum läßt sie mich im Stich? Antwort: Ich bedeute ihr nichts. Die lebhafte Faxerei war ein Geschäker aus Langeweile, *es ist ein Vergnügen mit Dir zu korrespondieren, Henry, du bist so unterhaltsam!* Unterhaltsam! Ich springe aus dem Porsche und irre über den Seitenstreifen, jedes vorbeirasende Auto ein akustischer Schlag, was hetzen die, wo kommen die her? Halt aus. Ja, Henry, du bist ein Pausenclown. Fahr weiter und hol dir dein Gnadenbrot. Ich fahre weiter. Gib Gas. Zu schnell, Blitz aus Starenkasten, wütend. Wut? ist gut, gibt Kraft. Fahr in das verdammte verkommene Frankfurt, hol dir dein Ränftchen Gnadenbrot, kehr zurück und erschieße Sidonie.

*

Der Weg zum Gnadenbrot ist schwierig: Ich komme in eine unbekannte Stadt. Das Zentrum eine Baustelle, Einbahnstraßen umgedreht, kein Parkplatz, Straßen verstopft, ich stelle den Porsche in Bahnhofsnähe ins Parkverbot. Natürlich verlaufe ich mich. Früher wurde ein Schriftsteller am Bahnhof empfangen und zum Hotel geführt, eine Kulturhauskollegin wich ihm nicht von der Seite und dirigierte ihn unauffällig um die Kneipen herum. Heute kann er sehen, wo er bleibt. Wo bleibe ich? Wie kenne ich mich aus ohne das Einheitsgrau der Fassaden, den Schlagschutz über den Türstöcken, die Fallrohre, durch die der Regen auf die Straße stürzt? Ich habe eine Adresse, aber wahrscheinlich sind hier wie überall die Straßennamen geändert. Meine Wut steigert sich, als ich das Hotel finde: Es ist gar keins, sondern ein umgewidmeter Flachbau, auf dem immer noch die Aufschrift *Haus der Jugend* prangt. *Pension Viadrina* steht nur über dem Eingang. Auf der Fassade eine mauerfüllende Zeichnung: Lächelnde Werktätige treten, FDJ-Banner schwenkend, auf den Betrachter zu. Unter dieser Phalanx steht auf einer meterlangen geschwungenen Girlande in Großbuchstaben: LASST UNS PFLÜGEN, LASST UNS BAUEN, LERNT UND SCHAFFT WIE NIE ZUVOR. Ein Gruß von Johannes R. Becher, dem Vater meines Literaturinstituts, das ist historische Ironie; nein, Hohn. Ich betrete die triste Vorhalle. Ein handgemaltes Schild *Essensausgabe* weist in einen breiten Gang, an dessen Fensterseite auf Drahtstühlen Werktätige mit Alubesteck an Sprelacart-Tischen Brühnudeln und Linseneintopf löffeln. Eine quadratische Durchreiche gibt den Blick in die Küche frei. Gelbliche Kacheln. Ockerfarbener Linoleumboden. Ich möchte speien.

»Wo ist die Rezeption?« frage ich eine verschwitzte Köchin.

»Rezeption ham wa nich!« Sie reicht mir über die Theke einen Schlüssel, an dem ein ausgelaugtes Holzstück mit einer Nummer hängt. »Rückgebäude, dritter Stock.«

Natürlich gibt es keinen Lift. Ein versifftes Arbeiterwohnheim! Zelle fünfzehn, Schaumstoffmatratze, Dusche und WC auf dem Gang. WUT! Zwei Nächte hier: Hart, Dichter, ist dein Gnadenbrot, und bitter der Schlaf des Versagers.

Meine erste Veranstaltung am Abend ist vor Schülern in einer Aula – Riesenunruhe, offene Türen, »hey haste nicht« und »du mich auch« und »ich mach jetzt Vokabeln«, ein Kommen und Gehen, nach dem dritten Gedicht verlasse ich das Podium – Gottseidank sitzen da mehrere Schriftsteller, so daß ich entbehrlich bin, welche weiß ich nicht, ich bin bereits zu betrunken, um jemanden zu erkennen.

*

Heute die letzte Lesung. Allerdings: noch ein ganzer Tag in Frankfurt an der Oder, was macht man da, bis die Kneipen öffnen? In den Lennépark? Klein und verwahrlost. Die Stadt selbst? Aufgerissenes Kopfsteinpflaster, bröckelnde Häuser mit schrundigen Mauern, überall Baugerüste, die über die Gehsteige reichen, man verirrt sich in diesem Gestänge, Gerüste, von denen der Regen tropft, Schutthaufen. Ins Arboretum nach Neuberesinchen? Wie kommt man hin, was bringt's, vergißt man sowieso alles. Also ins Kleist-Museum. Vergleichsweise gepflegtes Barockklötzchen am Oderufer. Auf der anderen Flußseite melancholisches, nasses Heideland. Hinüber nach Polen? Die Brücke ist wie die ganze Stadt zugestaut von Autos, die nach Slubice wollen, billig tanken, Bratwurst essen. Porsche: wahrscheinlich Strafzettel, und wo steht er überhaupt? Nein, Museum. Kleist.

Kleist habe ich bei jedem Frankfurtbesuch Reverenz erwiesen. Jedesmal las ich in der Biographie-Abteilung die leidenschaftlichen Briefe des Dichters. Früher mit Entzücken über diesen Berserker des Nominalstils. Meine Bewunderung galt der wüsten Luzidität, der Schärfe im Taumel, der bizarren Erotik, ja, sogar der exzentrischen Moral; vor allem aber dem machtvollen Ausdruck, ich spürte fast körperlich seine befreiende Kraft. Allmählich mischte sich in die Bewunderung Bedauern: das Benennen eine wirkungslose Waffe gegen die rohe Welt, deren Heillosigkeit auf die Sprache übergriff. *Wo ist der Platz, den man jetzt in der Welt einzunehmen sich bestreben könnte, im Augenblicke, wo alles seinen Platz in verwirrter Bewegung verwechselt?* Noch später Trauer: Die Waffe richtete sich gegen den Dichter selbst, sie hat ihn nicht nur nicht gerettet, sondern vernichtet. Zuletzt

Angst: Hier vollzog sich ein Gesetz, das auch mich betrifft. *Die Wahrheit ist, daß mir auf Erden nicht zu helfen war.* Von dort direkt in die Kneipe.

Am Nebentisch sitzt ein aufgekratzter rothaariger Säufer mit wolligem, glänzendem Prophetenbart. Er kichert, gießt nach, grinst mich an, schüttelt den Kopf, prustet. Soll ich mich prügeln? Er ist einen Kopf größer. Während ich ihn taxiere, greift die bleierne Woge der Einsamkeit nach mir, ich sitze gelähmt … Kann kaum die Augen offenhalten.

»Mann, Henry, erkennste mir nich?«

Ich schüttle den Kopf.

»Ick hätt dir ooch nich erkannt, so jeschoren … Bei mir is umjekehrt, früher hatt ick keen Bart …«

»Ich erkenne niemanden«, sage ich trostlos, »ich bin blind.«

»Dafür kuckste zu böse … Hey, Henry, ick bin Theo Hünemörder!«

O Schreck. Mein Kollege, der Dramatiker, der sich seit zwanzig Jahren totsäuft. Warum ist der so munter? Und wie kommt er hierher?

»Na jenau wie du!«

Er setzt sich zu mir. Auch er sei abgestürzt, erzählt er, nach einer soliden Phase, in der er sogar einen Sohn gezeugt habe. Auch ihn verließ die Frau. »Ehrlich, und ick weeß nich mal, wegen wem!«

»Du weißt nicht, wer sie dir ausgespannt hat?«

»Ick weeß nich, mit wem ick se betrogen hab!«

Theo besitzt eine Datsche, eigentlich eher einen Container ohne Wasser, ohne Strom, auf einem Sandhaufen in Brandenburg. Dorthin zieht er sich seit Jahren zum Schreiben zurück. Einmal kam seine Frau aus Berlin, zählte die Präservative in der Schublade und verließ ihn, weil drei fehlten. Und er weiß nicht mal, mit wem er die verjubelt hat. Wahrlich ein Mißgeschick.

Er rätselt über seine Gedächtnislücken. Kürzlich lernte er eine Dramaturgin vom Berliner Ensemble kennen, die behauptete, mit ihm per Du zu sein. Tatsächlich kannte sie seine ganze Lebensgeschichte. Sie sagte, er habe sie im Auto von Berlin nach Beeskow mitgenommen und ihr alles erzählt. Er habe sich verfahren und sogar eine Freundschaftserklärung abgegeben. Er aber war so besoffen, daß er sich Tags darauf nicht erinnerte: weder an das Gespräch, noch an die Fahrt, noch auch nur an die Frau. Er kichert, was ich zunächst sportlich finde, auf die Dauer aber übertrieben. Er kichert wie ein Geistesgestörter, ehrlich gesagt.

»Was gibt's zu kichern?« fahre ich ihn an.

»Ick frag mir seit Wochen, wie man n Nebenbuhler umbringt, wa! Und hier bei mei'm Kumpel klopft an der Hintertür n Russe und bietet Benzin an, faßweise. Nee, sar ick, Benzin brauch ick nich, bin die Fleppen los. Aber haste nich ne Kalaschnikow? – Kalaschnikow, klar, sagt er. Kost 315,45 Mark. Und während ick mir noch den Kopp zerbreche über die 45 Pfennije, erklärt er, er hat ooch Granaten und Kanonen im Sortiment, und allet übrije bis zu Schwimmpanzern ...«

Das interessiert mich. »Und, hast du die Kalschnikow?«

»Nee, wie sollt ick die bezahlen?«

Sein Konto wurde gesperrt, er mußte Sozialhilfe beantragen.

Wir bestellen zwei Runden auf einmal; kurze Mißstimmung, als die Kellnerin sich weigert, mir eine Schachtel Marlboro zu bringen. »Könn Se sich selber holen, bei die Toilette!«

»Ich habe keine Münzen!«

»Da ham Se fünf Mark, setz ick uff die Rechnung!«

»Unverschämt!« schimpfe ich. »Das wird hier nie was!«

Theo schüttelt den Kopf. »Mann, in wat für ner Welt lebste eijentlich?«

Er hat immer naiver getan, als er war. Die Berliner Proletennummer schützte ihn im Arbeiter- und Bauernstaat. Wenn die Organe ihm seine Reden vorhielten, antwortete er: »Da muß ick besoffen jewesen sein!«, was nachprüfbar stimmte. Aber wie überlebt so einer im harten Kapitalismus?

Na, sein Kumpel vom Theater hat ihm eine Serie von Shakespeare-Übersetzungen aufgetragen. Da kriegt er von jeder Abendkasse Tantiemen.

Kann er Englisch?

»Wat denn, woher denn?« Er verwandelt ältere Übersetzungen in einen frischen, zeitgemäßen Ton. »Trauste mir det zu?« O ja. Wir stoßen darauf an.

Seine Hochform erreicht er in den Rüpelszenen. Wörter wie *Seichtbold* und *Trockenbachstelze* ersetzt er mit *Flachwichser* und *Dünnbrettbohrer.* Das hat er drauf. *Kerl, dich schleif ich, bis dir das Wasser in der Fuge kocht! – Wart ab, ich haue dich zu Puppenlappen!*

Ein Anflug von Traurigkeit: Er hat gute eigene Stücke geschrieben. Früher – früher! zu DDR-Zeiten – wurden sie wegen Brisanz nicht aufgeführt, jetzt – fünf Jahre später – werden sie wegen mangelnder Brisanz nicht aufgeführt. Ist es da nicht legitim, daß er sich von Shakespeare raushauen läßt? Er grinst traurig.

Und schlägt mir auf die Schulter. »Hey Mann, wat war die DDR interessant! Wer im Irrtum lebt, hat ein Irrtums-Schicksal, aber es bleibt immer noch ein Schicksal, wa?«

Haben nicht auch unsere Erinnerungen starke Farben? Der Aufbau in Mangel und Hoffnung. Dampfbetriebene Eisenbahnen, die regelmäßig vor Hügelkuppen verreckten. Waggons aus der Kaiserzeit, deren Abteile nur von außen zu betreten waren, der Schaffner hangelte sich auf dem Trittbrett von Abteil zu Abteil. Nachkriegszivilisation mit *Leningrad*-Fernseher, einem großen Kasten mit ganz kleinem bläulichem Schirm. Unvergeßlicher Eindruck: ein Kriegsfilm – Titel vergessen. Wie die SS in Berlin den Nord-Süd-Tunnel der S-Bahn flutete. Tausende Menschen, die dort Schutz vor den Bomben suchten, ertranken. Ein Hund kletterte auf einen schwimmenden Koffer und blieb oben, bis die Flut die Decke des Schachts erreichte und Hund und Koffer unter Wasser drückte.

Erste Liebeserfahrungen!, will Theo da schon gemacht haben, mit sechs! Eine andere Generation, da war alles schon lockerer. Ich wartete angstvoll, gierig und böse bis zu meinem zwanzigsten Jahr. Theo aber genoß die Kinderfreiheit dieser Nachkriegsjahre, in denen die Eltern mit dem Aufbau beschäftigt waren. Die Städte, durchsetzt von Freiland und Brachen, Abenteuerspielplätze. Kindersex in einer bewachsenen Ruine: Durch Gestrüpp gelangte man in den Keller. Man reichte sich Bonbons von Mund zu Mund. Ein Mädchen namens Liese nahm auch Frösche und Kaulquappen in den Mund, für zehn Pfennig. Das war viel. Für einen Groschen bekam man eine Süßstange, oder zwei Stück Lakritz, oder zwei Brausepulver.

»Von da an ging's bergab. Und jetzt? Ick hätt doch sollen die Kalaschnikow kaufen.«

»Oder wenigstens ne Makarow.«

»Wie, haste ooch 'n Nebenbuhler?«

»Noch nicht.« Gequält.

»Ah, dein Luxusdorf? Und die Anjebetete trillert rum?«

Düsternis. »Wenn ich sie nicht bald vögle, wird es ein anderer tun.«

»Weeß sie denn, wie et um dir steht?«

»Nein ...«

Das heißt, ich bin nicht sicher. Was soll ich tun? Ihr ein Fax schreiben ... ihr ein Fax schreiben: *Was, wenn ich anfange, dich zu lieben?* Ich sehe sie vor mir, wie sie die Antwort kritzelt, verschmitzt, selbstbeglückt: *Vorsicht, Gefahr!* und ich antworten muß: *Zu spät.* Was für eine Peinlichkeit. Am öffentlichen Fax, jeder kann mitlesen. Schon meine bisherigen Faxe konnte jeder mitlesen, aber die waren nicht peinlich, die waren Plauderei. Schämen müßte ich mich für den Ernst.

»Es ist zu spät«, sage ich.

Als ich aufstehe, um auf die Toilette zu gehen, dreht sich alles.

»Los, Mann! Geh zu ihr und laß deinen Drachen steigen!«

»Ich bin am Ende«, sage ich. »Warum sollte eine junge Frau mich nehmen? Wenn ich's überhaupt bis zur Rente schaffe, werde ich 621 Mark im Monat bekommen, das reicht nicht mal für die Miete …«

»*Sic transit gloria mundi!* Hey, Henry, mein Klassiker! Früher haste vom Weltruhm jeträumt, und jetzt geht dir die Muffe, daßtes nich zur Rente schaffst?«

»*Seit ich mein Grab sah, will ich nichts, als leben, / Und frage nichts mehr, ob es rühmlich sei.*«

*

An die Veranstaltung selbst habe ich wenig Erinnerung. Eine Mammutlesung von dreißig Schriftstellern, ein Abschlußmanifest der DDR-Literatur, von den Veranstaltern als Inventur bezeichnet, wozu Theo witzelte: »Von Inventur zur Insolvenz geht schneller als von Tripper zu Karenz.« Ein Schriftsteller nach dem anderen wurde aufs Podium geschickt – »Zehn Minuten!« – und las ein paar Seiten. Wer die Regie hatte, weiß ich nicht. Das Publikum bestand ebenfalls aus Literaturleuten, wahrscheinlich war kein einziger ehrlicher Frankfurter dabei. Ich bekam Szenenapplaus für *Der Tiefe Blühend Glücksstollen im Hinteren Grund*, wozu ich bemerken darf, daß meine betäubte Zunge alle Klippen der Bergwerkssprache meisterte, und erntete frohes Gelächter für ein paar hysterische Nachwendegedichte. Ich erinnere mich, daß in der anschließenden

Pause Wigald Herrlis, der seit langem verstummte Gedankenlyriker, mir mangelnden Realitätsbezug vorwarf. »Wie weit ist es mit dir gekommen! Das ist ja *Pop-Art«*, sagte er streng, »Auf diese Weise verarbeiten wir nichts!« – In dem Moment bemerkte ich ein Tablett mit Sektgläsern, das vorübergetragen wurde, und stürzte hinterher. Ich trank und griff schon das nächste Glas, da stand jemand neben mir, der mir die Antwort vorwarf, die ich Wigald Herrlis gegeben haben soll: »Dann schreib doch selber was, du Leiche! Mal wieder n Gedicht!«

Das zweite Drittel der Veranstaltung überstand ich nur mit Mühe. Als der besoffene Theo auf die Bühne geschoben wurde, kamen Pfiffe und Zwischenrufe aus dem Publikum: »Wer bist du Arschloch?« Später stellte sich heraus: Theo sprang für den erkrankten – oder noch betrunkeneren – Walter Pandur ein. Er hatte das nicht gewußt. Er wankte zu dem kleinen Tisch, der mitten auf der Bühne stand, und verlor fast das Gleichgewicht, als er, sich um sich selbst windend, in Hosen, Hemd- und Jackentaschen seine Lesebrille suchte, die er bereits auf der Nase trug. Zum ersten Mal wirkte er erschüttert. Er fiel auf den Holzstuhl und sagte trotzig: »Ick will hier jetze lesen. Dazu bin ick hier.« Der Tumult löste sich in Gelächter, und Theo las, ich weiß nicht mehr was. In der nächsten Pause trat eine alte Dame mit elfenbeinfarbenen Strähnen im dunklen Haar auf ihn zu und reichte ihm die Hand: »Entschuldigen Sie bitte meinen Zorn vorhin. Ich dachte, Sie seien Walter Pandur.«

*

Ich erwache in meinem Arbeiterwohnheim um sechs Uhr früh und lache laut bei dem Gedanken, daß Theo Hünemörder mit Walter Pandur verwechselt worden ist. Ich lache so laut, daß im Nachbarzimmer einer mit der Faust gegen die Wand schlägt. Weiterschlafen unmöglich. Losfahren bei meinem Pegel ebenfalls. Als ich mich aufrichte, schlägt das Hirn so schmerzhaft gegen die Schädelwände, daß ich stöhnend zurücksinke. Das Leintuch ist naß. Eine Mücke attackiert pfeifend.

Schade, meine Sidonie! denke ich liegend, *daß du das nicht miterleben durftest! Walter Pandur hat seinerzeit mit einem parteikonformen Kriegsabenteuerbuch in unserer DDR einen Millionenerfolg gelandet. Danach nichts mehr von Bedeutung. Statt dessen hat er übermäßig gegessen und getrunken; er ist so groß wie Theo, aber dreimal so dick. Auf Lesereisen begleitete ihn stets die wachsame Gattin. Entkam er ihrer Kontrolle, soff er sich ins Koma. Legendär ist, wie er bei einer Lesung vom Podest fallend ein Fahnengesteck mit sich riß. Niemand warf ihm solche Streiche vor, er stand unter dem Schutz der Partei. Gelangte ein kritischer Leserbrief in die Zeitung, ließ Pandur es sich nicht nehmen, den Briefschreiber persönlich zu beschimpfen. Tja, das tut er jetzt nicht mehr. Seltsam, daß gerade die hemmungslosesten Karrieristen am genausten wissen, wie weit man gehen darf.*

Ich wanke über den Gang auf die Gemeinschaftstoilette, übergebe mich zähneklappernd, umklammere zitternd die Kloschüssel. Hilfe, welches Elend, selbstverschuldet, hilf, Himmel, ein letztes, ein letztes Mal. Warum so gesoffen. Pulsierendes Grauschwarz vor den Augen, rosa Blasen, Messerschläge in den Schädel. Das ist der Tiefpunkt. Wenn ich jetzt nicht sterbe.

Wenn ich aber sterbe. Wenn ich sterbe.

Sidonie.

Ich habe gesoffen, weil sie mir nicht geschrieben hat.

Aber vielleicht hatte sie zu tun? Vielleicht ist sie selbst auf Reisen? Ein Fax geht schnell verloren, und die Sekretärin dieser Strekosaer Burg war ein Biest. Hatte Sidonie nicht irgendwas von Lesungen im Breisgau erzählt, und ich habe nicht hingehört, weil ich mit mir selbst beschäftigt war?

Sidonies Bild leuchtet durch den anthrazitenen Nebel. Du!

möchte ich rufen. Verzeih mir. Ein Leben ohne Du ist nichts, ich war verloren, aber – nicht deine Schuld, auch ich habe versagt – ich habe nicht zugehört ...

Das bunte Bild so klar und fest, daß ich auf die Füße komme. Nur aufrecht gehen nicht möglich. Im Waschbecken Mund ausspülen. Wasser ins Gesicht mit vollen Händen. Es brennt. Kruste an der Augenbraue, Wasser färbt sich rot –

Im Spiegel mein Gesicht – entsetzlich. Entsetzlich weniger die Wunden als der Ausdruck. Kein Wort über den. Ein Zentimeterschnitt senkrecht durch die rechte Braue, Blut läuft über das Lid. Lippe geschwollen. Kinn aufgeschürft. Um Himmels willen. Gestürzt?

Ich hatte eine Schlägerei.

Jemand schrie: »Mach dich nicht unglücklich, Henry!« Jemand riß mich zurück.

Entsetzlich. Noch mehr Wasser. Gesoffen, Schlägerei. Alles im Nebel. Warum nur, mich unglücklich gemacht. Mit sechzig. Das Wort *Altersweisheit* muß eine Erfindung von Dichtern sein.

Ich kehre aufrecht in mein Zimmer zurück, reiße das Metallfenster auf, schnappe gierig nach Luft, stelle mich dem Gebrüll der Vögel.

Es war Wigald Herrlis. Ich war in der zweiten Pause gegangen und traf ihn in einem Lokal, mit anderen Kollegen. Er sprach über Marita, meine Frau ... was hat sie mit Wigald Herrlis zu schaffen? Was er mit ihr? Meine Ex, doch immerhin einst heftig meine Frau – mit Wigald Herrlis? Was hat er gesagt?

Er war mit ihr im Konzert!

Er war mit ihr im Konzert.

Ist es nicht egal, daß er mit ihr im Konzert war? Warum soll er nicht, wenn's ihn nicht langweilt und nicht sie. Liederabend Robert Schumann, warum nicht. Aber er hat was darüber gesagt.

Er sagte, sie sei rausgelaufen ... abrupt ... nämlich ... Ihr sei schlecht geworden, als sie im Programmheft ... das Wort *Dichterliebe* las.

Entsetzlich.

Sidonie! denke ich am offenen Fenster. *Jetzt bin ich durch. Ich will nicht mehr versagen. Ich werde nicht mehr klagen. Du weißt, daß ich maßvoll trinken kann. Maßlos trinke ich nur in der Verzweiflung. Wenn ich dich ansehe, bin ich stark. Bleib bei mir, daß ich dich ansehen darf. Ich werde dich die Literatur lehren. Und du mich das Leben.*

WARTEN

Schreib in offnem Gelände
uns beiden ein Stück
vom verstümmelten Ende
zum offenen Anfang zurück.

Werner Söllner

Sie ist nicht da. In ihrem Postkorb fünf Briefe und zwei Zeitungen – ich studiere die Poststempel. Seit mindestens drei Tagen verreist. Seit bloß drei Tagen. Mir kam die Zeit länger vor. Ich bin halb erschüttert, da ich sie entbehre, halb erleichtert, weil mein Gedächtnis nicht trog: Sie hatte ihre Reise tatsächlich angekündigt. Sie schrieb deshalb nicht, weil sie unterwegs war. Sie hat mich nicht mißachtet. Sie macht Lesungen und verdient Geld. Ist ja gut so – ich könnte sie ohnehin nicht ernähren.

Um halb zehn Dämmerung, noch oder schon? Es ist frisch und windig, ich esse allein auf meiner Terrasse Beutelsuppe, ich trinke nicht. Fledermäuse geistern um mich herum mit ihren unhörbaren Schreien. Auch hier im Norden werden die Tage kürzer. Der Höhepunkt des Sommers ist überschritten, dennoch bin ich fast glücklich. Ich fühle mich zu Hause. Draußen zwar keine Menschenseele, aber hinter den Fenstern Lichter. Alle arbeiten. Gut, daß niemand mich sieht. Mensch-Henry-wie-siehst-du-denn-aus, das brauche ich nicht.

Früh zu Bett nach zehnstündiger Fahrt. Fester, sauberer Schlaf. Morgens erquickt, Vögel, noch mal eingeschlafen. Traum von Maritas Vater, der nach einem beigelegten Zwist zwischen mir und Marita sagt: »Die überzeugendste Charakterentwicklung hat der durchgemacht, der vom Tisch weggeht. Aber das einzige, was ihr beide verdient habt, sind Grübchen.« Vater und Tochter haben Grübchen. Ich sehe zwischen ihnen hin und her.

Später träume ich, ich liege wie gefällt auf dem Rücken, und Marita kommt herein. Nein, es ist nicht Marita, zu breit, zu jung. Sie gleitet ins dämmrige Zimmer wie eine Krankenhausschwester frühmorgens, um Blut abzunehmen. Ich soll mich aufrichten und meinen Arm heben, aber ich kann nicht. Ich liege da und zittere. Sie sieht nüchtern auf mich herab – es ist Sidonie.

»Ich räume auf«, sage ich.

»Was?«

»Meinen Kopf.«

»Tu's nicht. Du schaffst das nicht. Du bist schwach.«

»Ich bin nicht schwach, ich bin schlecht.«

*

Laut Irene kehrt Sidonie am Sonntag zurück. Wieder prüfe ich ihren Postkorb. Diesmal liegen zwei Faxe darin, Rezensionen. Keine bedeutenden, den Überschriften nach das Übliche, eine lobt, eine tadelt. Aber eine ist mit Bildern, mehrere junge Autoren sind darauf, unter ihnen sie: die grauen Augen, zärtlich, erwartungsvoll, naiv – mein Gott, wie wunderbar, und das wird meine Frau! Ich gehe, dieses Foto memorierend, zu meinem Haus. Ich kehre um und nehme das Fax mit. Es in Händen zu halten erfüllt mich mit Wonne. In meinem Schafstall lege ich's vor mich auf den Kaffeetisch und später, zum Mittagsschlaf, mir auf die Brust. Da ruht es leicht wie ein Engelskuß, eine flaumige kitzlige Elektrizität durchdringt meine Haut und breitet sich in mir aus, daß ich zu schweben meine.

Die Besprechung, lese ich später, ist ein Verriß. Sechs Jungautoren werden abgehandelt, davon drei ungnädig, und über Sidonie gibt es nur einen Satz: »Als dann Sidonie Fellgiebel las, nahm die Langeweile existentielle Formen an, so daß die Zuhörer in Scharen den Saal verließen.« Ich bin entspannt, so was regt mich nicht auf. Ich werde sie trösten. Mit dem Blatt auf der Brust schlafe ich ein.

Es wird ein gutes Arbeiten. Korrekturen am Karatschinzew, schöne Einfälle, nach dem Tagwerk zufrieden zum Kamin. Ich habe mir ein Pflaster über die Braue geklebt, die Lippe ist noch geschwollen, das Kinn lila, aber ich bin rasiert und gefaßt. Man grüßt mich freundlich, ich lächle, überstehe würdevoll das Mensch-wie-siehst-du-denn-aus und setze mich an den Rand, da alle feuernahen Plätze belegt sind. Es ist nicht mein Abend und muß es nicht sein. Außer Gabriel sind ein paar Bildende da sowie eine neue Kollegin, ebenfalls aus dem Osten. Auf dem niederen Holztisch stehen mehrere Flaschen Bier und Wein und zwei Dosen Salzstangen. Ich beeindrucke mich selbst, indem ich drei Klare ablehne.

Gabriel hat das Wort. Gabriel seufzt, Gabriel schäkert, Gabriel säuft. Ich nicht.

Gabriel spricht mit Tränen in den Augen über Anna. »Ich kann nicht mehr mit ihr telefonieren, das ist schlimm. Und die Leitung nach oben steht noch nicht.«

Kann ich ihm beistehen, ohne zu trinken? Will ich es?

»Zum Trauern ist noch zu viel Trubel – Bürokratie, Beerdigung … Ich muß alles richtig machen«, sagt er mit Märchenstimme, »denn mit Sicherheit sieht sie von oben zu. Schwarzer Anzug und Jacke, weißes Hemd, schwarzer Schlips … Sie würde mir da nichts durchgehen lassen.«

Anna war katholisch. Gabriel zieht andächtig ein Faltblättchen aus der Brusttasche seines Cordhemds und reicht es mir. Aus einem schwarzgerahmten kleinen Farbfoto blickt Anna mich ratlos an: starke Brauen, dünne Lippen, hohlwangig, hochmütig ergebene Augen. *Wir trauern um ..., die Gott der Herr heute, versehen mit den Sakramenten unserer hl. Kirche, im Alter von 53 Jahren zu sich nahm.*

Anna wollte gern eine Messe für sich lesen lassen; allerdings war sie vor zwanzig Jahren wegen des Pillenverdikts aus der Kirche ausgetreten. Gabriel hat der Kirche tausend Mark gespendet, sozusagen als postume Kirchensteuer. Annas Heimatpfarrer meinte, in sechs Monaten könne das mit der Messe in Ordnung gehen. Der Pfarrer von Staverfehn könne sogar noch mehr entgegenkommen, wenn er sich erinnere, daß Anna jeden Sonntag die Heilige Messe besucht habe, lächelt Gabriel. Das habe sie wirklich, sagt er. Und er sei aus Liebe mitgegangen.

Die neue Kollegin, Lucie Materna vom Prenzlauer Berg, mir ein Begriff, sitzt im Halbdunkel neben dem Kamin, nicht nur äußerlich abseits. Eine jugendliche Vierzigerin mit Tigerleggins und entrücktem Vogelgesicht, die lächelt, als empfange sie eben ein Gedicht. Schöner Anblick: das offensiv Schräge und das gotische Zarte. Ein Anbetungsstück. Dunkles Haar wie eine Haube, Glanz. Hört sie zu? Kaum. Auf einmal umwölkt. Schlechten Satz im Kopf, falscher Rhythmus, schwaches Wort – konzentriert sich. Die spitze Nase wird noch blasser, eine Falte teilt die glatte Stirn. Lautloser Nervenkampf. Dann hellen sich die Züge auf. Mitten durch Gabriels Trauerrede gleitet sie katzenhaft zum niedrigen Tisch, greift eine Serviette, kehrt lautlos ins Halbdunkel zurück und beginnt auf dem schlanken, schwarzweiß getigerten Schenkel die Serviette zu beschreiben.

Vorhin, als ich mich bekannt machte, hat sie mit dunkelbraunen Vogelaugen erst links, dann rechts an mir vorbeigeblickt, nicht scheu, sondern zerstreut: »Henry Steiger ... aha ...«

Ich war verlegen, weil ich als Juror sie mal nicht bedacht hatte. Ob sie's weiß? Dabei hat mich ihre Lyrik beeindruckt, sie ist hart, strahlend; eigentlich bewundere ich diese hochsubjektive

Beziehung zur Sprache, aber ich verlor im Gestrüpp der Assoziationen die Autorin und mich. Was übrigens nur halb wahr ist.

Materna flog Anfang der siebziger Jahre von der Karl Marx Uni, weil sie sich für einen kritischen Kommilitonen eingesetzt hatte. Später kam sie als Unterzeichnerin der Biermann-Petition für ein Jahr in Haft. Das passierte den Namenlosen; niemand nahm von ihrem Opfer Notiz. Materna blieb zur allgemeinen Überraschung in der DDR und wurde Künstlerin. Auch nach der Wende ist sie meines Wissens nicht als Dissidentin aufgetreten im Gegensatz zu den ungeschorenen Juroren, die sich inzwischen ihres Mutes rühmten. Um uns nicht schämen zu müssen, disqualifizierten wir altherrenhaft Lucies *schrille* Nachwendepoesie und bedauerten scheinheilig, daß die Dichterin *konkret* geworden sei. Co-Juror Podersam zitierte so höhnisch ein *pornographisches Poem*, daß ich nicht widersprach, obwohl es mir gefiel. Es spielt in einem bulgarischen Hotelzimmer, sengender Tag, durch Lamellen einer Jalousie gestreiftes Licht, draußen Marktgeschrei Hupen Hundegekläff, das lyrische Ich will von einem Du geleckt werden. Dieses Gedicht übergehend erklärte ich, daß ich von Maternas *harter, strahlender Lyrik beeindruckt* sei und *diese hochsubjektive Beziehung zur Sprache bewundere*, und so weiter. Podersam zwinkerte: »Alter Lüstling.«

Was hilft's? Ach Materna, wie wunderbar sind junge Künstlerinnen, denke ich, grenzenlos erleichtert, daß Lucie sich für meinen Verrat nicht zu interessieren scheint. Schon stelle ich mir die mutige bewegliche Dichterin in einem bulgarischen Hotelzimmer vor, nackt in der Nachmittagshitze, von Lichtstreifen zerteilt, zu Leckendes zeigend. Ich lächle jetzt, befangen wie ein Jüngling, ich alter Esel. Und dann tritt der Materna-Gatte ein, ein blonder Riese mit Schaufelkinn. Der Lecker. Nennt einen Namen, den ich nicht kenne. Setzt sich breitbeinig. Fixiert mich streng. Sie beachtet ihn nicht. Aber daß ich sie beobachte, spürt sie. Er merkt's auch und knirscht. Armer Riese. Mit dieser Frau brauchst du starke Nerven.

*

Schwerer Nebel, Anfang August. Alles ersoffen in Weiß, nur das Geschnatter der Vögel bezeugt den Sommer. Nach Stunden erhebt sich Wind, der den Nebel vertreibt und mit dem Nebel die Wärme. Am kühlen Himmel hellgraue Wölkchen mit weißem Saum. Wind ohne Unterlaß. Gabriel bemerkt, in Küstennähe sei das Wetter instabil, bisher hätten wir's unüblich gut gehabt. Aber ich spüre den nahenden Herbst.

Vielleicht endet mit diesem Sommer auch meine jahrelange Talfahrt? Das Zurückliegende einschließlich meiner Osttournee erscheint mir plötzlich wie etwas, das anderen passiert ist. Und gleich mir scheinen alle ruhig geworden. Sogar Robert wirkt froh. Er bot mir Hilfe an, als ich auf meinem Rechner ein Gedicht nicht fand, und grub binnen Minuten fünfzig verschwundene Gedichtteile, Verse und Variationen aus, die ich verloren geglaubt hatte. Dann versuchte er mir den Unterschied zwischen Ordner und Datei beizubringen, wie immer viel zu theoretisch, ich mußte ihm klarmachen, daß ich keine Theorie brauche, sondern bloß meine Gedichte wiederfinden will. Aber ich wurde nicht grob, und er ging unbeleidigt. Er versprach sogar, bei neuen Notfällen wieder zu helfen.

Abends am Kamin ist die Stimmung besinnlich. Wichtigtuer Gideon ist abgereist. Dora, aus der Kur zurück, wirkt stiller, sogar belehrbar. Sie griff meine Sonderausgabe *Pechbrand*, die ich Video-Bernd leihen wollte, betastete sie und roch daran. »Ja, das typische Papierbleichmittel der DDR. Und ein stilloses Layout, der linke Rand zu schmal, die Seitennumerierung zu hoch, zu groß…« Bernd sagte: »Mir kommt es auf den Inhalt an.« Sie ließ ab.

Die Bildenden löchern uns unersättlich. »Hanoi?« fragt Bernd, den ich zu schätzen gelernt habe. »Du warst in Vietnam?«

Nein, Ha-Neu stand für Halle Neustadt. Ich seufze. Es tut mir gut. Kein Haß mehr auf die Vergangenheit. Ein Bedauern, daß wir nicht früher den Stöpsel gezogen haben. Aber deswegen alles auslöschen?

»Warum lebt ihr so sehr in der Vergangenheit?« fragt Natascha. »Eben noch wolltet ihr die DDR unbedingt loswerden, und jetzt redet ihr von nichts anderem mehr.«

Weil sie fort ist, herrliche Natascha, möchte ich sagen, schweige aber. Jeder ist seine Vergangenheit, aus ihr stammen seine Träume. Wenn sie plötzlich nicht mehr gilt, fehlt ihm was. »Nun, es fehlen uns konkret ziemlich wichtige Dinge«, sage ich laut. »Die Verlage sind weg. Die Lektoren sind weg. Die Leser sind weg, denn alle haben jetzt anderes zu tun als Lyrik zu lesen.«

»Willst du die DDR zurück?« beharrt sie.

»Nein, aber ich möchte was aus ihr gelernt haben. Warum hat sie sich so schnell aufgelöst, und auf diese Weise? Wenn sie im Nachhinein so läppisch wirkt, warum haben wir sie gefürchtet? Waren wir verblendet, haben wir was übersehen? Auch das Übersehene ist ein Teil von uns. War es ein höheres – oder tieferes – Gesetz, das des Alltags und des privaten Glücks?«

»Und jetzt dreht und wendet ihr sie so lange, bis sie rosa aussieht?«

Ich antworte nicht. Robert übernimmt. Ha-Neu, wie könnte ich das diesen Kindern erklären? Meine erste abschließbare Zweiraumwohnung mit Brause und WC, in den Fünfzigern. Plattenbauten für Leute, deren Dörfer dem Tagebau geopfert worden waren. Da viele Dörfler Bauern gewesen waren, fiel ihnen das Leben in Wohnblocks schwer. Fast jeder nahm ein oder zwei Tiere mit. Sie hielten Schweine in der Badewanne und Schafe auf dem Balkon, was zu verstopften Leitungen führte, zu Lärm und Gestank; Sie legten auf dem schmalen Sandstreifen zwischen Haus und Straße winzige Gärten an und kämpften mit dem Hausmeister, der andere Anweisungen hatte, um jeden Meter.

Warum haben wir das alles so gehaßt?

*

»Habt ihr eure Stasi-Akten gelesen?« will Dora wissen.

»Ich nicht«, sagt Robert.

»Warum nicht?«

»Mich interessiert nicht, was andere über mich denken.«

Alle sehen ihn ungläubig an.

Dora: »Möchtest du nicht wenigstens wissen, was du von anderen halten sollst?«

»Ach, das erkannte man eigentlich von selbst. Sie kamen ... einmal war's ne Frau. Eine Stasi-Frau«, sagt er nachdenklich. »Sie kam unter einem Vorwand in die Wohnung, als meine Gattin in der Arbeit war. Unverkennbar, unverkannt. Es ergab sich so. Mir machte das nichts aus, weil ich nicht erpreßbar war: Wir führten eine offene Ehe. Es war eine Grenzerfahrung, ganz intensiv. Danach lagen wir erschöpft, entrückt, als ein Gewitter begann. Hörst du das Gewitter? fragte ich, und sie sagte: Das geht doch schon ne Stunde.«

Ich schweige, da ich mit solchen Offenbarungen nicht konkurrieren will, aber das Thema setzt eine Serie schmerzlicher Gedanken frei. Was den Menschen zur Macht treibt, verstehe ich gerade noch, das ist die Ohnmacht, unser aller Teil. Aber warum der Mißbrauch? Bietet erst der den Kick? Mein langjähriger Spitzelfreund Hartwig etwa war der netteste Mensch. »Sei froh, daß ich es war, der dich bespitzelt hat«, erklärte er nach der Wende. »Denn ich habe dich beschützt.« Tatsächlich las ich bei Gauck, daß er immer wieder von Maßnahmen gegen mich abgeraten und Preise, sogar Auslandsreisen befürwortet hatte. Aber er schrieb häßliche Sachen, die ich nicht verzeihen kann. Meine sorbische Geliebte Irina etwa sei liederlich, ungepflegt, ihr Haushalt verwahrlost. Dabei stimmte das nicht. Sie war unbekümmert, nicht spießig. Eine körperlich unsaubere Frau hätte ich nie ertragen. So fällt die Beleidigung auf mich zurück. Und ich weiß nicht mal, wozu sie diente.

Das Gespräch ist jetzt bei Maternas Gefängnisaufenthalt.

Im Knast, lächelt die verwegene Materna, werde man grau.

Das wollen alle genauer wissen.

Sie wiederholt nachdenklich: *grau,* und beginnt, während sie in sich hineinhorcht, wie Perlmutt zu schimmern.

Unsere Intellektuellen soufflieren: kein Anreiz, keine Stimulation. Alles, was einen Menschen belebe, Abwechslung, Aktion, Wahl und Wirksamkeit, sei ihm im Gefängnis genommen. Seine sozialen Nerven stürben ab.

Lucies erstaunte Vogelblicke hüpfen von Redner zu Redner. Aber nein, sie habe das wörtlich gemeint. Das Gefängnis färbe ab. Man sei eingeschlossen von grauen Mauern und stecke in grauen Klamotten, die Fenster im Arbeitssaal seien weiß ausgemalt. Man werde innerlich von Grau durchtränkt. Die Haare fielen aus, die Periode bleibe weg, die Gesichter würden faltig, schon bei jungen Leuten. Die Frauen tätowierten sich, um überhaupt unterscheidbar zu sein. Später kratzten sie diese Tätowierungen wieder ab, aber vorsätzlich so, daß dicke Narben blieben. In einem Jahr Knast habe sie nur eine Frau gesehen, die schön geblieben sei. »Ein Republik-Flüchtling. Leider saß die nicht in meiner Zelle, aber man sah sich beim Hofgang, und diese Frau war auch in grauen Häftlingskleidern bunt. Ich wollte ihre Freundschaft unbedingt, und bekam sie. Wir steckten einander Zettelchen zu mit Gedichten. Als ob ich geahnt hätte, daß die Gedichte schreibt.«

Lucie versinkt eine Weile in Gedanken, bevor sie ihre Erzählung fortsetzt.

Sie sei nach der Verurteilung bei den Schwerverbrecherinnen untergebracht worden, glücklicherweise. Sie selbst muß lächeln bei diesem Wort. Sie wiederholt anmutig: glücklicherweise. Denn die mit leichten Strafen, die Diebinnen und Betrügerinnen und Prostituierten hätten im Knast ihre Bräuche von draußen beibehalten, Übungen in Drohung und Gewalt. Die Mörderinnen aber seien neugierig auf jeden Zugang gewesen, denn nur die Neuen konnten ihnen berichten, wie's draußen aussah. Von einer lebendigen Erzählung waren sie fast mystisch ergriffen.

Mörderinnen waren interessanter, weil sie ein leidenschaftliches Schicksal hatten: Gemordet hatten sie nur ihre Männer oder Liebhaber. Da gab es eine ungeheuer dicke Frau, deren Bauch in der Haft zu einer riesigen Hautfalte geworden war. Wenn die aufs Klo mußte, warf sie diesen Bauch mit den Händen hoch, er hing dann über ihren verschränkten Unterarmen. Wenn sie eine Hand hervorzog, sank er zwischen ihren Füßen zu Boden. Es war, als hätte sie sich unter ihrem eigenen Gewicht zur Ruhe gebracht. Immer noch brodelte es in ihr, nicht weil sie ihren Peiniger vergiftet hatte, sondern weil sie es so spät getan hatte.

»Nur eine einzige leidenschaftslose Frau habe ich dort getroffen, eine ehemalige KZ-Oberaufseherin. Die wußte, sie würde keinen Tag ihres Lebens mehr in Freiheit verbringen, aber sie hielt perfekte Ordnung, ondulierte sich die weißen Haare und klöppelte Spitzendeckchen.

»Klingt spannend«, sagt Natascha.

»Ich empfehle es nicht.«

Viele Jahre später, während der Wende, kam Lucie noch mal in eine kritische Situation: sie sah, wie in einem Innenhof Stasi-Akten verbrannt wurden. Mehrere Frauen organisierten vom Fleck weg eine Spontandemo, zu zwanzigst vielleicht, nur Frauen, die Männer hatten nichts gemerkt. Diese Frauen also rannten zum Rat des Bezirks und fragten sich zum Bürgermeister durch. Gerade tagten die Stadträte. Ein Büroangestellter warf sich ihnen in den Weg.

Das war eines der Rätsel jener Tage: Dieser Angestellte, ein subalterner knittriger Mann, der wohl über Jahrzehnte im Amt nie eine Meinung geäußert hatte, verfügte plötzlich über Pathos und rief: »Frauen, wozu? Wollt ihr alle ins Gefängnis?«

»Ja!«, antwortete eine, »Wenn wir dafür die Möglichkeit bekommen, bestimmte Fragen zu stellen!«

»Welche Fragen wollt ihr denn stellen?«

»Na, ob er weiß, daß die Stasi ihre Akten verbrennt. Ob er weiß, was das bedeutet. Ob er nicht wenigstens einmal im Leben das Richtige tun will!«

»Und was soll das Richtige sein?«

»Das, was der Anstand ihm eingibt!«

»Und was, glaubt ihr«, fragte der Mann schmerzlich, »wird er antworten?«

Da schwiegen alle.

»Und für diese Antwort wollt ihr ins Gefängnis?«

Das habe ihr eingeleuchtet, sagt Lucie verlegen. Und sie habe sich stillschweigend abgeseilt.

*

Nachdem meine ersten Gedichte gedruckt worden waren, nahm mich mein Lehrer Frank Zisler beiseite. »In den nächsten Wochen werden möglicherweise zwei Genossen zu Besuch kommen. Sie werden unter einem Vorwand an deiner Tür stehen und sich nicht abschütteln lassen. Du mußt sie nicht einlassen; in diesem Stadium gilt noch die Unverletzlichkeit der Wohnung. Aber ich rate dir von Protest ab, denn sie kommen wieder. Vermutlich werden sie Manuskripte sehen wollen. Ich rate davon ab, es ihnen zu verwehren.«

»Das ist ein Witz«, sagte ich. »Ich wohne zur Untermiete. Schon meine Wirtin läßt sie jederzeit rein.«

»Sie brauchen deine Gegenwart.«

»Warum?«

»Damit du weißt, daß es sie gibt«, sagte er, »und daß sie dich im Auge haben. Nichts weiter.«

Dummerweise erzählte ich das meiner Freundin Lotte, möglicherweise sogar mit einer Spur Angeberei: als ob das Interesse der Staatssicherheit meine Bedeutung als Dichter bestätige. Lotte aber hatte in der Hitlerzeit die Verhaftung eines Onkels erlebt und geriet in Panik. Sie besuchte mich nur noch tagsüber, wirkte auch da beklommen und ging jeweils rasch, als sei ich verbrannt. Ich kämpfte um sie, aus Bedürftigkeit. Die Stasi kam nicht. Erst nach drei Monaten schaffte ich es, Lotte wieder für eine Nacht dazubehalten.

Meine Wirtin war eifersüchtig. Die Tür hatte ein Glasfenster, wir löschten das Licht und waren sehr leise, aber ich nutzte die Gelegenheit kräftig mit dem Hunger vieler Wochen, und Lotte wurde schwanger. Ich fragte einen älteren Kommilitonen nach einem Abtreibungsarzt. Der versprach, sich umzuhören, und meldete die Sache der Partei. Schon hatte ich ein Parteiverfahren am Hals. Ich mußte heiraten, um nicht kriminalisiert zu werden.

Nach einem Jahr mit Baby in diesem Zimmerchen auf sechzehn Quadratmetern erwähnte mich zufällig der Kulturminister in einer Rede, die im *Neuen Deutschland* abgedruckt wurde. Ich ging mit der Zeitung zum Wohnungsamt, und eine Woche später hatten wir die Zweiraumwohnung in Ha-Neu. Noch ein paar Jahre später, als ich den Heinrich-Heine-Preis bekam, ging ich wieder mit der Zeitung zum Wohnungsamt, und auch da dauerte es nur wenige Tage, bis mir eine doppelt so große Wohnung im selben Block zugewiesen war.

Dann kamen sie. Zislers Ankündigung hatte ich beinahe vergessen. Zwei Männer in Zivil stellten sich als Kriminalpolizisten vor und baten um meine Hilfe bei der Aufklärung von Diebstählen. »Dürfen wir reinkommen?«

Ich blieb in der Tür stehen. »Was für Diebstähle?«

»Es geht um das Verschwinden von Autoreifen. Nachts wurden auf dem Parkplatz Autos aufgebockt und die Reifen abmontiert.«

»Gottseidank nicht meine«, witzelte ich.

»Haben Sie etwas Verdächtiges beobachtet?«

»Ich bin Schriftsteller. Ich stehe spät auf. Wenn ich aber an der Schreibmaschine sitze, sehe ich nicht aus dem Fenster.«

Normale Polizisten wären gegangen. Diese gingen nicht. Jetzt fiel der Groschen. *Du wirst sie nicht los.* Meine Achseln wurden feucht.

»Dürfen wir einen Blick aus Ihrem Fenster werfen?« Schon glitten sie, als wäre ich im Schrecken dünner geworden, an mir vorbei. Lotte war mit den Kindern unterwegs, auch das schienen sie zu wissen. Lotte, bei ihrer krankhaften Furcht vor Behörden, wäre in Ohnmacht gefallen oder schreiend durchs Treppenhaus gerannt. Was, wenn sie nach Hause käme? Fürchteten sie das nicht? Oder hatten sie Vorkehrungen getroffen? Sie blieben zwei Stunden, ohne Nervosität. Lotte erzählte später, eine Freundin habe sie in der Stadt aufgehalten.

Die beiden Herren waren nicht aggressiv, nur penetrant. Sie plauderten über dies und jenes, das heißt – auch darauf hatte Zisler mich vorbereitet –, nur einer plauderte, der andere beobachtete mich. Ob ich in einem Verein sei? Wie, nicht mal im Sportverein? Wie ich meine Freizeit verbrächte. – »Welche Freizeit?« scherzte ich. Ich kam nicht auf die Idee zu sagen: Das geht Sie nichts an. *Du wirst sie nicht los. Sie leben davon, daß sie zufällig was rauskriegen. Und das bauen sie dann aus.*

»Ist die Sitzung beendet?« fragte ich mühsam ironisch, als sie aufstanden. Im engen Flur blieb der bisherige Schweiger plötzlich stehen und fragte, fast glaubwürdig verblüfft: »Wie kommen *Sie* denn an einen Eduard Rehling?« Noch im Hinausgehen hatte er die Grafik an der Wand bemerkt, obwohl kein Licht angeschaltet war. »Wo gibt's denn so was, was hat das gekostet?«

»Heinrich-Heine-Preis«, sagte ich.

»Ach so.«

Als sie hinaus waren, der Schreck: Ich hatte die Grafik beim Künstler direkt gekauft, also schwarz. Daraus konnte man mir einen Strick drehen. Warum hatte ich nicht gesagt: geschenkt? Sie war ja wirklich fast geschenkt gewesen. Aus Erleichterung war ich unachtsam gewesen. *Sie leben davon, daß sie zufällig was rauskriegen. Und das bauen sie aus.* Mit einiger Mühe arrangierte ich ein Zufallstreffen mit Rehling: Falls man ihn frage, möge er doch bitte behaupten, er habe mir die Grafik als Gratulation zum Heine-Preis geschenkt.

Das nächste Mal kamen andere, auf dieselbe Weise. Inzwischen war ich darauf eingestellt, wie man auf Landplagen eingestellt war. Im Hausflur seien Kinderwagen verschwunden, war diesmal die Legende. Ich blickte zu Boden: Sie hatten bereits die Schuhe ausgezogen, weil sie möglichst schnell in die Wohnung wollten. Ich hielt sie ein bißchen hin und meinte ihre Verlegenheit zu bemerken. Jeder Nachbar im Treppenhaus, dachte ich, würde zwei sich windende Männer in Strümpfen auf der Matte sofort als Stasi identifizieren. Dann wären sie dekonspiriert. Es kam aber keiner. Als sie drinnen waren, fragten sie direkt, ob ich zu einer Zusammenarbeit bereit wäre: »Befinden uns im Friedenskampf … In dieser Zeit internationaler Konflikte wird jede intellektuelle Kraft gebraucht …« Ein stummer Einfall rettete meine Würde: *Ich bin von Beruf Lyriker, und bei dem Wort* Friedenskampf *muß ich mich leider übergeben.* Klar, daß das nicht laut zu sagen war, aber die innere Aufbegehr gab mir Kraft gegen diese Männer, gegen das Anliegen, gegen meine Situation, die übrigens blöde genug war, denn ich schraubte soeben ohne Geschick für den kleinen Erich eine elektrische Eisenbahn zusammen. Ich wies ungeduldig auf diese Eisenbahn und schnauzte: »Sie sehen doch, daß ich anderes zu tun habe!« Die beiden gingen ohne Diskussion.

Weitere Jahre später hatten sie ein paar Fragen zu dem jungen Mann aus der oberen Etage, der zur Grenze eingezogen werden sollte. Ob der ideologisch sattelfest sei. Diesmal war ich besonders mutig, weil ich getrunken hatte, und rief laut über die Schwelle: »Ah, die Herren von der Staatssicherheit!«

Diese waren kaltblütig. Sie traten näher, einer beugte sich vor und wendete mit der Rechten fast vertraulich seinen Kragen, hinter dem die Marke zu sehen war – eine Klappkarte von der Größe eines Kofferanhängers, durch ein Bändel mit der Jacke verbunden. »Zeigen Sie mal!« Ich zog ihn heran, wie um besser lesen zu können, und der Mann flog an mir vorbei in den Flur.

Als sie drinnen waren, verflog mein Rausch. Ich war in schlechter Verfassung. Meine damalige Geliebte war zu ihren Eltern gefahren, nach Sprachregelung eine Trennung auf Probe, aber ich wußte bereits, daß es keine Probe war. Die Männer betrachteten scheinbar mitleidig das unaufgeräumte Wohnzimmer, den verklebten Tisch, den überquellenden Aschenbecher. Es war Juli, aber ein dunkler, kalter Tag wie im November. Ich riß die Balkontür auf, um zu lüften. Ein Windstoß fegte Blätter und Notizzettel zu Boden.

Wie immer gab es einen Frager und einen Beobachter. Der Frager hob ein Blatt auf und versuchte, meine Kritzelei zu entziffern. Es war ein Gedichtentwurf mit Strichen und Korrekturen.

»Das ist noch roh!« Verfluchter Reflex: die Scham des Fachmanns, der von der Sache ausgeht und nicht vom Gegenüber.

»Ich seh's«, sagte er sarkastisch und ließ los. Der Zettel segelte zu Boden.

Sie hatten mich. Während ich den Impuls bekämpfte, die Blätter einzusammeln, vernahm ich meinen eigenen Schweißgeruch. Ich ging mit steifen Beinen auf den Balkon, um Luft zu schnappen. Als ich zurückkehrte, saßen sie bereits. Sie bewegten sich synchron. Auch das war eine Botschaft: Sie eingespielt und einig, ich allein – erstens in dieser Situation, zweitens privat als gekündigter Liebhaber und drittens als vereinzelter Schriftsteller, das schon gar. *Sie leben vom Fracksausen,* hatte Frank Zisler gesagt, *nicht von KZ und Folter. Sie leben von unserer Bereitschaft, Angst zu haben.* Sie leben vom Versagen, das keinem erspart bleibt, vom Pech, das jeder hat. Und sie leben von der Selbstverunsicherung, die Teil des Künstlers ist. Ein Maurer oder Ingenieur sieht vor sich, was er gemacht hat. Ein Künstler aber lebt von gefühltem Wert; wer ihm den streitig macht, greift nach seiner Seele.

Kühl tun. Gegendruck erzeugen. »Sie interessierten sich für den jungen Mann aus der oberen Etage?«

»Nun, nicht wirklich. Heute interessieren wir uns für Sie.«

Gelassenheit demonstrieren. »Wahrscheinlich wissen Sie mehr über mich als ich selbst.«

»Wie kommen Sie darauf?«

Sie waren mir über. Mein Hirn leergefegt. Bis zu diesem Augenblick hätte ich nicht mal sagen können, wie sie aussahen, so stark achtete ich auf mich. Jetzt versuchte ich sie aufzunehmen. Der eine sah aus wie ein großer Frosch, breit, schmierig; aus nackenlangem Haar rieselten Schuppen aufs Jackett. Der andere war kleiner als ich und wirkte auf den ersten Blick niedlich mit seinen braunen Knopfaugen und der gewölbten Stirn. Auf den zweiten Blick fiel die gekrümmte Boxernase auf. Der Große war der Beobachter, er grinste gemütlich vor sich hin. Der Kleine redete, intelligent, rasch, infam. Einer, der Angst schürte und genoß. »Wie kommen Sie darauf?« wiederholte er.

Vorsicht. Nichts gegen die Stasi sagen. Du kommst da nicht raus.

»Ich habe es vergessen. Sagen Sie mir, was Sie wissen möchten.«

»Wir hören, ein Manuskript von Ihnen sei beim Klassenfeind aufgetaucht.«

»Wie?« Das war mir neu. Gleichzeitig schmeichelte es.

»Sie können uns sicher sagen, wie es da hingelangt ist.«

»Ehrlich, keine Ahnung. Warum sollte ich … Ich weiß nicht mal … bei einem Verlag, oder wo? Bei welchem Verlag?« (Elektrisiert.)

»Warum sollten wir Ihnen glauben? Bei Ihren letzten beiden Westreisen haben Sie versäumt, den Schnellreisebericht abzuliefern.«

In der Tat, zuletzt hatte ich mir diesen Unfug erspart. Zu verheimlichen gab es nichts. Westverlage hatte ich nie aufgesucht. Als ich begann, mich zu verteidigen, lachten die Männer mich aus.

»Im Schriftstellerverband liegt schon wieder ein Antrag von Ihnen … schon das zweite Mal in diesem Jahr ins nichtsozialistische Ausland.«

Wollen Visum verweigern! »Es geht doch nicht in die BRD, sondern nach Rom – ein Forschungsauftrag …«

»Ja«, schnaufte der Dicke, »in Rom, da würden wir auch gerne forschen.«

Sie blieben eine Stunde und fragten nach verschiedenen Kollegen, ich mauerte, es strapazierte und demütigte mich. Als sie aufstanden, sagte der Kleine: »Sie werden demnächst eine Festrede zum 100. Geburtstag des Grimma-Verlags halten.«

»Ja.«

»Der Wortlaut dieser Rede wurde vom Genossen Freitag redigiert.«

»Ja.«

»Sie haben sich nicht dazu geäußert.«

»Doch. Ich sagte dem Genossen Freitag, bei künstlerischen Fragen ... Wenn ich mich literarisch belehren ließe, was wäre ich dann als Literat wert?«

»Fachleute versäumen bisweilen, über den Tellerrand zu blicken.«

Ein letzter, matter Versuch: »Ist die DDR Ihrer Meinung nach eine Demokratie?«

»Bezweifeln Sie das?«

»Was haben Sie gegen Kritik?«

»Daß sie die Demokratie gefährdet.«

Im nachhinein ärgert mich vor allem die Länge der Prozedur. Man hätte mich offen erpressen können, anstatt sich am Schauspiel meiner Demoralisierung zu weiden. Rom, dachte ich, das muß noch sein. Vielleicht bleibe ich dort, das haben die dann davon. Ich räusperte mich. Sie lächelten.

»Ich werde im Sinne des – äh, Genossen Freitag ... relativierende Bemerkungen einbauen.«

»Inzwischen geht es nicht mehr um Relativierung, sondern um die Erwähnung von zwei Autoren. Die Erwähnung hat zu entfallen, da die betreffenden Personen eine ablehnende Haltung zur gesellschaftlichen Entwicklung der DDR einnehmen.«

»Wie kann ich einen Verlag rühmen, ohne seine Künstler zu erwähnen?«

Keine Antwort.

»Was ist der Grund für die verschärfte Redaktion?«

»Wir sind Hinweisen nachgegangen. Das ist unser Beruf. Auch Ihr Westmanuskript war so ein Hinweis. Die Überprüfung in dem Fall ergab allerdings nichts. Herr Steiger, auch in der BRD wird Ihre Lyrik nicht besonders ernst genommen.«

Nichts anmerken lassen. Ich geleitete das Duo zur Wohnungstür. »Sie wissen, um welche Namen es sich handelt«, sagte der Kleine.

»Nein.«

»Nils Stubenrauch und Jakob Jehlitschka.«

*

Die Frauen – Irene, Natascha, Lucie – gehen zeitiger schlafen als wir. Sofern sie Männer haben, gehen die Männer mit. Die Junggesellen, am Kamin zurückgeblieben, können sich des Themas auf Dauer nicht enthalten. Auch Video-Bernd ist in Not. Die herrliche Natascha hat ihn abblitzen lassen. Er leidet. Robert zitiert Günter Kunert: *Ballast: Das finstere Blut / Gestaut an hervorragender Stelle / Gürtelwärts.* Bernd schüttelt gequält den Kopf.

Wenn er wüßte, wie nah ich mich ihm fühle! Um uns Mut zuzusprechen, zitiere ich aus demselben Gedicht: *Dennoch breite die Arme aus und nimm / einen Anlauf für das Unmögliche.*

»Schau dich um, Mann!« ermuntert Gabriel. »Weiber, wohin du blickst. Attacke!«

»Ich kann nicht rumhirschen wie du. Ich möchte Liebe.«

»Liebe, was soll das sein?« Der unvermeidliche Robert. »Du mußt rausfinden, was du willst. Du kannst dir sagen: Mein Bett ist leer. Meine Wohnung ist leer. Ich hab niemanden, mit dem ich reden kann. Ich hab niemanden, mit dem ich essen kann. Dann mußt du feststellen, ob dich das beeinträchtigt. Vielleicht kommst du zu dem Resultat: Ich will jemanden im Bett. Ich will jemanden in der Wohnung. Ich will mit jemandem reden, und so weiter. Wenn dir das klar ist, gibt's nur eins: auf die Pirsch! Du kannst ja deutlich sagen, was du willst. Und wenn du eine

Frau findest, die einverstanden ist und drei von sieben Parametern erfüllt, dann ist die's.«

Parameter. Großkotz. Er sitzt ja selbst auf dem Trockenen.

»Hat sich bei dir was geändert?« frage ich möglichst beißend.

»Im Prinzip nicht. Das war aber immer meine Devise. Fündig wird nur, wer sucht. Und solange man nicht findet, muß man weitersuchen.«

»Was meinst du, warum du nicht findest?«

»Ich fürchte die Abhängigkeit. Mein Ideal wäre: Beischlafsgemeinschaft mit vierzehntägiger Kündigungsfrist.«

»Ich würde gerne heiraten«, sagt Bernd.

»Ich auch«, sage ich. »Ich wäre gern glücklich verheiratet.«

»Glücklich verheiratet ist mir verdächtig. Das kommt mir vor wie: ein glücklicher Feuerwehrmann. Was heißt das, glücklicher Feuerwehrmann? Entweder man ist ein Feuerwehrmann, oder man ist es nicht.«

»Hab ich nicht verstanden«, murmelt Bernd bedrückt.

»Vielleicht ist zuviel Glück für die Kunst gar nicht gut«, sage ich, um Bernd zu trösten. Es ist nur ein Teil von dem, was ich denke, und durchaus nicht das, was ich wünsche, doch es tröstet auch mich. »Ein bißchen Spannung muß sein. Einige sehr gute DDR-Dichter haben hier im Westen nicht an ihre Leistungen anknüpfen können … es ging ihnen auf einmal zu gut.« Auch das ist nur die halbe Wahrheit, aber auch die tröstet, und tatsächlich fragt Bernd sogleich hoffnungsvoll: »Ach, ja?«

»Gerade kritische Dichter. Wenn der äußere Widerstand fehlt, geht der Spannungskern verloren. In der besseren Welt sind die meisten von denen abgefault.«

»Ist doch egal«, entscheidet Robert. »Dafür hat man anderes. Henryk Trabe zum Beispiel zog nach Itzehoe aufs Holsteinische Land und übte jeden Nachmittag um vier Uhr den Geschlechtsverkehr aus mit seiner Minna.«

»Woher weißt du das!« Bernd, elektrisiert.

»Aus einem veröffentlichten Tagebuch. Und diese Minna ist es auch geblieben. Alle seine Bücher sind ihr gewidmet.«

Fragen über Fragen. Warum heiraten Leute nach drei gescheiterten Ehen ein viertes Mal? Warum begehen Menschen, die Jahre in Gefängnisse gesperrt waren, neue Verbrechen? Warum schreiben von Armut und Ächtung bedrohte Menschen Bücher? Warum reden wir uns ein, wir handelten jemals aus Vernunft?

Reife heißt: Die Wünsche den eigenen Möglichkeiten anzupassen. Und meine Hoffnung ist: gemeinsam mit Sidonie in Itzehoe verblöden.

*

Morgen soll sie zurückkehren. Am Nachmittag wird im Künstlerhaus von der Ministerin ein Kulturpreis verliehen, es gibt ein Büffet, das wir alle uns nicht entgehen lassen. Die Rituale sind die gleichen wie ehemals in der DDR, die Symptome ebenfalls: Servilität und Gier. Als die Ministerin eine Anekdote zum besten gibt, verstummen alle devot und lachen dann beflissen. Jemand sagt unweigerlich: »Wenn diese Pointe nicht im Leben vorgekommen wäre, hätte man sie erfinden müssen.«

Ich schaue immer wieder zur Tür, ob nicht Sidonie hereinkommt. Sie kommt nicht, wo bleibt sie, was, wenn sie nie mehr kommt?

Man redet über die Rechtschreibreform, die von den Ministerialen säuerlich verteidigt, von mir komplett ignoriert wird. Ich wende mich an Lucie Materna, um überhaupt mit einer Frau zu sprechen, doch Lucie greift das Reformthema feurig auf. Sie hat nämlich selbst eine orthographische Vision: Alle richtungsweisenden Wörter müßten mit »v« geschrieben werden, wie vorwärts und Votze auch Veil (Pfeil).

Die Ministerin wirkt gerührt. »Man sollte Ihnen den Nobelpreis verleihen.«

O ja, ruft Lucie, den Nobelpreis wollte sie immer schon, wenn nicht für Literatur, dann für eine Erfindung. Neulich etwa sei ihr eingefallen, was für eine großartige Leistung die Pflanzen vollbrächten, die Sonnenlicht mittels Chlorophyll in Zucker verwandeln. Könnten wir Menschen nicht unsere Ernährungsprobleme lösen, wenn wir die Form des Chlorophyll-Moleküls nachzumachen lernten? Lucie steht auf und macht schüchtern lächelnd eine niedliche Verrenkung, die möglicherweise eine Annäherung an das Chlorophyll-Molekül darstellt, balancierend auf schwarzen Seidenpumps.

*

Ich schreibe wieder Gedichte. Es verkürzt das Warten. Es veredelt das Warten. Es rettet mich, obwohl immer ein Ton von Vergeblichkeit und Verderben aufscheint. Es rettet mich, weil dieser Ton aufscheint. Denn der Ton grundiert wirkungsvoll etwas anderes, das mich erleuchtet.

Am Abend findet in der Scheune eine Kabarettveranstaltung statt: *Der deutsche Meister im Dampfreden und sein unmündiger Bruder präsentieren: FLUTGEFLECHT.* Viele Besucher aus dem Umland sind gekommen und amüsieren sich kraftvoll. Nachts feiern wir am Kamin mit den beiden mopsfidelen Kabarettisten.

Lucie, immer noch aufgekratzt, sagt zu den ungleichen Brüdern, sie habe sofort gesehen, daß sie Brüder seien. »Ihr habt das gleiche Fleisch.«

»Wie?« rufen die Brüder gleichzeitig. Das habe noch keiner gemerkt. Also, das wollten sie jetzt genauer wissen.

Lucie merkt, daß man über sie schmunzelt, wird plötzlich verlegen und läßt vom Fleisch der Brüder ab. Kommt statt dessen auf mystische Themen, worauf ihr Robert widerspricht.

Lucie und Robert erklären einander ihre prinzipielle Feindschaft. Sie findet ihn akademisch, er sie verschwiemelt.

Sie sagt, er sei ein zersetzender Skeptiker.

Er erwidert: Skeptiker – ja. Darauf sei er stolz. Aber warum zersetzend?

Sie: Weil Skeptiker nicht lieben könnten. Skeptiker stellten immer nur Ungenügen fest. Skeptiker könnten nur hassen.

Er: Wie komme sie darauf?

Sie: Man könne nicht skeptisch lieben.

Er: Doch, durchaus. Man könne lieben im Bewußtsein, daß Liebe vergänglich ist. Man küsse dann im Bewußtsein, daß es vielleicht der letzte Kuß sei. Das mindere aber nicht den Genuß. Vielleicht erhöhe es ihn sogar?

Sie: Er sei zynisch und berechnend, ein richtiger Studierter, sie hasse ihn!

Bernd: Was hätten eigentlich alle gegen die Studierten? Auch Gabriel äußere sich immer in der Richtung.

Worauf Gabriel bemerkte: Ganz falsch, er habe keineswegs etwas gegen Studierte. Obwohl es natürlich zutreffe, daß er sie nicht leiden könne, vor allem die Herren Germanixen von der Uni, die könnten ihn kreuzweise.

Ich gehe hinaus, um zu rauchen. Lucie folgt mir. Während wir rauchen, sagt sie verzagt, sie wisse manchmal nicht, was sie rede. Sie sei sehr, eigentlich bis zum Grunde, zerstörbar.

Durch wen?

Durch Intellektuelle komischerweise. Gegen normale Männer könne sie sich wappnen, aber gegen Intelligenzler nicht. Und noch gefährlicher seien Frauen. Sie vertraue denen zu sehr, und plötzlich drängten die durch alle Türen ein. Sie müsse dann um ihr Leben kämpfen, sie wieder rauszudrängen.

»Sind die Türen metaphorisch gemeint?«

»Ja natürlich.«

Was uns aber rette, sei die Kunst, fügte sie nach einigem Nachdenken hinzu.

»Uns? Wodurch?«

»Na, geht es dir nicht so?« fragte sie. »Kunst schaffen ist doch in den Momenten, wo's gelingt, wie ein Orgasmus!«

Kein Wunder, daß die Ministerin entzückt war, ich bin es ebenfalls. Die Beweglichkeit, das Spiel der funkelnd bloßliegenden Nerven! Auch literarisch ist Lucie reizvoller als die robuste Sidonie. Aber da ist natürlich gar nichts zu machen, ihr Kerl, der mit dem Schaufelkinn, ist eifersüchtig wie ein Specht. Wie hält sie das aus? Nie sah ich ihn zärtlich im Umgang mit ihr. Als wir zurückkehren, schiebt er die Unterlippe vor und zieht die Mundwinkel herunter, so daß sein Mund eine Hufeisenform annimmt. Er redet ironisch zu ihr und zu allen. Heute morgen, als ich ihm schwerbeladen mit Flaschen aus dem Edeka entgegenkam, rief er: »Ah, der Großkünstler!« und ging stracks auf mich zu, um mich zum Ausweichen zu zwingen.

*

Eines Tages erhielt ich einen Brief aus Wien. Ich in meiner *Zone* einen Brief aus der majestätischen ehemaligen k.u.k.-Hauptstadt Wien. In einem gefütterten Umschlag aus zartgelbem Papier. Auf der Rückseite der Aufdruck: MA Graziella Winterthal, im nachhinein glaube ich, es stand *Baronesse* dabei. Meine Adresse handgeschrieben mit violetter Tinte wie in einem Trivialroman. Ein steifer Briefbogen mit Leinenstruktur, kein Vergleich mit unseren dünnen Lappen, die bereits Falten schlugen, wenn man sie in die Walze zog. Keine ausgebesserten Tippfehler, keine durchgebohrten i-Punkte, keine verschmierten e-Köpfchen. Als sei es ohne Durchschlag geschrieben. Ein Freund klärte mich auf, daß wohlhabende Menschen im Westen nicht mehr auf Schreibmaschinen, sondern auf Kleinrechnern arbeiteten. Von diesem

Freund habe ich zum ersten Mal das Wort *Computer* gehört. Auch er betrachtete das Blatt mit Andacht.

Der Inhalt: Die Unterzeichnete sei Germanistin an der Universität zu Wien und arbeite an einer Dissertation über mich. Ob sie den Hochverehrten Herrn Steiger mit ein paar Fragen zu seinem Schaffen behelligen dürfe. Das anmutig verstaubte Bürokratiedeutsch mit *weiters* und *gnädig* und *gewiß* erschien mir diesseits der Mauer so exotisch, daß ich jauchzte. Ich präsentierte den Brief als Trophäe einigen Kollegen, die unter deutlichen Anzeichen von Neid Warnungen murmelten: Eine solche Sprache könne nur Ironie sein, Koketterie, Camouflage. War die Autorin einfältig? Neurotisch? Verstiegen? Eine Spionin? Ich fragte mich, weshalb mich etwas davon schrecken sollte. Es war prickelnd, auf jeden Fall in meiner, wie gesagt, Zone eine phantastische Abwechslung, und da die Fragen zu meinem Schaffen vernünftig waren, begab ich mich froh in eine umfangreiche Korrespondenz mit Frau Winterthal, die ich als »Hochverehrte Magistra« anredete. Ich bewegte mich fast übermütig in diesem ziselierten Ton und strich selbstbewußt das Lob dafür ein, ich fühlte mich gewissermaßen wie beim Opernball in einer Baracke, etwas albern, ja, aber der Mensch braucht Abwechslung. *In der Hoffnung, Ihnen mit diesen Auskünften gedient zu haben, Ihr ergebener,* das war doch was, darauf wäre in unserer schlumprigen DDR weiß Gott kein Arsch gekommen.

Übrigens war Graziella eine verlegene, sogar gehemmte Korrespondentin, und ich mußte mir viel einfallen lassen, um die Sache am Laufen zu halten. Allmählich verblaßte der Reiz. Die germanistische Energie der Baronesse schien begrenzt. Wahrscheinlich würde die Dissertation niemals fertig, dachte ich, durchaus gekränkt.

Privat und beruflich war ich längst in Schieflage. Meine junge Frau fuhr ohne mich mit dem Kind an die Schwarzmeerküste, vorsätzlich um sich von mir zu erholen; ich verbrachte den Urlaub zu Hause allein. Erschöpfung und Unmut ringsum. Tausend Landsleute flüchteten in die Prager Botschaft. Plombierte Züge durchquerten nachts die Republik. Alles geriet in Bewegung, während ich rauchend vor dem Fernseher saß. Wien tauchte auf dem Bildschirm auf, und plötzlich verfiel ich in seltsame Euphorie und schrieb an die Unvergeßliche Magistra Graziella, daß eine Verflüssigung der Strukturen, wie sie gegenwärtig sich bemerkbar zu machen scheine, ja nicht nur beängstigend, sondern auch verheißungsvoll sei; daß ich jedenfalls hoffte, die Entwicklung fortschreiten zu sehen; und daß Graziella selbst durch ihr unvoreingenommenes Eintreten für die ostdeutsche Literatur womöglich einen Anteil daran habe, wofür ich ihr ohne weiteres ganz einfach dankte.

Beim *einfach* blieb es nicht. Trotz oder wegen meiner Furcht schrieb ich mich in eine geheimnisvolle Verbundenheit. Hatte mich nicht zuletzt die Ausweglosigkeit beinah erstickt? Mußte ich nicht als Gelähmter, Versagender froh sein über die äußere Bewegung? Und hatte mich Graziellas Interesse nicht wirklich drei Jahre lang gut unterhalten?

Graziella antwortete zwei Wochen später mit einer Einladung nach Wien.

Marita war aus dem Urlaub zurückgekehrt, und ich kämpfte um meine Ehe. Es gab keinen Grund, das Graziella zu verschweigen, doch auch keinen, sie damit zu belästigen. Also erklärte ich der Einfachheit halber *mit dankbaren Grüßen*, ich hätte kein Visum erhalten.

Graziella schrieb nun persönlicher. Sie entschuldigte das langsame Fortschreiten ihrer Arbeit mit privaten Umbrüchen, denen zufolge sie die Bibliotheksarbeit vernachlässigt habe. Ich berichtete meinerseits von familiären Turbulenzen und deutete die Gefahren der aktuellen Lage an. Sie antwortete mit blanker Verehrung. *Wenn ich Ihre kraftvollen Zeilen lese, kommt mir alles Meine wie eine Scheinexistenz vor. Für Ihre Bedenken müssen Sie sich angesichts der brutalen Umstände nicht entschuldigen, wirklich nicht.* So korrespondierten wir einander in eine Erregung. Ich gab das gefesselte Genie hinter dem Eisernen Vorhang, sie die verzagte Wohlstandsdame. Ich erfuhr, daß sie kürzlich wieder bei ihrer Mutter eingezogen war. *Immerhin komme ich hier gut mit der Arbeit voran, da ich mich nicht mehr um den Haushalt kümmern muß.*

Die Mauer fiel. *Ungläubige Exaltation,* schrieb Graziella. *Ob Sie mir raten können, lieber verehrter Herr Steiger, welche Städte ich als erstes besuchen soll? Ich war noch nie in Weimar …*

Weimar also. Im Winter.

Sie stieg im *Hotel Elephant* ab, ich bei meinem Theaterkollegen Klaus Petzold. Nüchtern, mit Jackett und Krawatte, holte ich Graziella im *Elephant* ab.

Wie stellt man sich eine Frau vor, die Graziella heißt? Daß sie nicht forsch war, wußte ich aus ihren Briefen, doch schwarzhaarig hatte ich sie mir zumindest vorgestellt, mit einem verschlossenen Gesicht und zusammengewachsenen Brauen. Die Frau, die mich dann schüchtern ansprach, hatte ich glatt übersehen, obwohl sie einen offensichtlich teuren beigen Mantel trug. Sie war einen Kopf kleiner als ich, nicht schlank, etwas gebeugt. Die Frisur hochgesteckt, Haare graublond und zart. Die ganze Frau graublond und zart; Pölsterchen unterm Kinn, eine gepuderte kleine Nase, altrosa Lippenstift. Empfindsame Augen, blaßblau. Sie wirkte gleichzeitig älter und jünger als ihre zweiunddreißig Jahre, ältlich und unerfahren, gescheit und verletzlich. Hatte sie sich Gedanken gemacht, wie sie als reiche Wienerin in der DDR aufzutreten habe? Wie sie wirkte, oder wirken wollte, etwa auf mich? Fand sie mich ebenso kurios wie ich sie? Ich war so verwirrt, daß ich mein »Küß die Hand, gnä Frau!«

durchaus nicht so ironisch artikulierte, wie es geplant gewesen war.

Auf unserem Stadtrundgang berichtete mein Gast erregt von den Abenteuern im wilden Osten: der Mühe, ein Taxi zu finden, dem Betrug des Fahrers, dem unberechenbaren Kopfsteinpflaster, auf dem sie sich fast den Fuß ausgerenkt hätte, den zwanzigjährigen Unterschichtsmännern, die einen in dunklen Ecken ansprachen, um Devisen zu tauschen. Graziella besaß eine samtene Altstimme und sprach nicht näselnd gedehnt, sondern weich und kultiviert. Aber in diesem melodischen Edelwienerisch vernichtete sie auf einem einzigen Spaziergang unser ganzes Weimar: die baufälligen Häuser, den blätternden Putz, das faule Stroh im modrigen Fachwerk, die nassen Braunkohlehaufen auf dem Gehsteig vor den Kellerluken, die braunen Pfützen, süßlichen Trabifahnen. Auch die ehrgeizigen Seiten unserer Touristenstadt, die geputzten Fassaden der Schillerstraße, die nostalgischen Laternen, die hingebungsvoll eingerichteten Gedenkstätten bestanden nicht. Ich war so aufgewühlt, daß ich selbst nicht wußte, ob ich die Arroganz angreifen, aufgreifen oder mir zu eigen machen sollte. Ich schämte mich für die Verkommenheit und verschmolz mit ihr, gleichzeitig sammelte sich mein Stolz, und ich wollte sagen: Liebe Graziella, indem Sie meine Stadt schänden, schänden Sie ihr und mein Schicksal, das Sie in Ihren Briefen noch bewundern zu müssen glaubten. In diesem Augenblick erklärte sie, daß ich hoffentlich ihre Kommentare nicht auf mich bezöge, und begann, mit dem eigenen Hochmut zu hadern. Es stimme, daß nur weniges auf der Welt Gnade vor ihren Augen finde, aber in Ost wie West. Dann brachte sie gewunden zum Ausdruck, daß einiges wenige aber natürlich doch Gnade finde, und darunter ausgerechnet ich.

Da inzwischen Sonne durch den Kohledunst drang, schlug ich einen Spaziergang an der Ilm entlang zu Goethes Gartenhaus vor. Ja, summte Graziella, gern, aber ob sie sich wohl einhängen dürfe auf dem Weg durch den Park? Sie legte ihre Linke auf meinen rechten Unterarm und ging, deutlich unsicher auf den Füßen, so eng bei mir, daß ich ihre Brust an meinem Oberarm spürte. Was wollte diese junge Frau, die sich schwer anfühlte wie eine alte? Konnte es wirklich sein, wäre es denkbar, daß sie mit Absichten … Absichten, auf mich? Meine erste Westfrau sozusagen? Ja, sie bewunderte mich, ihre Weimarkritik schloß mich nicht ein, im Gegenteil, sie diente meiner Entschuldigung und Heiligsprechung. Wieviel literarische Kultur ich in diesem proletarischen Trümmerfeld hatte entwickeln können! Die vielen Versmaße, die ich beherrschte – Alexandriner, Terzinen, Madrigalverse, ohne daß es jemals technisch klinge; und die komplexen Formen – Sonette, Ghaselen …

Ach nein, wiegelte ich ab, das habe bei uns zur Ausbildung gehört, im Grunde aber sei diese philologische Kunst so unpersönlich wie die flotte Westschreibe, nur auf solidere Art. »Wir waren das Literaturmuseum DDR«, scherzte ich, um Graziella auf den Teppich zu holen, aber nun bewunderte sie auch noch meine Bescheidenheit, zumal mich vor dem Goethe-Gartenhaus, das geschlossen war, ein Student um ein Autogramm bat.

Als wir wieder in der Innenstadt waren, wenig nach fünf Uhr, war es dunkel. In einem verqualmten Café verzehrten wir eine fettige Torte. Ich probte im stillen auf Wienerisch das Wort *Dienstleistungswüste* und bestellte einen doppelten Kognak. Wie konnte ich noch den leidenschaftlichen Künstler geben in der Not, in der ich mich befand? Mein Land, meine Ehe, meine Existenz am Zerbrechen. Mein Geld täglich weniger wert. Wohin sollte ich Graziella zum Abendessen einladen? Welches Lokal konnte ich bezahlen?

Hier fand sich eine Lösung: Es gab keins. Das heißt, sie waren alle überfüllt. Graziella bot kurzerhand an, mich in den *Elephant* einzuladen: »Das sind für mich keine Beträge.« Doch das Restaurant war für eine russische Gesellschaft reserviert, Graziella versuchte mit dem Oberkellner zu verhandeln und erhielt eine so deutliche Abfuhr, daß sie ausrief: »Wollen Sie mich pikieren?«

In der Gewißheit einer Absage schlug ich meine Herberge vor, die Wohnung meines Freundes Petzold: Bitte nicht erschrecken, es sei eher *Bohème.* Das Wort stach, Graziella nahm fast dankbar an. Petzold war Regisseur in Weimar und Erfurt und hatte je eine Wohnung in jeder Stadt direkt beim Theater. Da er Weihnachten bei der Familie in Erfurt verbrachte, war die Weimarer Wohnung frei; sie war aber ohnehin nur Arbeitsabsteige, ein Raum mit Kachelofen, Toilette auf dem Treppenabsatz, in einem verrußten alten Haus. Als wir im fünften Stock ankamen, hatte Graziella trotz der Kälte feine Schweißperlen auf der Oberlippe. Ich heizte mit Briketts den Ofen, während sie mich hingerissen beobachtete wie einen Indianer auf Büffeljagd mit Pfeil und Bogen. Danach tischte ich Brot Käse Gurken auf, gab den Krimsekt aus, den ich als Gastgeschenk für Klaus mitgebracht hatte, und wir stießen an. Graziella wurde beschwipst und zitierte unversehens Karl Kraus: *Der Strom mündet ins Meer und mit ihm fließt der Kehricht. Der Kehricht tut so, als ob's ihm der Strom zu danken hätte. Aber es dürfte wohl das Gegenteil der Fall sein.*

»Gehört Zynismus zu Wien?« fragte ich, weil mir nichts Besseres einfiel.

»Wieso?«

»Habe ich ein falsches Wienbild?«

»Ich weiß nicht ... Mir ist der Wiener Zynismus ein Greuel. Die Manier einer aggressiven Überlegenheit, die durch nichts gedeckt ist«, sagte sie überraschend heftig. »Meine Familie war ... ist ... perfekt darin. Vielleicht habe ich Germanistik studiert, um mich abzusetzen. In der Schule mußten wir Grillparzer lesen. Alle stöhnten, ich aber habe mich in diesen … Sauertopf verliebt, bloß weil er nicht zynisch war. Zum ersten Mal habe ich bei ihm erlebt, daß einer die Sprache nicht gebraucht, um gemein zu sein.«

»Wer war nicht gemein, der Mensch oder die Sprache?« fragte ich vorsichtig.

»Ich weiß, worauf Sie hinauswollen. Sagen wir: Den einzigen Anstand, den ich erlebt habe, habe ich in seiner Sprache erlebt.«

»Inwiefern ist Ihre Familie zynisch?«

Die Mutter sei eine ehemalige Lebedame, der Bruder ein Taugenichts. Der Bruder sei der Augapfel der Mutter. So trete er auch auf, gutaussehend, kontaktfreudig, forsch. Dank diesem Auftreten – »und seinem Namen«, sagte sie, »natürlich« – sei er fast unmittelbar nach seinem Ökonomiestudium Juniorchef einer Firma geworden. Dort habe er sich schwindelerregend rasch vom bewundernden Adlatus seines Chefs zum selbstgefälligen Abstauber entwickelt.

»Woher kommt die literarische Ader?«

Ihr Vater sei, der Bibliothek nach, die er hinterließ, ein Leser gewesen. Aber er war schon alt bei ihrer Geburt und starb, als sie sechs war. Sonst lese keiner. Sie könne mit keinem reden. Ihre Berufswahl sei der Familie gleichgültig. »Ohne Bücher hätte ich mich umgebracht.« Ihre blassen Augen wurden dunkel, als sie das sagte.

»Die Bücher haben Sie nicht enttäuscht?«

»Nein. Grillparzer ist mir geblieben … später kam Stifter dazu … und Sie …«

»Was haben Sie dort gefunden?«

»Was habe ich gesucht? Die Zerrissenheit … das Abgründige hinter der gravitätischen Fassade der Alten und Ihrer …«, sie nickte mir schüchtern zu, »Eleganz. Diese … Leidenden« – hier lächelte sie – »haben mich getröstet.«

Obwohl es in der Wohnung immer noch nicht warm war, entledigte sich Graziella ihres Mantels und zog einen Seidenschal vom Hals, ohne mich anzusehen. Ich hängte beides in den Flur. Als ich zurückkam, saß sie reglos mit dem Rücken zu mir. Rosa Kaschmirjacke, Perlenkette, ein weicher, leicht behaarter Nacken, verzagte Schultern. Sie sank noch etwas in sich zusammen, als warte sie auf ihr Schicksal. Eine blasse Strähne fiel aus der Turmfrisur und zitterte.

Ob sie überhaupt schon einen Mann gehabt hatte? Was bedeutete ihr Lächeln, als sie von Trost durch Leiden sprach? Mich faßte Erbarmen mit dieser diaphanen, mürben Frau. Erwartete sie wirklich Erlösung von mir, von mir, ausgerechnet in dieser traurigen Bude auf verqualmten Laken? Wie einsam mußte sie da sein?

Nicht nur aus Skrupel zögerte ich. Ich war mir auch meiner selbst keineswegs sicher. Wieviel Versagen übersteht ein Mensch? Mit drei behutsamen Schritten war ich beim Bücherregal und zog den *Hochwald* heraus. »Darf ich Sie bitten«, sagte ich. »Ich wollte schon immer einmal Stifter hören in österreichischer Intonation …«

Gehorsam begann sie zu lesen: *»An der Mitternachtseite des Ländchens Österreich zieht ein Wald an die dreißig Meilen lang seinen Dämmerstreifen westwärts, beginnend an den Quellen des Flusses Thaya …«* Die Stimme jetzt leicht belegt, so angespannt wie innig. Ich lauschte den weichen Konsonanten, den gedehnten Vokalen, der ruhigen Sprache, die dahinfloß wie die dunklen Horizontlinien des Böhmerwalds. Was tun, was tun? *»… jenes schwermütige Bild … wie wir es selbst im Herzen tragen seit der Zeit, als es uns gegönnt war, dort zu wandeln und einen Teil jenes Doppeltraumes dort zu träumen, den der Himmel jedem Menschen einmal und gewöhnlich vereint gibt, den Traum der Jugend und den der ersten Liebe …«* Fallstricke, überall! Ich konnte nur verlieren, obwohl die Worte ganz allmählich zündeten, Angriff wie Nichtangriff bargen Gefahr, auf mich ohnehin kein Verlaß … und dann pocht es laut an die Tür, und Theo Hünemörder platzt herein.

»Hey, Henry, Klaus hat mir erzählt, daß du hier, mein Stück … morgen Premiere …« Er stellte ein Dederonnetz mit Weinflaschen auf den Boden, warf den Mantel ab und rief: »Na so was! Eine Prinzessin!« Er musterte Graziella. »Eine verwunschene Prinzessin. Ach.«

Graziella schien nicht weniger erleichtert als ich. Theo zog aus seinem Beutel die erste Flasche und riß den Korken heraus. Wir tranken, und, was für ein Glück, Theos Courtoisie machte auf Graziella Eindruck. Natürlich gab Theo mit Lederjacke und Fünftagebart den rabiaten Künstler viel besser als ich, ich lehnte mich zurück und genoß seine Einfälle, jetzt hatte ich Graziella doch noch was bieten können, animalische Ost-Bohème, Gott sei Dank.

Allerdings hielt Theo das Niveau nicht. Nach der zweiten Flasche begann er zu faseln, und als er zum WC hinabpolterte, flüsterte Graziella besorgt: »Hörn S', der Mann is' ja Alkoholiker!«

»Stimmt!« Auch ich flüsterte, während Theo unten sich lärmend erleichterte.

Sie lächelte traurig. »Also anrufen hätt er wenigstens können!«

»Hier gibt es kein Telefon.«

»Wie?«

Draußen knarrten die Stufen.

»Nur wenige Menschen hier haben Telefon«, flüsterte ich.

Wir hörten Theo taumeln, er nutzte die volle Breite der Treppe.

»Um Himmels willen, wie verabredet man sich denn da?«

»Wir schicken Telegramme.«

Theo trat ein, verdüstert, verwirrt, und ließ sich auf den Stuhl fallen. Er musterte uns mit blutunterlaufenen Augen.

»Henry«, krächzte er, »bist du's?«

»Ja.«

»Haste n Blatt Papier?«

Er legte das Blatt auf die Mitte des Tisches, malte einen Pfeil in meine Richtung und schrieb: HENRY. Dann malte er einen Pfeil in Richtung Graziella. »Und wie heißt die?«

Ich diktierte es ihm in die Feder. Er blieb unruhig noch in seiner Betäubung. Schließlich malte er einen Pfeil auf sich selbst und kritzelte: THEO. Dann lehnte er sich schwer atmend zurück.

*

Das letzte Mal traf ich Graziella im folgenden Sommer in Wien. Ich hatte eine Lesung, war gesammelt, machte Eindruck. Für den nächsten Tag lud mich Graziella zu sich nach Hause ein.

Eine grauhaarige Haushälterin mit weißer Schürze empfing mich an der Tür. »Das ist die Maria«, sagte Graziella errötend. Sie führte mich durch einen langen Gang in einen Salon mit Biedermeiermöbeln und einem Kristallüster, der von einer meterhohen Stuckdecke hing. An den blaßgrünen Wänden hingen Kunstwerke. Graziella lauschte nach draußen. »Jetzt kommt die Mama«, sagte sie verkrampft und öffnete die Flügeltür. Die Haushälterin schob eine kleine, schwarzäugige Frau im Rollstuhl herein.

Von dem Rollstuhl hatte Graziella erzählt, aber ich hatte nicht aufgepaßt. Unfall? Krankheit? Mordversuch? Die Frau war keine Siebzig, sie hatte schwarzgefärbte Haare und platzte vor Energie. »G'fallen Ihnen die Bilder?« fragte sie. »Alles Originale. A Kapitalanlage. Hat mir der Luxinger eing'redet. Na wer weiß, ob die nach der nächsten Konjunkturkrise noch taugen!«

Wir setzten uns an den Tisch. Für vier Personen war gedeckt. »Der Herr Steiger hat gestern eine wunderbare Lesung im Kunstverein gehabt«, sagte Graziella, schwankend zwischen

Schwermut und Stolz. »Er hat aus seinem Gedichtband *Aufbegehr* …«

»Wir warten noch auf den Stefano«, unterbrach die Mutter. »Aber Moment mal, warum *dieses* Service? Hatten wir nicht für diese Gelegenheit andere Tassen? Gehn S', Maria, bringen S' uns die anderen Tassen.« Maria eilte hinaus. »Wofür zahl i mir schließlich a Haushälterin? Na, a Polin halt. Mein Haushalt geht no ganz am Boden daher.«

Ich merkte, daß ich den Kopf schüttelte. Ich versuchte, ihn ruhig zu halten. Mein Hals zitterte. Der Boden tat sich auf. Marita hatte eine Versöhnung ausgeschlossen. Mein neuer Gedichtband würde nicht erscheinen, der Verlag fühlte sich an DDR-Verträge nicht gebunden. Ich hatte das übliche Drittel Vorschuß kassiert, natürlich in Ost-Mark. Ein Kollege hatte gewarnt, ich müßte ihn in D-Mark zurückzahlen. Absurd. Ich verdiente weniger als zuvor, und alles war viel teurer. Keine Ahnung, wie man im Kapitalismus zu Geld kam. Sozialhilfe wäre eine Schmach gewesen, was nun? – »Was nun?« hatte Marita gefragt. Samstag vor einer Woche war ihr Geburtstag gewesen, und meine traditionelle Pflicht war, die Obsttorte beizusteuern, das einzige Gebäck, das ich konnte. Im Konsum aber kostete ein Tortenboden auf einmal fünf DDR-Mark.

Ich war in diesem Konsum gestanden wie vom Donner gerührt, warum nur, die fünf Mark hätte ich gehabt. Aber ich begriff, daß es hoffnungslos war, und stand damit nicht allein, alle regten sich auf und schimpften, ob sie dafür auf die Straße gegangen seien. Zufall, wiegelte die Kassiererin ab, Montag kriegen wir wieder unsere östlichen Tortenböden für vierzig Pfennige. Ich wußte, sie log. Sie wollte uns nur abwimmeln, Tortenböden für vierzig Pfennige würde es nie mehr geben. Ich geriet in Zorn, keine Geburtstagstorte für Marita, Marita enttäuscht, ich beleidigt, Marita, auf einmal ganz ruhig, sagte:

»Na ja, kommt eigentlich nicht mehr drauf an, ich will die Scheidung.«

Und jetzt saß ich in dieser Wiener Bürgerpracht zwischen hellgrünen Wänden, trauerte über DDR-Tortenböden und ärgerte mich über Marita, schizophren, ja, kein Wunder, daß ich weder mithalten noch mich verständlich machen konnte. Ich hob den Kopf und umklammerte mit den Händen die Lehne, um nicht vom Stuhl zu kippen. Mein Blick fand mit Mühe Graziella, die zur Tür sah.

Stefano trat ein, ein bronzehäutiger Adonis mit schneeweißen Zähnen und schwarzen Locken. »Ja, der Herr Dichter ... Graziella ist so *stolz* auf Sie!« Ich sah Graziella sich winden. Als Stefano Platz nahm, verzog er sein Gesicht. »Meine Pedale ...«

Graziella übersetzte: »Sein Fuß.«

»I hab im Februar a Malheur g'habt«, verkündete Stefano. Er habe eine 500000-Schilling-Limousine zu Schrott gefahren, Aquaplaning.

»Aquaplaning heißt: bei Regen zu schnell gefahren« – Graziella, bedrückt.

Er grinste. »Zum Glück war's nur der Wagen vom Chef. I hab mi dafür acht Wochen im Krankenhaus ausruhn dürfn.«

Maria brachte in Kristallschälchen orangefarbene feuchte Lappen herein.

»Mango«, soufflierte Graziella.

Ich hatte von Mango gehört, aber nicht gegessen, zu teuer. Ich kostete. Eine Mischung aus Mohrrübe, Pfirsich und Badesalz.

»Schmeckt es Ihnen?«

Mir war übel. In meinen Ohren saust es, wieder zittert mein Hals. Ich hatte Marita das Einverständnis zur Scheidung gegeben, kampflos, zu schnell. Vielleicht aus Trotz, vielleicht im Suff, vielleicht in einem falschen Gefühl der Stärke, weil ich nach Wien aufbrach, wo Graziella auf mich wartete, die auch nach dem mißglückten Treffen in Weimar Interesse bekundet hatte, zumindest schriftlich. Was, um Himmels willen, konnte ich hier? Was war ich?

»Kümmere dich, Graziella, der Herr Dichter ist ja kreidebleich!«

Graziella fuhr mich im Auto ins Krankenhaus und später ins Hotel. Gute, tapfere Graziella. Ein paar Tage später habe ich sie betrunken von Halle aus angerufen, daß ich sie liebe und wir zusammenziehen sollten. Ich hörte sie den Kopf schütteln. Ihre Stimme klang traurig. Sie ist dann abgesprungen. Nicht von der Doktorarbeit, sondern von mir.

*

Ein Fund! schreibt Jakob Jehlitschka. *Bei Gauck habe ich gelesen, daß Du mich im Festvortrag für Grimma gewürdigt hast, obwohl der Kollege Freitag es Dir verboten hatte. Ich bin gerührt …*

Keine Ursache! möchte ich antworten. *Ich war betrunken. Außerdem hab ich's für mich getan, nicht für Dich, und genützt hat es weder Dir noch mir.*

Aber dann übermannt auch mich Rührung, und ich schreibe. *Ich war betrunken und hab's mehr für mich getan als für Dich, aber für mich konnte es nur gut sein, weil Du es warst. Und gut war's, obwohl es nichts nützte, weil es zu den wenigen Dingen in meinem Leben gehört, an die ich mit Stolz … Mehr ist vielleicht im Leben nicht …* Stimmt das? Und kommt's darauf an? Soll ich ihm einen gemeinsamen Ritt gegen die Windmühlen anbieten, falls Sidonie mich erhört? Allerdings: Werde ich überhaupt noch Zeit für ihn haben, wenn ich Sidonie lieben darf? Also nur Windmühlen, falls sie mich nicht erhört? Aber kann ich dann noch leben?

TATEN

Der verstand
ist ein messer in uns,
zu schneiden der rose
durch hundert zweige
einen himmel

Reiner Kunze

Am Montag sitzt Sidonie auf meiner Terrasse, lesend. Mich trifft fast der Schlag, als ich sie durchs Fenster sehe – vor Freude, vor Liebe, vor Schreck. Beinah wäre ich ohne Fensterblick hinausgegangen, wie hätte ich mich blamiert. Es ist nicht Morgen, es ist elf. Ich eben aus dem Bett. Bis vier Uhr nachts mit guter Hand am Essay gearbeitet, danach zu aufgekratzt zum Schlafen. Jetzt ungewaschen, verstoppelt – so darf ich ihr als Galan nicht unter die Augen treten. Aber nachher ist sie vielleicht weg? Ich starre durchs Fenster, ich Verlorener, auf meine zufrieden lesende Angebetete – wie wunderbar und unheimlich, jetzt kommt's drauf an. Auf Zehenspitzen ins Bad. Rasiert, gebraust, frisches Hemd, eine saubere Hose habe ich nicht mehr.

»Nanu, Henry, wie siehst du denn aus?«

Ich beschließe, sie für das »Nanu« zu lieben, und gehe lächelnd auf sie zu, ich kann nicht sprechen, unsere Blicke fallen ineinander. Sie legt das Buch auf den Tisch und breitet, ohne aufzustehen, ironisch – das merke ich noch in meinem Nebel – und theatralisch die Arme aus. Ich laufe unaufhaltsam in diese Arme, spüre tatsächlich ihre Hände an meinem Nacken und Hinterkopf, küsse sie auf die Wange, die Schulter, berge mein Gesicht an diesem frischen Hals, umschlinge sie, ich möchte mich durch sie durchdrücken, in ihr verschwinden, fahre ihr durchs Haar, suche ihren Mund. »Neinnein, Moment«, lacht sie atemlos und will sich befreien, aber behutsam, nicht böse, schon ihre Hände auf meiner Brust setzen mich in Flammen, ich halte sie fest, natürlich nicht mit Gewalt, ich liebe sie ja, ich will nur die kleinen kräftigen, verlegenen Hände auf meiner Brust, das reicht beinahe, um mich zu erledigen. Als ich zurücktrete, habe ich weiche Knie und muß mich auf den Tisch stützen.

Sidonie ist aufgesprungen und hat die Tischplatte zwischen sich und mich gebracht.

»Ich habe mir die Haare geschnitten«, erkläre ich.

»Du hast Krusten im Gesicht.«

»Ach das ...« Ich streiche mir über die Braue, »stimmt, eine Schlägerei ...«

»Eine Schlägerei? Du?«

»Ich war nur – verwickelt. Viele besoffene Dichter waren da, am Ende eines erregten hoffnungslosen Symposiums untergegangener Literatur...«

»Ach so«, sagt sie zweifelnd.

»Jemand hat dort schlecht über die Liebe gesprochen.«

»Und du warfst dich in die Bresche.«

»Ich war auch betrunken. Aber betrunken war ich ...«

»... ausnahmsweise ...«, sie nickt.

»... weil du auf einmal nicht mehr geschrieben hast! Wie findest du das?«

»Übertrieben!« Ein frohes Lächeln huscht über ihr Gesicht, der eigenen Pointe hinterher.

*

Ein Fehlschlag. Sie liest draußen auf meiner Terrasse, ihr Buch und die Terrasse sind wichtiger als ich, der Gastgeber. Ich sitze drinnen am Laptop glühend, arbeitsunfähig, erschöpft nach der fast schlaflosen Nacht. Ich werde mich hinlegen und ausruhen. Ich lege mich hin und dämmere tatsächlich ein. Aber dann schießt mich ein Traum aus dem Schlaf, und ich erwache im lächerlichsten Vollglanz des Begehrens. Nein, nicht stärker begehrend als je, doch wie stark im Vergleich zu den Not- und Pflichtakten der letzten Jahre, die mir heute nur noch als Anstrengung erscheinen, nichts zu verlieren, nachdem offenbar nichts mehr zu gewinnen war. Natürlich auch nicht stärker als zu guten Zeiten, denn da hatte ich ja viel mehr Pulver. Aber eine Dringlichkeit und Verheißung wie früher, als ich plötzlich gegen jede Vernunft Familien gründete und Kinder in eine Welt warf, die einschließlich mir nicht für sie gemacht war. Dieser Überschwang erkennt keine Enttäuschung an, er besiegt den Tod, indem er für das Leben nach uns sorgt, und macht uns entbehrlich, während wir in Raserei das Leben selbst in Besitz zu nehmen meinen – im überschäumenden Triumph von Sekunden scheinbar entschädigt für die Zumutung lebenslanger Nichtigkeit, also betrogen, also lebenslang auf Betrug angewiesen, süchtig, verzweifelt süchtig, aach, ich halte für undenkbar, daß jemals jemand unter der Sonne einsamer war.

An diesem warmen Mittag im hellen Raum bin ich von einer so süßen Wehmut erfaßt, daß ich zu schweben meine. Ich träume, Sidonies Hand in meinem kurzen Haar. »Das darfst du mit einem alten Dichter nicht machen«, sage ich mit trockenem Mund. Mach weiter, denke ich. Wir werden zusammen dichten und ein Kind haben und ihm eine Welt schenken, die für es gemacht ist, denn wenn die Welt überhaupt irgend bewohnbar wird, dann durch Liebe. Wenn es irgendeinen Zauber gibt ohne Betrug, dann die Liebe. Sie an mir neben mir, der kühle weiche

Leib in meinen Armen, die Lippen an meiner Schulter, innig entspannt wie ich, wenn sie einschläft, ist das wie ein Hauch, der über ihren Körper streicht – dann wird alles wie Gummi, es ist so hinreißend, daß ich mich von einer Mücke ins Bein stechen lasse, um nichts zu verpassen.

Aber es ist ja alles ganz hoffnungslos. Das wird nie geschehen! Herzklopfen bis in den Hals, Zunge geschwollen, Furcht in den Eingeweiden. Ich stürze zum Fenster. Sidonie sitzt da, als wäre sie nie weg gewesen. Wieviel Zeit ist vergangen? Sie sitzt über ihr Buch gebeugt, dann lehnt sie sich zurück und hebt den Blick zu meinem Fenster, woher weiß sie, daß ich im Schlafzimmer, weiß sie, wie es um mich steht, wartet sie?

*

»Wie geht es dir?«

Sie hinter mir. Ich fahre herum. Ich hatte mit dem Gesicht zum Haupthaus gearbeitet, um sie abzupassen, sie aber kam aus den Feldern, wo sie spazieren war, mit geröteten Wangen, vergnügt, sie sagt: »Es ist schön, wieder hier zu sein!« So viel Freude in ihren Zügen. Mein Atem setzt aus. Ich halte mir die Brust.

»Warum hast du mich nicht mitgenommen?«

»Ich sah dich arbeiten, da wollt ich nicht stören.«

»Du darfst mich immer stören, Sidonie. Keine Arbeit ist mir so wichtig wie du.«

Sie lacht, als hielte sie das für einen Scherz. »Erzähl von deiner Arbeit.«

»Na, das Übliche. Eine angeblich repräsentative Anthologie der deutschen Gegenwartslyrik hat ein Gedicht von mir aufgenommen. Das Belegexemplar war letzte Woche in der Post. Aber die Hälfte des Gedichts fehlt. Ich beschwerte mich beim Herausgeber, einem Germanisten von der Uni. Er antwortete in einem langen Entschuldigungsbrief, irgendwas mit Termindruck und Fahnen, und schickte als Trostpreis einen Stapel Sonderdrucke mit seinen wissenschaftlichen Aufsätzen. Was soll ich damit, bitte sehr?«

»Immerhin, ein Gedicht in so ner Anthologie ...«

»Ein verstümmeltes Gedicht schadet mehr als ein fehlendes. Ich selbst habe über Kollegen den Stab gebrochen, wenn ich in ihren Gedichten eine einzige dumme Zeile fand.«

Sie blickt mich ehrfürchtig-mitleidig an, und das ist vollends unerträglich.

»Schwamm drüber. Der Rundfunk hat ein paar Feuilletons angenommen. Es gibt da eine Reihe *Alte und neue deutsche Provinz.* Ich hab was über Ostfriesland geschrieben.«

»Gratuliere.«

»Ach, das ist bloß zusammengestöpselt. Aus Verlegenheit habe ich sie im Untertitel genannt: *Ein Paralipomenon und drei Versuche*.«

»Was ist ein Paralipomenon?«

»Weiß ich auch nicht. Ich fürchtete schon, man würde mir im Funk alle Schande sagen. Die Sekretärin sagte aber: Ich soll Ihnen ausrichten, es hat uns gefallen. Wir haben alle sehr gelacht.«

»Ist doch super!«

»Ach, Lachen heißt gar nichts. Schiller und Goethe haben sich über Hölderlin totgelacht, und die Romantiker haben sich vor Lachen bepinkelt beim Vortrag von Schillers *Glocke*.«

»Beim Funk verdient man gut, oder?«

»Ja ... Man muß aber anders schreiben als fürs Papier. Kurzatmig. Lange Perioden eignen sich nicht. Früher fiel mir das schwer. Inzwischen kann ich keine langen mehr, die Luft ist raus ...« Ich beiße die Zähne zusammen. Vorsicht, kein Wehleid jetzt, wäre nicht werbewirksam.

»Ich habe gesehen, du liest demnächst in Emden!« sagt sie, als machte sie mir ein Geschenk. »Find ich klasse!«

»Was ist daran klasse? Ich habe zehn Lyrikbände veröffentlicht!«

»Die haben einen tollen Moderator gefunden, heißt es, einen W... irgendwas. Von hohem Renommee.«

»Na, da bin ich aber dreimal renommierter. Über mich sind sechs Dissertationen geschrieben worden.« Kurze, schmerzliche Assoziation: Graziella. Wie habe ich sie enttäuscht.

»Mein prominenter Freund!« Sidonie beschwichtigend, oder einfach großzügig; vielleicht aber auch herablassend? Wie locker sie das Wort *Freund* ausspricht, ohne Neugier, ohne Spannung, ohne Exklusivität. Und dieses Herz will ich gewinnen, indem ich mit einem Kulturfunktionär rivalisiere?

»Ach nein, schon gut. Was ich geschrieben habe, ist epigonal. Provinzieller DDR-Schrott. In zehn Jahren wird keiner meinen Namen mehr kennen. Ich halte nicht, was ich verspreche.«

»Was versprichst du denn?«

Robert nähert sich über den Rasen und schwenkt einen Zettel. »Ist der von dir, Henry? Du brauchst Computerhilfe?«

»Schon gut«, sage ich rasch, »Ich hatte eine Datei verloren. Ist aber wieder aufgetaucht.«

»Aber ich, ich brauche Computerhilfe!« meldet sich Sidonie. Er kehrt barfuß auf seinen häßlichen Füßen ins Haupthaus zurück, sie hüpft neben ihm her.

»Sidonie!« rufe ich ihr nach, »gehst du am Nachmittag mit mir spazieren?«

*

Wir gehen im leichten, herbstlichen Wind zwischen Feldern und gemähten Wiesen. Die Bäume sind noch nicht verfärbt, aber ins langweilige Einheitsgrün des Hochsommers fressen sich bereits vertrocknete Blätter wie Rost. Ich gehe, eingehüllt in die Flammen meiner Verwirrung, neben Sidonie, die unbekümmert voranschreitet und alles in sich einsaugt, den hellen Tag, die Weite, meine Rede … Warum nur meine Rede? Früher legte ich in der Liebe sozusagen auf Knopfdruck los, ohne Hirn, ohne Seele, und eigentlich ohne Natürlichkeit. Jetzt ist die Seele dabei, aber wo ist der Knopf? Wie oft habe ich diese Frau in Gedanken umarmt, wie zielstrebig überwältigt, und jetzt gehe ich mit den Händen in den Hosentaschen, um mein Zittern zu verbergen.

Dummerweise hat sie mir vor dem Aufbruch ein Gedicht von sich gezeigt. Sie liest ja jetzt unaufhörlich Gedichte, da wollte sie auch selbst mal, vielleicht geht es jedem Gedichtleser so; die formale und rhythmische Versuchung ist ja groß und die Technik so einfach, daß jeder wackere Reimer sich rasch für einen Dichter hält. Ärgerlich: Nun muß ich Autorität beweisen, während eine ganz andere Sprache aus mir hinauswill.

»Also«, seufze ich, »es ist kein Gedicht.«

Sie zuckt. »Wieso?«

»Es fehlt der zwingende Einfall. Es ist rhythmisierte Prosa, wobei der Grund der Rhythmisierung nicht ersichtlich wird.«

»Was ist ein Gedicht«, fragt sie demütig.

»Ein Gedicht setzt Zeichen: Achtung, doppelter Boden. Nicht die Information ist die Hauptsache, sondern die Mehrschichtigkeit der Sprache, die Nebenbedeutungen, Klang, Aura. Das Formale – Graphik, Vers, Reim, Strophe, Zeilenbruch – sind nur Achtungssignale, die die Assoziationsbereitschaft des Lesers stimulieren.«

»Und der Einfall?«

»Ist der energetische Kern. Das konkrete Wort etwa, an dem der Affekt haftet und das durch keine Umschreibung ersetzt werden kann. Ein *Starkregenereignis* meint dasselbe wie ein *Wolkenbruch,* und doch ergäben die Wörter zwei unterschiedliche Welten …« Ich gehe etwas hinter ihr. Ich betrachte ihre Halslinie und lege in Gedanken die Handfläche meiner Rechten auf ihren Nacken, spüre mit dem Daumen ihr linkes, mit den Fingerspitzen ihr rechtes Ohr. Sie müßte stehenbleiben. Ich würde sie zu mir umdrehen.

Sie dreht sich um. »Gäbe *Starkregenereignis* überhaupt ein Gedicht her?«

Wir gehen weiter, sie fragt, ich verliere den Faden, knüpfe woanders an, sie staunt lebhaft, und bald sind wir fünf Kilometer gegangen. Vor uns taucht am Ende einer flachen Steigung ein Funkturm auf, zu dem ich noch nie gekommen bin, auch Sidonie angeblich nicht; eine zwei- oder dreistöckige Metalleiter führt hinauf. Wie auf Verabredung verlassen wir den Weg, lächeln verwegen über das Schild *Benutzung auf eigene Gefahr!* und erklimmen das Zwischendeck. Wir stehen auf einem Metallrost im Wind. Unten sehen wir Spaziergänger, Radler, ein langsam fahrendes Auto. Ringsum weites Land, gedämpfter Himmel. Vor mir Sidonies beseeltes Gesicht.

»Ich habe von dir geträumt«, sage ich.

»Von mir?« Sie lacht verlegen, vielleicht geschmeichelt. Herrgott, kapiert sie wirklich nichts, oder will sie Komplimente schinden?

»Ja. Heute morgen, im Halbschlaf, habe ich ziemlich ausführlich von dir geträumt.«

Sie schweigt, aufmerksam, belustigt.

»Es war eigentlich nicht im Halbschlaf.«

Sie kichert.

»Ich war wach – entschuldige.«

Sie schweigt. Es hat ihr die Sprache verschlagen. Sie sucht nach Worten. Ich ahne, welche sie gleich finden wird: Träumen darfst du, was du magst. Nur die Wirklichkeit –

Ich aber denke: Welche Kraft liegt im Aussprechen der Wahrheit! Ich bin befreit, sie ist verlegen, ich einen Schritt voraus zwischen ihren Gefühlen und ihrem schwäbischen Verstand. Sie so verwirrt, daß sie sogar vergißt, sich die Haare aus dem Gesicht zu streichen: so eine Schwäche in so einem gesunden Körper, einer so glatten Haut. »Du weißt aber …« beginnt sie. Unsere Blicke tauchen ineinander. In ihrem Unruhe und Zweifel, ja, aber auch eine gewissermaßen duldsame Sympathie. Meine Kraft wächst; ich kann lächelnd ohne Panik fragen: »Du hast einen anderen?«

»Nein. Aber ich habe keine Lust auf Partnerschaft. Wenn ich zurückblicke …«

»Wenn du zurückblickst …«, wiederhole ich zärtlich, *zurückblicken,* was für ein drollig anmaßendes Wort aus einem so unerfahrenen Mund.

»Also«, sagt sie errötend, »ich finde eigentlich, daß die Nachteile überwiegen.«

Errötet! Ja!! Und das Wort *eigentlich* meint eigentlich immer das Gegenteil, wart ab, ich werde dir die Vorteile zeigen, »Wer redet von Partnerschaft?« rufe ich aus, »Es ist doch nur, daß da – etwas zwischen uns ist! Es kann wachsen … Wir wollen es pflegen … Ich für dich, du für mich …«

Sie schüttelt den Kopf, fast zärtlich.

Ich werfe mich auf die Knie.

In ihren Zügen Schreck, ein Funke Belustigung, Tumult.

Ich knie vor ihr und breite die Arme aus. Sie ist reizend in der Verwirrung, altkluge, ahnungslose Sidonie! »Aber Henry, was soll …«

»Ich will deine Kniekehlen küssen!«

Es ist eng auf dieser Plattform, sie kann nicht fliehen. Sie lacht geniert und versucht mich hochzuheben, Handgemenge, aber nicht feindselig; da ich stärker bin, ziehe ich eher sie zu mir herunter, sie ruft leise: »Bist du verrückt, überall Spaziergänger …«, süße Spießerin, wenn sie sich wegen Spaziergängern Sorgen macht, sorgt sie sich um die Hauptsache nicht, und das macht mich glücklicher, als ich sagen kann, unsere Gesichter jetzt nah beieinander, ich lächle in ihre Augen empor, ich halte sie fest, es geht mir gut, ich spreche atemlos und dankbar in diese Augen: »Es geht mir gut!«

*

Auf dem Heimweg nehme ich ihre Hand. Sie zuckt kurz und überläßt sie mir, obwohl ich Widerstand in ihren Zügen sehe, nein, keinen Widerwillen, eher einen raschen Wechsel der Empfindungen. Ich frage nichts. Nach einiger Zeit ruckt sie, ich lasse nicht los.

»Bleib ruhig, hab keine Angst«, beschwichtige ich. »Bin ich dir unangenehm ...« Ich fühle, ich bin's nicht, sie mag es, ich muß fragen, damit sie's merkt.

»Ich will nur nicht, daß du dir Hoffnungen machst. Denn ich schätze dich sehr, aber...«

»Bleib ruhig, Liebe, Liebe!«, ich halte einfach ihre Hand und gehe weiter, kein Versuch mehr einer Umarmung, ja, sie mag es, was gibt es Köstlicheres als solche Nähe, das leichte, elektrische Strömen über Hand und Hand von Herz zu Herz, ein einzelner ist in der Welt verloren, aber zwei, vereint in Liebe, sind unbesiegbar.

Der Wind legt sich in der Dämmerung, es bleibt warm. Als wir uns dem Hof nähern, löst sie sich und springt davon. »Bis morgen!« rufe ich ihr nach. Sie dreht sich kurz um und winkt. Ist ja richtig, daß Frauen vor dem Äußersten zurückschrecken, kein Wunder bei den Konsequenzen; man fürchtet sich ja vor sich selbst! Ach, Sidonie, wenn du wüßtest, wie ich dich liebe, du würdest schreiend davonlaufen, ich darf nichts überstürzen, heute jedenfalls nicht, aber dann. Ich werde dir zeigen, wie ich lieben kann. Ich sehe uns daheim nach einer erfüllten Nacht, nach vertrautem Frühstück, sie entwickelt mit ernsthaftem Gesicht am Schreibtisch Romane im Gestus des Sozialistischen Realismus, und ich ziehe ihre Hände von der Tastatur.

*

Heute nacht träumte ich vom Ende des Krieges. Ich saß in einem Panzer, einer Art begehbarem Riesenpanzer von der Größe eines Schlachtschiffs, und begriff plötzlich, der Krieg war aus. Ich erklärte das meinen Soldaten und begann, die Kanonenkugeln über Bord zu werfen. Es waren große Kugeln, manche aus Stein wie im Mittelalter, sie rollten träge aus und hinterließen Spuren im Sand. Einmal kam außer Atem eine Funktionärin angerannt, eine vierzigjährige Schreckschraube, die sonst Jugendweihen organisierte, und rief etwas von Klassenfeind und innerem Feind; die warf ich auch raus. Die Soldaten, die schon länger keine Lust zum Kämpfen mehr gehabt hatten, wollten einen trinken gehen, aber ich verbot es.

Ich will Sidonie anrufen und sagen: Der Krieg ist aus!

Aber ich muß nach Münster. Es bleibt nicht mal Zeit zu frühstücken, geschweige denn anzurufen. Während ich vergnügt mit der Bahn nach Münster fahre, überlege ich, wie ich am Abend alles erzählen werde. Sidonie! werde ich sagen, wie du weißt, sollte ich heute in Münster zwei meiner Provinz-Skizzen fürs Radio lesen, war also leider nicht da. Und weil ich verschlafen habe, konnte ich nicht mal frühstücken, geschweige denn anrufen. Aber ich habe den ganzen Tag an dich gedacht. Und weißt du, was ich geträumt habe? Der Krieg ist aus!

Vom Münsteraner Bahnhof fahre ich mit dem Stadtbus zum WDR, steige allerdings eine Station zu früh aus, weshalb ich reichliche zwanzig Minuten laufen muß. Während ich laufe, denke ich so intensiv an Sidonie, daß ich im Taumeln zu schweben meine, und während ich an sie denke, erblicke ich eine Telefonzelle und überlege, ob ich sie anrufen soll, um zu sagen, daß ich gerade auf einem ziemlich weiten Weg zum Funk, nachdem ich eine Station zu früh ausgestiegen bin, intensiv an sie denke.

Das Aufnehmen dauert nur eine Stunde, aber die Fahrt mit der Eisenbahn jeweils zwei, also laufe ich noch ein bißchen durch Münster, dankbar und hochgestimmt. Ich sehe an meinen verschossenen Jeans hinunter und habe die Idee, eine neue Hose zu kaufen. Im Schaufenster sticht mir eine ins Auge, hell, italienisch, Leinen, Marke *Cinque*. Ich gehe in den Laden, um sie anzuprobieren.

Die Verkäuferin sagt: »Machen Sie nur, es sind keine Nadeln mehr drin!« Aber beim Anziehen in der Kabine merke ich, daß die Hosenbeine mit einer Plasteklammer zusammengeheftet waren. Ich ziehe an der Plasteklammer, die sich öffnet, worauf sich Tinte auf Hose und Hände ergießt. Ich strecke die blauen Hände aus der Kabine und sage: »Sehen Sie, da war doch eine Klammer!« Die Verkäuferinnen schimpfen: »Die ist unabwaschbar!« Aber schließlich holen sie ein Spezialmittel.

*

Während der ganzen Rückfahrt freue ich mich darauf, Sidonie von meinem heiteren Tag zu berichten. Aber sie ist nicht da und geht nicht ans Telefon, auch am Kamin sitzt niemand. Ich schlendere über den verlassenen Hof hinüber zu den Bildenden Künstlern, wo Dora zusammen mit Bernd Nudeln kocht, auch sie sind gut zu mir, geben mir was ab und lachen über meine Erzählung. Danach mache ich noch einen Spaziergang, in stiller Vorfreude: Es ist ein glasklarer Abend, hell, aber im Schatten bereits kalt; als die Sonne hinter den leeren Feldern sinkt, fällt Tau. Angenehm, an so einem frühherbstlichen Abend sich auf Zweisamkeit zu freuen.

Dann arbeite ich. Am Schreibtisch, wenn man mal dran sitzt, vergeht die Zeit schnell, auf einmal ist Mitternacht, zu Bett.

Zunächst kräftig, dann unruhig geschlafen, Träume. Ein Ferkel kommt auf mich zu, niedlich im Ausdruck, aber physisch sehr groß, wie eine Kuh. Auch der Kopf ist nicht wirklich ferkelhaft, sondern platt, und mitten auf der Stirn hat es ein Loch, oder ein Mal ... als es vor mir steht, erkenne ich: es ist eine Vagina! Mir wird mulmig, das Tier lächelt aber gutgelaunt, und ich lächle zurück. Auf einmal taucht die Mutter auf, noch größer, mindestens von der Statur eines Nilpferds – im Galopp, daß die Erde bebt, nicht angriffslustig, aber von höchster Wachsamkeit, daß dem Kleinen kein Leids geschieht. Ich erwache wie mit einem Hufabdruck auf dem Sonnengeflecht, erschrocken lachend.

Quälend lange wach gelegen, dann ein von Träumen zerfetzter Halbschlaf. Mein Scheidungsprozeß vor einundzwanzig Jahren. Der Richter schreit mich an, ich versuche mich zu erinnern, warum. Lotte springt auf und wirft einen Kübel Leichengift nach mir. Ich flüchte, sehe eine Gestalt im Nebel, erkenne am mutwilligen, beschwingten Gang meine Kunstmalerin Franziska. Sie dreht sich um und sagt: »Hiermit tausche ich mich aus.« Auf einmal weiß ich wieder, warum der Richter geschrien hat. Er schrie: »Geben Sie schon zu, daß Sie kürzlich Geschlechtsverkehr hatten!« Ich schrie zurück: »Nein!«, was eine Lüge war, aber notwendig: Beischlaf nach dem Einreichen der Scheidung galt als Versöhnung und hätte das Verfahren nichtig gemacht. »Das war unsere Versöhnungsproblematik«, erkläre ich Franziska, die laut lacht, es ist jetzt Sidonie. »Wo warst du?« rufe ich erleichtert, aber sie verschwindet. Ich rase auf der Suche nach ihr im Porsche durchs Tal, über mir eine Brücke, von der sich Sportler an Gummiseilen werfen. Zwei Sportler zerschellen direkt vor mir, Seil zu lang, werden wieder hochgerissen über die Motorhaube, die ganze Frontscheibe übergossen von Blut. Ich drücke aufs Gaspedal, Panik, Scheibenwischer im Platzregenmodus, eine ockerfarbene Natursteinmauer rast auf mich zu, nackt, ich schieße hoch, wach, die nackte Natursteinwand unserer Scheune ohne die Fahrräder, jetzt wirklich wach, die beiden Fahrräder im Vorraum, die sozusagen allen gehören, aber selten benutzt werden, sie waren nicht da. Gestern abend. Ich hatte offenbar bemerkt, daß sie nicht da waren, aber nichts gefolgert, jetzt aus dem Schlaf die Erkenntnis: Sidonie ist ausgefahren. Nicht allein. Mit irgendwem.

Kein Schlaf mehr möglich, Angst. Morgens um sieben ins Freie, durch die nasse Wiese ums Haus, niemand da, acht Uhr niemand da, unruhig gefrühstückt, zum Edeka Einkaufen, und dort treffe ich sie mit einer Tüte voller Brötchen. Ich laufe auf sie zu, sie prallt zurück.

»Du warst mit dem Fahrrad unterwegs?« frage ich atemlos.

»Nein.«

»Ach so? Ich sah, bei dir brannte kein Licht, und da dachte ich, du bist bestimmt mit dem Fahrrad fort.«

»Nein, ich habe gearbeitet. Am Computer geht das ziemlich lang in der Dämmerung.«

Wir gehen nebeneinander zurück, sie trägt ihre Tüte, ich bin ohne einzukaufen umgekehrt.

»Ich hatte gehofft, dich noch zu sehen«, sage ich. »Ich wollte von Münster erzählen.«

»Ach ja, Münster, wie ging's beim Funk, warst du zufrieden?«

»Ich habe allerhand erlebt«, sage ich verwirrt, aber ich finde keinen Ansatz – alle Geschichten auf einmal wertlos, mein vorzeitiger Ausstieg aus dem Bus, der Anblick der Telefonzelle, wie ich anrufen wollte – warum habe ich nicht angerufen, habe ich was verspielt? –, die Idee, eine neue Hose zu kaufen, unabwaschbare Tinte –

»Ich war erfüllt«, sage ich. »Ich wollte dir etwas mitteilen.

Deswegen war ich so traurig, daß du ohne mich mit dem Fahrrad weggefahren bist.«

»Ich bin nicht Fahrrad gefahren.«

»Ja, stimmt, hattest du gesagt.«

*

Sie will mit den Bildenden frühstücken, daher die vielen Brötchen, »Magst du mitkommen?« Ich lehne ab, beleidigt von ihrer Gelassenheit, kehre ruhelos in meine Hütte zurück, merke, daß ich nichts gekauft habe, hole im Edeka Brot und eine Flasche Wodka und beginne zu trinken. Es ist, als merkte ich kurz vor dem Gipfel, daß unter meinen Füßen Geröll sich löst, ich versuche immer noch, das Kreuz zu erreichen, bereits bis zu den Knien im rollenden Gestein, vorwärtslaufend werde ich nach unten gezogen, nichts aufzuhalten, alles mitgerissen, Brocken Kraut Sträucher, unvermeidlich der freie Fall. Ich Idiot, hat sie nicht mal gesagt, launische Männer seien ihr ein Greuel? Aber ich war doch nicht launisch, ich war verzweifelt! Kurzer Hoffnungsblitz, als das Telefon klingelt, aber es ist Christine aus dem Büro: Ein Ehepaar aus Wilhelmshaven, das meinen Radioauftritt gehört habe, wolle mich gern kennenlernen.

Als ich aus der Hütte laufe, wartet ein älterer Herr; die Frau geht draußen auf dem Parkplatz auf und ab. Er sagt, er sei Jahrgang 1917 und von Beruf Brandschutzsachbearbeiter gewesen. Er lese gern Bücher und kaufe auch welche, aber lieber erst, nachdem er die Autoren gesehen habe. Er betrachtet mich skeptisch. Er wird kein Buch von mir kaufen. Zurück ins Haus. Drei Gläser im Stehen. Idiot! Idiot! Ich schreie vor Wut. Endlich, allmählich setzt die Betäubung ein. Und ich denke: Was für ein Theater. Warum soll sie nicht mit den Bildenden frühstücken? Vielleicht gehe ich rüber und setze mich dazu. Meine Füße gehorchen aber nicht wirklich, und außerdem ist es wohl zu spät, schon ein Uhr, wie eine Waise irre ich draußen herum. Ein herrlicher Tag, merke ich verwundert, eigentlich könnte doch Sidonie auf meiner Terrasse sitzen und Gedichte lesen, aber das tut sie nicht, einschießender Zorn, wo steckt sie, und warum ist sie gestern Fahrrad gefahren? Ich laufe um den Schafstall, und da sitzt sie, allein, auf der schmalen Seite, und liest, und lächelt.

»Was machst du hier?«

Sie erschrickt. Sie sitzt auf einem meiner Plastestühle, den sie hierhergetragen hat, noch bin ich zu überrascht, um zu wissen, ob ich erleichtert oder böse sein soll. »Du hättest doch bei mir sitzen können, da ist mehr Sonne …«

»Ich wollte nicht stören«, sagt sie unsicher.

»Du mich? Vor meinem Haus sitzend?«

»Ich habe dich gehört«, sagt sie verlegen. »Du hast geklagt und geschrien.«

Eiseskälte, ein Schwall vom Rücken übers Gesäß bis in die Schuhe hinab.

»Ich? Unsinn!« Jetzt bin ich nüchtern, ernüchtert. »Was liest du da?«

Ich greife danach, *Was in der Schublade blieb. Ungedruckte Lyrik aus der DDR.*

»Woher?«

»Von Robert.«

Robert! Wie kommt der dazu, mein Revier zu bewildern!

»Ungedruckt ist keine Empfehlung«, schnauze ich. »Man schreibt immer für Publikum. Wer Talent hat, bringt es auch in Bedrängnis zur Geltung. Es würde mich sehr wundern, wenn in diesem Band auch nur das Geringste …« Ich sehe Sidonie kichern und nehme ihr das Buch aus der Hand. Ich lese die aufgeschlagene Seite.

Tierliebe
Im Märzen der Bauer ist sauer,
weil die Rößlein im Herzen, anstatt zu pflügen,
viel lieber täten
beieinanderliegen.

Das ist nun wirklich der Gipfel! So ein QUATSCH! möchte ich brüllen. Wo doch jeder weiß, daß Rößlein gar nicht beieinanderl–, sondern!!!

Ich beherrsche mich mit Mühe. Ich starre Sidonie an. Sie sitzt immer noch auf meinem Stuhl und begegnet meinem Blick ein bißchen furchtsam, aber auch irgendwie vergnügt. Ich blicke in die großen, irregeleiteten Augen und sage: »Wenn du was lernen willst ... es gibt Besseres. Halte dich an die ... richtigen Autoren.«

»Zum Beispiel?«

»Zum Beispiel Christian Morgenstern.«

»Ja, den mag ich!« ruft sie erfreut.

»Wen, den Dichter oder die Gedichte?«

»Na, ihn kenne ich ja nicht. Aber den Gedichten nach war er nett.« Schon deklamiert sie freudig:

Ich kenne nicht des Todes Bild
und nicht des Sterbens Nöte:
Ich bin die Schild – ich bin die Schild –

»Was hältst du davon?« unterbreche ich. Ich muß schlucken. Es dauert, bis mein Atem wieder ruhig genug geht für den anderen Ton.

Jetzt bist du da, dann bist du dort.
Jetzt bist du nah, dann bist du fort.

Kannst du's fassen? Und über eine Zeit
gehen wir beide die Ewigkeit
dahin – dorthin. Und was blieb? …
Komm, schließ die Augen und hab mich lieb!

Sie denkt nach. »Fein! Nett …«

»So nett ist es gar nicht«, muß ich jetzt sagen.

Ihr Auge trübt sich. »Wieso?«

»Nun, es beginnt nur harmlos. *Jetzt bist du da, dann bist du dort. / Jetzt bist du nah, dann bist du fort.* Schon in der zweiten Zeile wird es komplex. *Da* und *dort* sind zunächst zwei Orte. In der zweiten Zeile das *nah* ist bereits mehrdeutig. Und *fort* – statt fern – steht nicht nur des Reimes wegen da, es erweitert auch den Sinn. Es kann bedeuten: *verloren, vergangen,* der Autor spielt mit dem Kontext der Wörter. Derselbe Doppelsinn später: *gehen wir beide* assoziiert – zwischen zwei ganz wichtigen Zeilenbrüchen – zwei entgegengesetzte Sphären. Man kann lesen: *Und über eine Zeit gehen wir beide die Ewigkeit,* also einen ewiglangen gemeinsamen Weg. Darin schwingt Nähe, Vertrauen. Nach dem Zeilenbruch geht der Satz aber weiter: *dahin, dorthin* – und binnen dieses Satzes kippt das Bild. *Dahin, dorthin* kann bedeuten auseinander. Und *Dahingehen* für sich nicht mehr nur Schlendern, sondern Schlendern ins Nichts, also *Vergehen, Entschwinden.* Die Assoziation wird bestätigt durch den folgenden Satz: *Und was blieb?* Die Antwort sind drei Pünktchen … Es bleibt … nichts. Beachte, daß das plötzlich im Präteritum steht. Eigentlich müßt es *bleibt* heißen, nicht *blieb.* In der Ewigkeit gibt es keine Zeit. Warum schreibt Morgenstern *blieb?«*

»Keine Ahnung.« Etwas gequälter Tonfall.

»Es gibt nur einen Trost«, sage ich erschöpft, »gegen die Vergänglichkeit. Der bedeutet alles.«

Schweigen. Ich stehe neben ihrem Stuhl.

»Und wie ist der Titel?« Ich lege die Hand auf die Lehne.

Sie denkt nach, aber inzwischen weiß ich: So viel denkt sie gar nicht. Sie sieht nur effektvoll nachdenklich aus.

»*Schauder.*«

Sie schluckt.

Ich beuge mir zu ihr. »Komm, schließ die Augen …«

»Nein!«

»Warum nicht?«

»Hör zu, Henry! Was soll ich … Der Stuhl zittert!«

Ich lasse los wie nach einem Stromstoß.

*

Sie gleitet seitwärts aus dem Stuhl.

Ich auf weichen Knien ins Haus. Unter mir rutscht wieder Geröll, ich trinke aber nicht mehr. Ich wähle ihre Nummer, sie hebt nicht ab. Später erreiche ich Gabriel, der mich zu sich einlädt, und dort trinke ich natürlich doch. Auf dem Rückweg in mein kaltes Asyl begegnet mir Sidonie, mit einem Arm voll Wäsche aus dem Keller. Sie sieht aus, als wolle sie was sagen.

»Ist das die Nacht der Wahrheit?« keuche ich.

»Nein, eher nicht«, sagt sie rasch und entschwindet.

*

Schlecht geschlafen. Frühmorgens hält ich es mich nicht in meiner Bude, und ich laufe auf die Felder hinaus. Der Wind treibt ein Geschwader Ballons heran, eine lautlose Armada: graue Ungetüme in der fahlen, warmen Luft, Flammenstöße, das Knallen der Brenner. Dann geht die Sonne auf und verfärbt alles rotgrau.

Um elf klopft Sidonie und bringt Kuchen. Ich habe eben Kaffee gekocht.

»Kein Hunger«, sage ich. Aber dann verschlinge ich alle drei Stücke.

»Geht es dir besser«, fragt sie.

»Ich habe Karatschinzew noch mal überarbeitet. Mit dem letzten Kapitel, dem über die Drosseln, war ich unzufrieden, das habe ich neu übersetzt. Gestern nachmittag, ging ganz leicht. Diesmal ist es gelungen.«

»Na also!«

»Ach, das war nur der Abgesang, das mit den Drosseln.«

Vom Kaffee bricht mir der Schweiß aus.

»Ich fühle mich wie ein Idiot«, sage ich. »Nur falls du dich wunderst, warum ich mich so aufführe – falls du es noch nicht gemerkt hast. Ich bin verliebt. Oder wäre dir das entgangen?«

»Also ich weiß jetzt nicht ... Falls du mich meinst ... ich habe dir ja gesagt ...«

»Ja, du hast gesagt. Ich weiß. Du findest, die Nachteile überwiegen. Ich habe darüber nachgedacht. Ich kann damit leben. Ich werde warten, bis du ... Ich kann warten. Solange du nicht mit einem anderen ...«

Sie murmelt betreten: »Zu spät.«

»Wie?«

»Also ich versuchte dir schon zu sagen ...«

»WIE?«

Sie will aufstehen, ich versperre ihr den Weg. »Du hast mich belogen?«

»Nein, als ich das sagte, stimmte es noch.«

»Das Fahrrad – die Fahrräder – ich ahnte es! Ich dachte, es wäre was Besonderes zwischen uns, und dann muß ich mir denken, daß du am nächsten Tag genau das gleiche – mit wem? Mit wem? Wer war's!« schreie ich.

»Robert.«

Ich schnappe nach Luft. Das darf nicht ... Unser Spaziergang.

Ich habe sie geschont, das heißt, ich habe sie heißgemacht, und dann kam er. »Das ist unglaublich! Ich fasse es nicht! Ausgerechnet! Was hat er, was ich nicht habe? Ist es das Alter? Was habe ich falsch gemacht?« Sie sitzt verlegen da, ich renne schreiend um sie herum, das Maß meiner Erniedrigung voll zu machen, warum, warum? »Irgendwas habe ich vergeigt. Ich habe den Moment verpaßt, wo ich dich hätte ins Bett zerren und vögeln müssen. Und während ich vor mich hin träumte und mich verzehrte, kam er, einfach so, und hat dich genommen.«

Sie schweigt immer noch und seufzt, das Biest.

»Ich bin blamiert! Ich kann hier niemandem mehr in die Augen sehn. Und euch beide will ich sowieso nicht mehr sehn. Ich muß abreisen.«

»Du wirst doch nicht wegen so einer Lappalie …«

»Es ist keine Lappalie, Teuerste. Es ist die Liebe.« Aber sie schüttelt den Kopf, als wisse sie nicht, wovon ich rede. Eigentlich muß ich sie umbringen. Oder mich. Mindestens Robert. Am besten alle drei. »Ich hatte gedacht, das sei erledigt. Plötzlich fing ich wieder an, zu fühlen und zu leben. Am Samstag war ich so glücklich wie seit Jahren nicht. Und jetzt schlägst du mich nieder. Es war alles Einbildung, ich habe mich verrückt machen lassen, ich war ein Esel! Mein Gott, was für ein Esel ich war! Ich Idiot!« Ich taumle, mein Herz außer Tritt, schäumend, Schlieren vor Augen, was überhaupt, also, Scheitern das eine, aber dann auch noch, dann auch noch, dann auch noch er, warum nur, warum ausgerechnet er, DIESER ELOQUENTE SCHWÄTZER MIT SEINER SCHEISSPROSA!

*

Alles ist schwarz um mich. Um mich alles schwarz. Nachdem ich Sidonie rausgeschmissen habe, wird mir schwarz vor Augen, und ich gehe zu Boden. Später schleppe ich mich zu unserem

Staverfehner Landarzt, der sich weigert, zu mir zu kommen – er kennt mich bereits und macht keinen Hehl daraus, daß er mich für einen Hypochonder hält.

Im Behandlungszimmer lege ich mich nicht auf den Behandlungstisch, sondern setze mich auf einen Hocker, der offenbar der des Arztes ist. Die Liege steht nämlich unter dem angekippten Fenster, von dem es kalt hereinzieht. Der Arzt tritt ein und stutzt, sagt aber nichts. Er lehnt sich an die Wand neben der Tür, die Hände auf dem Rücken, und knipst mehrfach versehentlich das Licht aus, worauf er jedesmal mit einem leisen Ausruf herumfährt und es wieder anknipst. Ich sage: »Um mich ist alles schwarz.«

Er antwortet: »Kein Wunder bei Ihren Werten.«

»Bei meinen Werten«, sage ich bitter. Fast hätte ich gesagt: Wirklich kein Wunder. Ich habe mich verliebt und bin gescheitert. Aber er wiederholt gänzlich humorlos Laborziffern aus meiner Krankenakte. Er sagt: Blutdruck, Extrasystolen, Cholesterin, Entzündungsparameter, Leberwerte eklatant erhöht – er rät mir, mich an einen Internisten zu wenden; der Überweisungsschein liege schon *bei den Mädchen* bereit. Ich stehe auf, allein gelassen in meinem Elend, und frage mannhaft: »Was soll ich tun?«

»Es sind die Adressen von drei Auricher Internisten beigeheftet. Besorgen Sie sich rasch einen Termin.«

»Und bis dahin?«

»Bis dahin rate ich Ihnen: keinen Alkohol, keine Zigaretten, keine Aufregungen.«

*

Ich fahre nach Aurich zum Internisten. In Aurich auf dem Marktplatz findet ein Weinfest statt mit Gutelaunemusik und Trubel. Ich esse auf einer Biergarnitur ein Stück Lamm mit Kräuterbutter und trinke Dornfelder, und dann trinke ich noch einen Dornfelder. Ich blinzle in die Nachmittagssonne und fühle mich aufgehoben im dröhnenden Summen der Menge. Den Termin beim Internisten habe ich verpaßt. Kein Alkohol, keine Zigaretten, keine Aufregungen, da könnte ich ja gleich aufhören, Dichter zu sein. Während ich esse, beginnt meine Nase zu tropfen, und da ich kein Taschentuch dabei habe, wische ich die Tropfen unauffällig mit der Hand weg. Nach einiger Zeit merke ich, ich habe rote Finger.

Noch später in einer Nebenstraße wird mir schwindlig, und ich sinke auf eine leere Holzpalette unter einem Schaufenster. Ziemlich lange sitze ich dort, auf der sonnenbeschienenen Seite einer Einkaufsstraße, in der, nur drei Fußminuten vom Marktplatz entfernt, kaum ein Mensch unterwegs ist. Eine sehr alte Frau entsteigt einem Taxi, trägt mühsam Gepäck in einen Laden und kommt auf Krücken wieder heraus. Sie wirft einen Blick zu mir herab und sagt nachdenklich: »*Sie* werden *nicht* abgeholt.«

Später setzt sich ein Penner neben mich auf die Palette. »Haste zwee Mark?«

Der gute Berliner oder Brandenburger Ton, das trifft mich schwer. Noch ein versprengter Ossi mit Bartstoppeln und gesprungenen Äderchen im Gesicht, ich will ihn nicht sehen. Ich will gehen, komme aber nicht hoch, also bleibe ich sitzen, fast ohnmächtig, und drücke beide Hände auf die Brust, um mein Herz festzuhalten.

»Warum zwei?« frage ich.

»Na denn eene, bitte, ick bin Alkoholiker, ick brauch meen Stoff!«

Ich gebe ihm die Mark. Ich denke: Bruder, wir sind uns ähnlicher, als du denkst.

Er hält die Münze vors gerötete Auge. »Geld macht nich glücklich, wa. Ick hab hunnerttausend Märker, machen die mir etwa glücklich? Nee! Nur n bißken unabhängig. Okay, als die mir inne

Sparkasse sachten, ohne festen Wohnsitz kriege ick bei die keen Konto, sare ick: Selba schuld, denn geh ick ehmt zu die Deutsche Bank. Wenn ick hunnerttausend Märker hab, wozu brauch ick denn n Wohnsitz? Geld macht schließlich nich glücklich.«

Meine Nase beginnt wieder zu bluten.

»Du hast annere Probleme, wa?«

»Ja. Meine Angebetete hat mich betrogen.«

»Pah! Raspel dir een. Frauen wern total überschätzt. Ohne unsere Bedürfnisse wär da null Substanz. Zum Bleistift: Wat wärn die Erdöl exportierenden Länder ohne Erdöl? Nüscht!«

Wir schweigen eine Weile.

»Jeht ooch ohne, echt. Neulich unter die Brücke, da wollt et so ne Bekannte mir mit de Hand machen for zehn Märker. Aber aus sah die? So ne abjemolkene Titten! Da mach ick's mir lieba selba und geh mit die zehn Märker inne Kneipe! Oder wat hättest du jetan?«

Später finde ich mein Auto nicht. Ich habe es wegen der Parkgebühren am Stadtrand abgestellt, vor einem mehrstöckigen Gebäude, aber welchem? Vom Marktplatz aus sehe ich eins, das in Frage zu kommen scheint, aber es ist das falsche. Als ich verwirrt vor der Tafel mit den Klingelknöpfen stehe, fällt mir *Falladah* ein, das zusammenbrechende Pferd. *Fünf Minuten später lagen nur noch meine Knochen auf der Straße.* Tränen schießen mir in die Augen. *Dabei lebe ich überhaupt noch und bin gar nicht fertig mit dem Sterben!*

Eine Frau tritt aus dem Haus. Ich wechsle rasch die Straßenseite. Als ich mich umdrehe, sehe ich, sie zieht eine Lesebrille aus der Handtasche und studiert neugierig die Namensschilder.

*

Gabriel steht vor meiner Tür. »So geht das nicht. Ich verstehe die Verwundungen, die da brennen, und bin auf deiner Seite. Aber ich habe auch Verantwortung für die anderen.« Ich hätte nachts auf dem Klavier herumgehämmert und sei brüllend ums Haus gerannt, sagt er bekümmert.

Ich erinnere mich nur verschwommen.

»Es tut mir leid«, sage ich. »Ich halte es nicht aus. Immer ist es dunkel bei denen, ich sehe die dunklen Fenster und weiß, was passiert, er bei ihr, sie bei ihm, vielleicht testen sie die Betten abwechselnd. Ich bin doch kein Neutrum! Und ich kann die Liebe nicht einfach ausknipsen wie Licht.«

Er reicht mir ein paar vollgekritzelte Blätter. »Hast du die heute Nacht geschrieben? Sie lagen auf dem Klavier. Vielversprechend. Vielleicht besinnst du dich auf dein Kerngeschäft?«

Nach einem Tag in Verzweiflung ende ich wieder am Klavier. Dort klebt ein Zettel, der mich allerdings nach Luft schnappen läßt. Saubere, kunstvolle Schrift. *Hallo Henry! Ich respektiere deinen Schmerz, doch wozu die Öffentlichkeit? Wenn einer am Kamin steht und merkt plötzlich, er muß kotzen, dann geht er doch raus, oder? Beste Grüße Dora.*

*

Ich fühle mich entkernt, gleichsam ausgehöhlt, die Ränder der Höhle wund. Wie immer ich mich bewege, Scham und beißender Schmerz. Wenn ich mich nicht bewege, geht es. Gabriel kümmert sich, er wirkt so besorgt, daß er nicht mal mit mir trinken will. Er bringt mir die Post.

Vor einer Woche hat Gabi einen sechsseitigen Brief geschrieben. Wir hatten mal was miteinander vor Jahren, dann allerdings hat sie einen reichen Italiener geheiratet und von ihm zwei Kinder bekommen. Den Italiener ist sie wieder los, die Kinder natürlich nicht, jetzt sucht sie eine neue Aufgabe. Ich lese den Brief mehrmals. Trotz des skeptischen Tons scheint Gabi mir zugetan, eine junge Frau, nicht älter als Sidonie. Aber was soll ich mit zwei kleinen Kindern?

Ich erwäge auch, Sidonie einen Brief zu schreiben: *Tu's nicht! Hast du nicht gehört, wie zynisch der Mann über die Liebe redet? Sein Ideal ist die Beischlafsgemeinschaft mit vierzehntägiger Kündigungsfrist!* Ich lasse es aber, aus Furcht vor der Antwort: *Ach nein, in Wirklichkeit ist er echt total süß!*

Manchmal fahre ich durch die Gegend auf der Suche nach Frauen. In einer Drogerie sehe ich eine Reiterin: hochgewachsen, karierte Jacke, Breeches, knallende Absätze; Brille. Kauft Damenbinden. Ich setze mich in ein Café, um abzuzittern. Es gibt wirklich schöne Frauen in Ostfriesland. Nur leider alle so jung, die Biester. Eine Kellnerin in Emden macht mir tiefen Eindruck. Sehr fein und nett, hat bestimmt studiert. Herrliche lange Beine.

Heute ein kühler, wechselhafter Tag. Ich sitze auf dem Gartenstuhl, den ich ständig in die Sonne schiebe, und lese, bis eine riesige Wolke mich vertreibt. Kreisflucht: Im Haus war's zu kalt und ich suchte die Sonne, jetzt flüchte ich vor dem Wind ins Haus, bis die Sonne mich wieder hervorlockt.

Kadletz schreibt: *Ich gratuliere zu Deinen neuen Gedichten! Sehr eindrucksvoll.* Eindrucksvoll, schnaube ich. Meine Nase fängt wieder an zu bluten. *Auch die Prosa,* fügt er hinzu, *allerdings: Deine Wendedeutung wird kaum ein Publikum finden,* zu säuerlich, *schon zu deiner eigenen Schonung muß ich von einer Publikation abraten,* und so fort. Die Metamorphose-Skizzen seien *amüsant, vielleicht was für den Rundfunk.* Großartig aber wie gesagt die Gedichte, meine Billigung voraussetzend, habe er sie seinem Rotarierbruder Nagy gezeigt, der mir eine Poetikprofessur vermitteln wolle und mich als Stadtschreiber in Bergheim vorschlage, so begeistert sei er; er biete mir, als aktueller Kurator, sogar die Möglichkeit, sofort einzuspringen für den diesjährigen

Bergheim-Laureaten, der wegen Depressionen abgereist sei. Was ich von dieser Lösung hielte.

Beiliegend eine Notiz von Rotarierbruder Nagy: Herrliche Gedichte, von solcher Wahrheit und Eleganz, Weisheit und Einsamkeit, Eros und Thanatos blablabla.

Ich suche ein Taschentuch. Die Sonne erlischt hinter meinem Fenster. Ich lege mich auf die Couch und schlafe sofort ein.

Ich träume von einem Flug in einem kleinen Flugzeug über eine arktische Landschaft. Schleifen, Kurven, Zwischenstop auf einer hohen Eisscholle. Ich erkläre dem Piloten, wohin ich will. Er weist auf eine durchlöcherte, zerklüftete Wolke und sagt, da seien schon zu viele Flugzeuge durchgeflogen, die Wolke sei kantig und gefährlich. Während wir uns über andere Ziele beraten, falle ich von der Scholle ins kalte Meer und werde sofort abgetrieben. Der Pilot ruft mir nach, ich solle ihn von der nächsten Telefonzelle aus anrufen, er hole mich ab. Irgendwie schaffe ich es ans Ufer (ich glaube, er warf mir ein Seil zu). Als ich triefend auf der Scholle stehe, zieht der Copilot eine Reiseschreibmaschine hervor und beginnt, ein Protokoll aufzusetzen.

*

Ich packe meine Koffer, leere die Schubladen, werfe kistenweise Papier in den Müll. Als ich fertig bin, geben meine Knie nach, und ich sinke zu Boden. Ich klammere mich an ein Tischbein. Wie durch einen Schleier sehe ich unter dem Tisch ein Papier, ich greife danach und lese, darüber steht *Chatprotokoll,* Himmel, ich dachte, ich hätte das zerrissen. Ich war bei Robert gewesen mit meinem Laptop kurz vor dem Eklat, und während er meine verschwundene Datei suchte, sah ich auf seinem Bildschirm wie von Geisterhand Buchstaben erscheinen.

»Was ist das?«

»Das ist Sidonie!« rief er. »Sie assistiert mir beim Tschetten.«

»Wie?« fragte ich bewußt beiläufig, dabei meine ich mich jetzt an einen Alarmreflex zu erinnern. Wie er das Wort *Tschetten* aussprach, mit einer gewissen Erotik, was hatte sie da zu assistieren?

»*Chat mode*«, er buchstabierte es, ein Internetgespräch: Jemand schreibt auf seinem Computer, und über die Telefonleitung landet das auf einem anderen Computer. Also eine Art geschriebenes Telefongespräch. Man braucht ein *Modem* und *wählt sich ein*, schreckliche Wörter! »Leider geht's ziemlich auf die Telefonrechnung«, sagte er, »deswegen übe ich mit Sidonie auf der Hausanlage. Geh ruhig ran. Es gibt keine Geheimnisse.«

Geh ruhig ran, es gibt keine Geheimnisse!

»Du mußt ein + Plus setzen nach jeder Replik«, belehrte er mich noch. Ich durfte also auf seinem verfluchten PC mit Sidonie Buchstaben tauschen, und drei Tage später nahm er das Weib von mir in Empfang und tauschte Körpersäfte. Es ist ungeheuerlich. Ich ahnte nichts. Ich Esel habe entzückt mit Sidonie getschettet, und er druckte es auch noch gönnerhaft aus, und ich habe es später in meinem Schafstall selig geküßt, warum mußte das sein, warum, ich spüre mein Herz reißen, alles ergießt sich in das mürbe Gefäß, das von mir geblieben ist, rinnt – Um Himmels willen! Um Himmels willen! Was sind wir für arme Träumer!

– *Hallo meine Sidonie, ich bin's, Henry.*
– *Henry!!!*

Mit drei Ausrufezeichen! Als sei sie erfreut!

– *Hat's dir die Sprache verschlagen?*
– *Nein, ich suchte ... Ich hatte das Pluszeichen vergessen.+*
– *RETURN reicht auch, stelle ich gerade fest.*
– *Wie, du kannst Englisch?*
– *Ja, und ich kann's sogar beweisen: I love you.*

– Ist das aus dem Programm?

– Nein, das habe ich soeben für dich gedichtet.

– Oh, das lerne ich auswendig. Ich lerne nämlich gerade Gedichte auswendig. Jeden Tag eins. Eins schöner als das andere.

– Ach, sag mir doch eins auf! Nur bitte keins von sauren Rößlein.+

– Vielfach sind zum Hades die Pfade,
Heißt ein altes Liedchen. Und einen
Gehst du selber, zweifle nicht.

– Wunderbar.

– Wer, süßeste Sappho, zweifelt?
Sagt es nicht jeglicher Tag?

– Dieses »süßeste« ist einfach herrlich

– Doch dem Menschen haftet nur leicht im Busen
Solch ein Wort.

– Ja

– Und dem Meer anwohnend ein Fischer von Kindheit

– Ja

– Hört im dumpferen Ohr

– Ja

– der Wogen Geräusch nicht mehr.

– Wunderbar

INHALT

DIE ZITIERTEN GEDICHTE

Seite

7 *Über die Asche gebeugt, brannte mein Herz.* Aus: *Heimkehr* von Peter Huchel (*1903 in Lichterfelde bei Berlin, † 1981 in Staufen)

33 *Hier ist mein Auge: Glut aus großer Schwärze* von Manfred Streubel (*1932 in Leipzig; † 1992 in Dresden)

43 *Verwandte im Geiste* von Silvie Baar (*1971 in Landsberg am Lech)

51 *O Arzgebirg, wie bist du schie* von Anton Günther (*1876 und † 1937 in Gottesgab, Böhmen)

62 *Unsere Gedichte sollen uns Wiesen zeigen.* Aus: *Unsere Gedichte* von Volker Braun (*1939 in Dresden)

75 *Leute, wer ist das, der da brennend zu uns herabstürzt.* Aus: *Ikarus* von Heinz Czechowski (*1935 in Dresden; † 2009 in Frankfurt am Main)

78 *Spiel* von Conrad Ferdinand Meyer (*1825 in Zürich; † 1898 in Kilchberg bei Zürich)

80 *Der schwarze Wagen* von Inge Müller (*1925 und † 1966 in Berlin)

81 *Der Liebe pflegte ich achtlos.* Aus: *An die Nachgeborenen* von Bertolt Brecht (*1898 in Augsburg; † 1956 in Ost-Berlin)

82 *Mein Fräulein, seien Sie munter.* Aus: *Das Fräulein stand am Meere* von Heinrich Heine (*1797 in Düsseldorf; † 1856 in Paris)

85 *Tor! Jede Sekunde verstreut über dich … Schätze!* von Arno Holz (*1863 in Rastenburg, Ostpreußen; † 1929 in Berlin)

89 *Anders lieben müssen wir als gestern.* Aus: *Meinen Freunden, den alten Genossen* von Rainer Kirsch (*1934 in Döbeln, Sachsen)

91 *Reich mir die Hand, wir müssen / tastend gehen* von Kurt Barthel, Pseudonym KuBa (*1914 in Chemnitz; † 1967 in Frankfurt am Main)

91 *So sei verflucht, du Zeit der Totentänze.* Aus: *Epilog und Prolog* von Franz Fühmann (*1922 in Rochlitz an der Iser; † 1984 in Ost-Berlin)

92 *... Aber die Erde? / Ist es nicht sie, wo die Vögel rufen?* Aus: *Aber die Erde* von Louis Fürnberg (*1909 in Iglau; † 1957 in Weimar)

95 *Es sind nicht alle frei, die ihrer Ketten spotten.* Aus: *Nathan der Weise* von Gotthold Ephraim Lessing (*1729 in Kamenz, Sachsen; † 1781 in Braunschweig)

96 *Nein wir werden nicht vermißt / wir haben stark zerbrochne Hände.* Aus: *abwesenheit* von Wolfgang Hilbig (*1941 in Meuselwitz; † 2007 in Berlin)

99 *Im namen welcher unerlaubten / schmerzen.* Aus: *bewußtsein* von Wolfgang Hilbig (*1941 in Meuselwitz; † 2007 in Berlin)

99 *Wie vorteilhaft unterscheidet sich / das Fleisch auf dem Feuer* von Werner Söllner (*1951 in Horia, Banat)

99 *Ziehe du ab von un.* Aus: *Es leidet, o Herr, deine Erde* von Richard Leising (*1934 in Chemnitz; † 1997 in Berlin)

100 *Wo die Gedichte enden, beginnt die Welt.* Aus: *Das Ende der Gedichte* von Bernd Wagner (*1948 in Wurzen, Sachsen)

104 *und wir werden nicht vermißt unsere Wort sind / gefrorene Fetzen.* Aus: *abwesenheit* von Wolfgang Hilbig (*1941 in Meuselwitz; † 2007 in Berlin)

109 *Der Mann dann fange die Maid, der am Wege sie findet und weckt.* Aus: *Die Walküre*, Oper von Richard Wagner (*1813 in Leipizig; † 1883 in Venedig)

119 *Am Grunde der Moldau wandern die Steine.* Aus: *Das Lied von der Moldau* von Bertolt Brecht (*1898 in Augsburg; † 1956 in Ost-Berlin)

121 *Die riesigen Pläne der Mächtigen.* Aus: *Das Lied von der Moldau* von Bertolt Brecht (*1898 in Augsburg; † 1956 in Ost-Berlin)

124 *Erst dann hat ein Mann seine Arbeit getan / Wenn Er für Sie erschossen werden kann.* Aus: *Epitaph für Partisane* von Karl Mickel (*1935 in Dresden; † 2000 in Berlin)

135 *Ich färbte dir den Himmel brombeer.* Aus: *Abschied* von Else Lasker-Schüler (*1869 in Elberfeld; † 1945 in Jerusalem)

136 *Ich lasse Dich nicht Du segnest mich denn.* Aus: *Rhapsodie* von Friederike Mayröcker (*1924 in Wien)

138 *Immer nur sein eigenes opfer sein, wer hält das aus?* Aus: *Ostern* von Thomas Böhme (*1955 in Leipzig)

160 *Einst stürmten wir bergauf, jetzt trotten wir bergab.* Nach *John Anderson, my Jo* von Robert Burns (*1759 in Alloway, Ayrshire; † 1796 Dumfries, Dumfriesshire).
Im Original:

We clamb the hill thegither,
And mony a canty day, John,
We've had wi' ane anither;
Now we maun totter down
[...]

167 *nicht mehr mit blindheit geschlagen.* Aus: *märzlandschaft* von Wulf Kirsten (*1934 in Klipphausen bei Meißen)

185 *Der kleine Trompeter.* KPD-Lied aus dem Jahr 1925, Textdichter unbekannt. Wurde zur Melodie des Soldatenlieds *Von allen Kameraden* gesungen.

207 *Wo ist der Platz.* Aus: *Brief an Marie von Kleist,* Juni 1807, von Heinrich von Kleist (*1777 in Frankfurt an der Oder; † 1811 am Stolper Loch, heute Kleiner Wannsee, Berlin)

212 *Seit ich mein Grab sah, will ich nichts, als leben.* Aus: *Prinz Friedrich von Homburg* von Heinrich von Kleist (*1777 in Frankfurt an der Oder; † 1811 am Stolper Loch, heute Kleiner Wannsee, Berlin)

217 *Schreib in offnem Gelände.* Aus: *Kleines Emigrantenlied* von Werner Söllner (*1951 in Horia, Banat)

235 *Ballast: Das finstere Blut / Gestaut an hervorragender Stelle.* Aus: *Ikarus 64* von Günter Kunert (*1929 in Berlin)

254 *Der verstand ist ein messer in uns.* Aus: *Die liebe* von Reiner Kunze (*1938 in Oelsnitz, Erzgebirge)

270 *Tierliebe* von Andreas Albrecht (*1951 in Cottbus)

270 *Ich kenne nicht des Todes Bild.* Aus: *Die Schildkröte* von Christian Morgenstern (*1871 in München; † 1914 in Meran)

270 *Jetzt bist du da, dann bist du dort.* Aus: *Schauder* von Christian Morgenstern (*1871 in München; † 1914 in Meran)

277 *Falladah* von Bertolt Brecht (*1898 in Augsburg; † 1956 in Ost-Berlin)

282 *Vielfach sind zum Hades die Pfade.* Aus: *Erinna an Sappho* von Eduard Mörike (*1804 in Ludwigsburg; † 1875 in Stuttgart)
Die ersten acht Zeilen lauten:

»Vielfach sind zum Hades die Pfade«, heißt ein
Altes Liedchen – »und einen gehst du selber,
Zweifle nicht!« Wer, süßeste Sappho, zweifelt?
Sagt es nicht jeglicher Tag?
Doch den Lebenden haftet nur leicht im Busen
Solch ein Wort, und dem Meer anwohnend ein Fischer von Kind auf
Hört im stumpferen Ohr der Wogen Geräusch nicht mehr.